L'Iceberg & la Rose
Tome 1

De la même autrice

Bouton de Rose, Prequel de la trilogie, nouvelle, 2021

(Accessible gratuitement sur www.juliebaggio.fr)

L'Iceberg & la Rose, Tome 2, roman, 2020

L'Iceberg & la Rose, Tome 3, roman, 2022

Vivre ou t'aimer, roman court, 2022

Julie BAGGIO

L'Iceberg & la Rose

Tome 1

Illustration : Madness Coverdesigner

Crédit photo couverture : ©depositphotos ©kiuikson

Crédit photo quatrième de couverture : ©Teddy Dumont

Correction de texte : Comm' un chat perché — Agence Sylvie Desfavries

Logo créé par ©Artza Studio

TEXTE INTÉGRAL

ISBN : 978-2-493161-08-6

Achevé : mars 2018

Dépôt légal : mars 2018

www.juliebaggio.fr

229 rue Saint-Honoré
75001 Paris

Merci à mes parents, ma mère qui m'a ouvert les portes du savoir. Sa phrase fétiche a bercé ma scolarité et résonné dans ma tête durant l'écriture de ce roman : « Fais des phrases courtes ! »

Mon père, cet artiste, qui m'a offert le goût de la lecture et de l'écriture, qui m'a fait découvrir ce plaisir addictif de poser un premier mot sur une page et de laisser l'imaginaire faire le reste.

Merci à ma Sœurette d'avoir partagé avec moi nos jeux d'enfants, nos chasses au trésor et nos aventures rocambolesques dans une petite cour d'école.

Merci à mon mari d'avoir posé cette question ultime, un genou au sol, un Mont Blanc ensoleillé comme seul témoin, et un diamant magnifique à la main. Nous sommes le prince et la princesse de ce conte de fées que nous écrivons à quatre mains chaque jour.

Merci à mon premier fils d'avoir prolongé ses siestes, joué avec mes brouillons et aidé à la relecture, assis sur mes genoux.

Merci à mon second fils d'avoir participé à chaque étape de la correction de ce roman, d'avoir pianoté sur mon clavier et illuminé mes journées de son sourire.

Vous êtes mon plus grand Amour et mon plus beau Rêve.

Merci à mes deux premiers lecteurs, Blandine et Alexandre, amis et confidents depuis tant d'années, pour leurs encouragements sans faille.

Merci à Sylvie Desfavries pour ses talents de correctrice et son travail divin sur cette romance. Ses yeux de lynx ont traqué la moindre erreur tout en respectant le langage parlé des personnages, tel qu'ils l'auraient réellement prononcé.

Et enfin, merci à vous…

« You can achieve anything if you put your mind to it. I used to think that you had to be somehow "special" or "different" to be able to write a book and get it published. I never thought that could happen to me. I could never be so lucky. It was only when I decided to give it a go and I actually sat down and wrote my first novel that I realised that the only thing that had been stopping me for all those years, was me.[1] »

Alexandra POTTER *Who's That Girl*

---

[1] « Tu peux tout accomplir à force de volonté. J'avais l'habitude de croire qu'il fallait être " spécial " ou " différent " pour être capable d'écrire un livre et le faire publier. Je n'ai jamais pensé que ça pourrait m'arriver. Je n'aurais jamais cette chance-là. C'est seulement lorsque j'ai vraiment pris le temps et que je me suis assise pour écrire mon premier roman que j'ai réalisé que l'unique chose qui m'en empêchait depuis toutes ces années, était moi-seule. »

Jeudi 28 février 2013 : jour J

Je passe la porte d'entrée. Elle me fait signe de la suivre. J'entre dans le vestibule alors que la pluie tombe de plus en plus fort. Un courant d'air froid me fait frissonner lorsque le portier referme derrière moi. Le temps a été maussade pendant les nombreux *miles*[2] que j'ai parcourus depuis ce matin à la sortie du bateau. J'ai quand même fini par trouver ce manoir perdu au milieu de nulle part. Après m'être présentée, hésitante, à l'immense grille noire, l'un des gardes m'a scrutée puis indiqué le chemin. J'ai roulé lentement sur l'allée de cailloux, observant les pierres du château, grisées par le temps. J'ai garé Philibert, ma petite citadine rouge, au pied de l'escalier principal. J'ai gravi les marches de pierre doucement malgré la pluie et j'ai toqué à la grande porte avec appréhension.

— Je m'appelle Claire. Monsieur va vous recevoir, m'annonce-t-elle en anglais.

Angoissée, impatiente, j'ai les mains moites. Je dois obtenir ce job, il le faut. J'entre dans un bureau immense et sombre. Les fenêtres sont interminables, habillées de rideaux qui n'en finissent pas. Quelle horreur, ce vert ! Je chasse cette pensée de ma tête alors que j'avance de quelques pas. Mon futur est assis au centre de cette salle.

[2] Mesure de longueur anglo-saxonne équivalant à 1 609 mètres

J'entrouvre les lèvres pour lui exprimer les politesses d'usage, lorsqu'il s'adresse à quelqu'un d'autre. Personne dans la pièce, la demoiselle a refermé la porte en partant. Il est au téléphone, le visage baissé, concentré. J'attends.

Finalement, il me fait signe de m'asseoir, toujours sans m'adresser le moindre regard. Je m'exécute. J'observe cette immensité dans laquelle un bureau a été disposé en plein centre. Tout est en ordre, à sa place. L'homme qui me reçoit semble avoir entre 40 et 50 ans, quelques cheveux blancs épars viennent éclaircir sa chevelure noire.

— *Alright*[3]. Il raccroche le combiné. Rappelez-moi votre prénom ? demande-t-il sèchement.

Il lève les yeux. Surprise, je sursaute en détournant rapidement le regard. Froid et autoritaire, il a coupé sa conversation téléphonique sans même un au revoir. Il me parle en français avec un léger accent ; je pensais que l'entretien serait en anglais.

— Votre prénom ? s'enquiert-il à nouveau. Ses yeux trahissent une certaine impatience.

— Allie.

— Bien Allie, j'ai rapidement lu votre CV. Je ne veux pas savoir ce qui vous amène ici aujourd'hui ni vos motivations. Marie a déjà abordé ces points-là avec vous par téléphone. Elle estime que vous ferez l'affaire et j'ai toute confiance en son jugement. J'ai simplement deux questions pour vous : acceptez-vous les missions du poste ?

---

[3] Bien

Son ton est monotone. Il marque à peine l'interrogation. Il semble réciter son texte. Je ne parviens pas à définir s'il a peu de temps à m'accorder, s'il est blasé ou juste naturel.

Il me dévisage avec ses yeux bleu-gris. Son regard est profond et impénétrable. Il hausse un sourcil : il attend ma réponse.

— Oui, dis-je fébrilement.

Sans réaction, il me pose la seconde question.

— Êtes-vous prête à adopter une attitude respectueuse en tout temps à mon égard ainsi qu'à vous conformer aux règles ?

Cette question me donne un frisson. J'ai l'impression d'être une collégienne dans le bureau du principal : la tête baissée, les mains sur les genoux et les yeux mouillés par la honte. L'image me fait sourire. Je me reprends aussitôt, j'acquiesce.

— Très bien, voici le contrat, signez en bas. Claire vous indiquera votre chambre. Ensuite ma gouvernante, Marie, vous formera pendant un mois à partir de demain. Après quoi, elle prendra sa retraite ; vous serez donc en charge de la maison. Des questions ?

— Non.

— Non, Monsieur, rectifie-t-il.

Son regard est perçant.

— Non, Monsieur.

Je me reprends nerveusement. J'attrape maladroitement le stylo. Il m'observe, je rougis malgré moi. Je signe le contrat en deux exemplaires. Il vérifie, m'en tend un avant d'appuyer sur un bouton. Claire apparaît.

— Lisez-le, c'est important.

— Oui.

Il hausse un sourcil.

— Oui, Monsieur.

D'un geste de la main, il me congédie. Ses yeux restent posés sur moi tandis que je me lève pour rejoindre Claire. Je le salue d'un signe de tête en quittant la pièce, gênée par son regard insistant.

Claire me précède dans l'obscurité du couloir. Il pleut toujours alors que la nuit est tombée. J'aperçois un salon immense plongé dans le noir. Les fenêtres sont démesurées, les lustres titanesques et les meubles imposants : rien de moderne, rien de modeste. L'escalier est colossal, les marches sont en marbre, surplombées d'une moquette épaisse de couleur grenat, moelleuse sous mes pieds. Au fur et à mesure que je monte, j'ai la sensation d'avancer sur un nuage. J'imagine qu'il est interdit d'y marcher pieds nus. Je vais m'installer puis partirai à la découverte de cette gigantesque demeure. Nous arrivons au bout d'un deuxième couloir. Claire ouvre une porte en m'indiquant qu'il s'agit de ma chambre.

J'entre. Cette pièce doit faire quarante mètres carrés à elle seule. Décidément, le vert et le rouge sont déclinés dans toutes les pièces. Le lit est assez grand pour quatre personnes comme moi. Une armoire monumentale en bois, ornée de plusieurs miroirs, lui fait face. Un quart de ce meuble suffit à entreposer ma vie entière. Le sol est recouvert d'une moquette vert et rouge à motifs ; les murs le sont d'une tapisserie de mêmes couleurs. À l'autre bout de la pièce, une porte mène à une salle de bain peu éclairée avec, en son centre, une baignoire à l'ancienne dotée de quatre pieds. Il y a également une large douche à l'italienne, deux vasques ainsi qu'un chauffe-serviettes sur lequel attend un peignoir bleu et blanc.

— Combien sommes-nous à utiliser cette salle de bain ?

— Vous uniquement, me répond-elle.

Claire m'explique les horaires des repas du personnel et à qui m'adresser en cas de besoin. Un dossier épais, reprenant tous les détails de ma future vie ici, est à ma disposition dans le tiroir de la table de chevet. Marie viendra me chercher demain à 6 heures pour commencer ma formation. Je pose quelques questions. Un peu hautaine, Claire n'en est pas moins souriante. Elle est peut-être âgée de 20 ou 22 ans. Elle est assez mince, ses cheveux blonds sont remontés en chignon et quelques taches de rousseur ornent son visage.

Elle s'approche de la porte, fait mine de quitter la pièce avant de se tourner vers moi.

— Qu'en avez-vous pensé ? Il est charmant, non ? Ici, nous craquons toutes pour lui, me confie-t-elle.

De qui parle-t-elle ? De Monsieur ? Les trois minutes de ce qui semblait être un entretien m'ont laissé un sentiment glacial.

Claire me guide ensuite vers la sortie. Je reprends ma voiture afin de la mettre au bon endroit. Elle doit être stationnée dans le garage des employés, qui est un peu éloigné de la maison. Je porte ma valise à bout de bras, le sol est trempé par la dernière averse. Charles, l'homme de main, vient à ma rencontre. Il propose de m'aider ; je décline poliment son offre. Je n'ai emporté qu'une seule valise ainsi qu'un sac à dos. L'annonce indiquait : « Uniforme fourni ».

Je rejoins ma chambre, prends mes marques dans cette immensité en rangeant mes quelques affaires. Mon dernier appartement me semble minuscule maintenant. Je découvre également un balcon avec vue sur le jardin ainsi qu'une porte qui donne accès au toit. Je monte. Des chaises longues mouillées sont entreposées. Tout est très propre. Les employés doivent y venir pendant leur temps libre.

Je redescends, m'installe sur mon lit avant de commencer à lire la « bible » du bon employé. Tout y est : les horaires à respecter, le plan de la maison, enfin, de cette gigantesque demeure. Sur ce plan sont dessinés : une immense cuisine, trois salles à manger, trois salons, de nombreuses chambres et autant de salles de bain, deux bureaux, deux vastes terrasses, plusieurs dépendances pour loger employés ou invités, deux salles de sport, différenciées par Nord (pour les employés) et Sud (réservée à Monsieur), une piscine couverte au sous-sol également réservée à Monsieur, une cave, trois garages (un pour les employés, un pour les invités et un pour Monsieur), une buanderie, une salle de repos pour les employés ainsi que le toit qui semble avoir la même utilité. Il y a aussi une salle de réception, comme une mini galerie des Glaces, Monsieur ne se refuse rien. La liste n'en finit plus. Je vais devoir jouer les vacancières en prenant un plan à chaque déplacement. J'envisage également l'appareil photo : quitte à ressembler à une touriste, autant l'être jusqu'au bout !

L'heure du repas des employés arrive. Claire frappe à ma porte alors que je m'apprêtais à l'ouvrir. Elle vient me chercher pour s'assurer que je ne me perde pas. Je la remercie de l'attention, elle me répond que Monsieur reçoit des invités ce soir. Je comprends qu'elle a agi à sa demande et non par gentillesse. Je ne dois pas déranger. Autant dire que la visite touristique est compromise.

Lorsque j'entre dans la cuisine, l'ambiance est bonne. Tous parlent anglais. Quasiment tous les employés sont présents à la table ; nous sommes dans la salle à manger accolée à la cuisine. Seuls manquent à l'appel le garde à l'entrée et ceux qui sont de repos. Je compte quatorze personnes. Claire m'explique rapidement qu'ils sont une vingtaine, en comptant les femmes de ménage, les cuisiniers, les gardes, les jardiniers, deux chauffeurs, un homme de main, Marie la gouvernante et elle-même qui est son adjointe. Tout est prévu : les repos, les absences. Monsieur semble avoir assuré ses arrières. Claire ne me présente pas aux autres. Elle finit de se servir puis va se placer entre deux de ses collègues. Je m'assieds en bout de table, tente de leur adresser un sourire, mais aucun ne me regarde.

Le repas ne s'éternise pas. Certains retournent à leur poste, d'autres vont se coucher en prévision d'une longue journée de travail le lendemain. Les derniers partent en salle de repos. Je suis un peu déçue de l'accueil. Je semble invisible et me retrouve très vite seule assise à la table. N'ayant pas d'autre choix, je regagne ma chambre. De toute façon, il me reste de la lecture à faire pour être prête demain.

Je m'installe confortablement sur le lit, allongée sur le ventre, le contrat devant les yeux. Je ne signe jamais de document sans lecture préalable, mais j'étais tellement impressionnée que je n'ai pas réfléchi. J'entends la voix de mon père, qui résonne dans ma tête : « Ne signe jamais rien sans savoir ce que tu signes ». Après les formules d'usage, je rentre dans le vif du sujet :

« **Clauses principales :**

L'employée fera preuve de respect et d'obéissance envers l'employeur.

L'employeur sera désigné par le nom de Monsieur.

Description du poste :

L'employée gérera le personnel de maison afin que le domaine soit parfaitement entretenu en tout temps, tant à l'intérieur du domicile que dans les jardins.

Chaque événement sera organisé par l'employée. L'employée devra très bien connaître les invités de Monsieur afin de leur réserver l'accueil en adéquation avec leur rang.

Interdictions :

Il est interdit de déranger Monsieur pendant qu'il reçoit des invités.

Il est strictement interdit d'entrer dans le bureau de Monsieur sans y être prié et il en est de même pour toutes les pièces accessibles via le bureau de Monsieur.

Clause de confidentialité :

L'employée a l'obligation de respecter une clause de confidentialité en ce qui concerne le domaine et Monsieur. Aucune information ne pourra être divulguée sans autorisation préalable de ce dernier.

Aménagements :

La semaine de l'employée dure six jours. Les horaires sont variables en fonction des besoins de Monsieur.

L'employée dispose d'une chambre ainsi que d'une salle de bain privée ; aucun invité ne sera toléré.

Les pièces réservées au personnel sont à disposition durant les jours et heures de repos.

Des congés annuels seront accordés à l'employée en fonction des différents événements importants prévus par Monsieur.

Durée du contrat :

À partir du 1er mars, une période d'essai d'un mois débutera. À l'issue de celle-ci, un préavis de deux mois est à déposer en cas de démission. Il n'est pas prévu de date de fin pour ce contrat.

Clauses annexes :

L'employée se doit de préserver sa santé afin d'éviter toute absence ou contamination des autres employés ou de Monsieur.

Des clauses annexes peuvent être ajoutées au fur et à mesure du contrat. »

Je lève la tête un instant. Je me sens comme Anastasia Steele dans *Cinquante Nuances de Grey*[4]. Pour qui se prend-il ? « L'employée fera preuve de respect et d'obéissance envers l'employeur. L'employée se doit de préserver sa santé afin d'éviter la contamination de Monsieur. » Il est le « dominant », je suis la « soumise ». Il est riche et peut tout se permettre.

[4] Romance érotique écrite par E.L. James

Certainement qu'il obtient toujours ce qu'il veut. Je me console en pensant qu'au moins, il s'agit d'un contrat de travail et non d'un contrat entre amants. Peu importe, j'ai besoin de cet emploi, d'être ici, d'avoir l'esprit occupé.

Je retourne à ma lecture pour parcourir les dernières lignes. Il sera mon employeur dès demain ; je n'ai qu'à respecter ces quelques clauses et tout ira bien. Il ne demande rien d'infaisable. Il semble juste un peu froid, voire autoritaire, mais ma première impression n'est peut-être pas la bonne. Claire le trouve charmant. Il était peut-être préoccupé aujourd'hui. Demain sera un autre jour. Il est tard, j'envoie un SMS à mes parents.

— J'ai le job, je vais me coucher dans mon immense chambre. La maison est gigantesque. Je commence demain à 6 h. Bisous, à bientôt.

Mon téléphone émet un léger bip.

— Félicitations, bon courage pour ton nouveau travail, passe une bonne nuit. Nous pensons fort à toi. Bisous.

J'envoie ensuite un message à Laure. Je me souviens de la première fois que je l'ai rencontrée. Je venais d'arriver dans cette nouvelle école, alors bien sûr, je ne connaissais personne. À la récréation, j'étais assise seule dans un coin de la cour. Elle s'était approchée de moi pour m'emmener visiter les locaux. Nous avions discuté de tout et de rien, elle avait parlé beaucoup, j'avais surtout écouté. En cinq minutes, je connaissais presque toute sa vie, même le nom de son chien. Ensuite, elle m'avait présentée aux autres élèves. « C'est Allie, ma nouvelle copine, elle est trop cool. » C'est aussi simplement qu'Alice était devenue Allie. Depuis, tout le monde m'appelle Allie, y compris mes parents. Après ça, nous avons traversé les classes, les années, le collège, le lycée et enfin la faculté. Même si nous n'étions pas toujours ensemble, nous nous retrouvions systématiquement lors des pauses ainsi qu'aux heures de repas. Pour nos études supérieures, nous avons emménagé dans un petit appartement. Un jour, j'ai rencontré Anthony lors d'une soirée étudiante. Laure ne l'aimait pas plus que ça, mais elle ne me l'a jamais montré. Elle était soulagée lorsque je l'ai quitté. Après deux années de relation, cette décision a été difficile pour moi, même si c'était la meilleure chose à faire. Je suis restée quelques semaines à le croiser avec Anna, sa nouvelle petite amie, à souffrir de fréquenter toujours les mêmes lieux où j'avais des souvenirs avec lui, à le rencontrer au restaurant universitaire, à côtoyer nos amis communs. J'avais besoin de partir, m'éloigner, changer d'air. Laure va me manquer. Je suis triste de l'avoir laissée en France.

— J'ai le job, ma Laurette !

— *Well done*[5], poulette ! Alors, tu as rencontré ton prince, Cendrillon ?

— Non, je suis plutôt chez La Bête[6] !

— Tant que ça ??

— Le manoir fait flipper, le proprio est glacial et mes futurs collègues ne me calculent pas.

— Quelle idée t'as eue ! Tu pouvais pas rester avec moi ?

— Non, tu sais bien que j'ai besoin de prendre l'air.

— Tu vas finir coupée en morceaux au fond d'une forêt ; tu changeras d'avis sur ton envie de prendre l'air !

---

[5] Bien joué, poulette !

[6] Référence au film d'animation des studios Disney : *La Belle et la Bête*

— Tu me vengeras ! Bon, allez ma Laurette, je vais me coucher. Demain, debout 5 h.

— Ouch ! Bon courage et bonne chance avec tes *British*[7].

Mes pensées s'emmêlent comme je m'endors : ai-je fait le bon choix ? Le temps me le dira. J'éteins la lumière.

---

[7] Britanniques

Mars : premières semaines

5 heures du matin, mes yeux s'ouvrent sans mal. Je n'ai pas beaucoup dormi. Je n'entends aucun bruit, tout est calme. Le léger rai de lumière des lampes du jardin est visible à travers le rideau. Il ne fait pas encore jour. Je soulève la couette épaisse avant de poser mes pieds sur le sol. Je reste assise un instant, prends une grande inspiration, puis aidée de mes mains, je me lève. Je passe par la douche bien chaude. Je profite et prolonge cet instant de détente en prévision d'une journée certainement fatigante. Je sors enfin, me sèche les cheveux, les coiffe en chignon. Ensuite, je me maquille légèrement : juste un peu de fond de teint, du fard à paupières pâle souligné par un peu de mascara.

Je quitte la salle de bain pour m'habiller d'un pantalon noir accompagné d'un chemisier blanc par-dessus lequel j'ajoute un gilet noir. Pour le moment, je n'ai pas d'uniforme.

5 h 30, j'hésite à sortir en chaussures, en chaussons, voire pieds nus. Je reste prudente en optant pour mes ballerines noires. Je regarde le plan des pièces de la maison afin de vérifier le chemin avant de descendre pour le petit-déjeuner. Je traverse les couloirs encore plongés dans la pénombre. Tout est calme. Je ne croise personne. Je fais

appel à ma mémoire pour retrouver la salle à manger des employés. Certains sont assis. Je leur adresse un bonjour, pas de réponse. Je charge mon plateau : une tasse de thé, des tranches de pain de mie grillées, du beurre et de la confiture de fraises. J'ai toujours adoré le thé ainsi que le pain de mie en Angleterre, croustillant, fondant. Je m'installe à l'immense table et croise le regard de mes nouveaux collègues. Je leur adresse un sourire timide, mais encore une fois, ils ne me répondent pas. Ils sont très calmes, plus calmes qu'au dîner : l'heure matinale a eu raison de leur dynamisme. Je finis rapidement mon petit-déjeuner. Bien tentée par les céréales et le jus d'orange frais, je préfère m'abstenir pour aujourd'hui. Je quitte la pièce lorsque j'entends quelqu'un prendre la parole.

— On pourrait être plus sympa avec elle.

— Pourquoi faire ? Dans une semaine, elle est partie !

Je m'attarde un instant dans le couloir.

— Peut-être pas.

— Mais si, elle fera comme les autres. Et puis Claire veut le poste, on a accepté de l'aider.

— OK, j'ai rien dit. À tout à l'heure.

J'entends des pas s'approcher de la porte. Je m'éloigne de cette dernière rapidement, mais pas assez pour m'innocenter : il est évident que j'ai écouté leur conversation. Mon collègue me fixe, méfiant. Je baisse les yeux en rougissant, coupable.

5 h 50, je suis de retour dans ma chambre. Je me brosse les dents, vérifie mes cheveux, mon maquillage et ma tenue. Je n'ai pas le temps de m'attarder sur ce que j'ai pu

entendre. 5 h 56, je m'assieds sur le lit pour attendre Marie qui doit venir me chercher à 6 heures.

Mon réveil affiche 5 h 59, quelqu'un frappe à la porte : je sursaute alors que mon cœur accélère. Je me lève pour ouvrir ; une dame d'une soixantaine d'années se tient debout devant moi. Elle se présente en anglais comme étant la gouvernante. Elle est vêtue d'une jupe noire descendant un peu en dessous des genoux, d'un chemisier blanc surplombé d'une veste noire. Ses cheveux sont remontés en un chignon soigné et son maquillage est discret. Je me félicite d'avoir opté pour quelque chose d'assez similaire.

Nous descendons puis entrons dans une petite pièce. Pas d'indication sur la porte. J'y découvre une salle ornée d'une tapisserie crème, d'une moquette sombre vert et rouge, d'une grande fenêtre et devant elle, un bureau en bois, certainement du chêne. Les autres meubles sont également en bois. Ils ont tous le même motif floral incrusté. Deux fauteuils se font face de chaque côté du bureau. Marie m'invite à m'installer avant de commencer à m'expliquer en quoi vont consister mon poste et ma formation durant le prochain mois.

— Comme je vous l'avais mentionné lors de notre entretien téléphonique, votre rôle principal sera d'assister Monsieur : gérer le personnel, les plannings, vérifier le travail effectué, etc. Maintenir une maison et des jardins propres et entretenus en tout temps et enfin organiser, préparer, mais aussi veiller au bon déroulement de chaque événement. Vous devez savoir absolument tout faire dans cette maison. Le ménage, la cuisine, le jardin, connaître les points sensibles de la surveillance du domaine, intérieurs comme extérieurs, connaître le personnel, les invités, mais surtout connaître et anticiper les besoins comme les demandes de Monsieur. Nous allons débuter votre formation par l'entretien. Je vais commencer par prendre vos mesures pour votre uniforme. Préférez-vous une jupe ou un pantalon ?

— Je préfère un pantalon.

— Très bien. Je vous ferai quand même préparer les deux, l'été vous pourriez apprécier une jupe. Vous aurez du rechange, surtout en chemisier, afin que vous puissiez vous changer plusieurs fois par jour si besoin. Il faut garder une tenue convenable en toutes circonstances.

— Merci.

— Aujourd'hui, nous allons principalement visiter la maison puis les jardins, rencontrer le personnel présent. Ensuite, nous commencerons par l'aspect technique du ménage. Vous savez certainement passer l'aspirateur et le balai, mais il vous faut apprendre quel produit utiliser pour quelle surface, faire les vitres sans laisser aucune trace, et ainsi de suite.

— Très bien.

— Lorsque nous aurons terminé la partie « entretien », nous continuerons par la cuisine. Vous devez gérer le budget, maîtriser les stocks, établir la liste des courses avec le cuisinier. Vous devez également être capable de cuisiner quelques plats en cas de besoin et effectuer le service, bien sûr. Avez-vous l'habitude de cuisiner ?

— Pas énormément, non.

— Nous verrons cela ensemble. Ensuite, je vous apprendrai l'essentiel du jardinage. Les jardiniers finiront votre formation après mon départ si nous n'avons pas tout vu.

Je hoche la tête.

— Enfin, nous passerons la plus grande partie du mois à organiser l'événement prévu le samedi 27 avril. Ainsi, vous apprendrez à gérer la partie événementielle et à connaître vos invités. Dans ces armoires, vous avez les fiches de chacune des personnes susceptibles de venir ici ; elles sont à tenir à jour et à compléter à chaque nouvel invité. Monsieur souhaite que nous connaissions bien nos convives. Vous ne pouvez pas accueillir un chef d'entreprise comme un comte.

— Non, évidemment.

— Vous devrez mémoriser toutes ces fiches par cœur. Vous pourrez en emporter dans votre chambre dès ce soir. Commencez par les invités prévus ce mois-ci et lors du prochain gala. Ensuite, vous les apprendrez petit à petit. Rassurez-vous, ce sont souvent les mêmes qui reviennent. Monsieur a peu d'amis, mais les mondanités imposent d'inviter certaines personnes, que vous les appréciiez ou non. Monsieur aime que tout soit fait dans les règles.

— Je comprends.

— L'ultime aspect de votre formation concerne Monsieur. Je vous expliquerai au fur et à mesure les points importants à connaître : ses habitudes, ses besoins, ses souhaits, ses demandes fréquentes, ainsi que les interdictions. Monsieur exige un résumé chaque soir de la journée écoulée. Pour le moment, je le ferai moi-même et seule. Les dernières semaines, vous serez présente, avant de le faire vous-même. Avez-vous des questions ?

— Non, pas pour l'instant, mais je n'hésiterai pas à vous les poser lorsque j'en aurai.

— Parfait. Il est déjà 6 h 30, nous n'avons pas de temps à perdre. Je vais prendre vos mesures, ensuite nous irons visiter le domaine.

Pendant que Marie prend mes mesures, je laisse mes pensées divaguer. Je n'aurai pas le temps de m'ennuyer ici. C'est exactement ce qu'il me faut.

Les mesures prises, nous partons visiter la maison. Le ciel s'éclaircit doucement derrière les nuages. Les femmes de ménage sont déjà en plein travail. Marie regarde sa montre en permanence. La visite nous prend presque une heure. Elle me détaille chaque pièce, me précise où mène chaque porte, sur quel côté de la maison donnent les fenêtres et me présente brièvement chaque personne que nous rencontrons : le personnel comme les quelques portraits sur les murs. Nous nous dirigeons vers les portes qui donnent sur le jardin. Marie regarde sa montre : 7 h 45.

— Monsieur commence son jogging. Il doit avoir avancé sur la partie droite du jardin, nous allons emprunter le même chemin.

Pendant que nous avançons, elle m'explique les garages qui sont en réalité d'anciennes écuries. Nous entrons dans celui des invités, qui est vide, puis dans celui des employés où de nombreux véhicules modestes ainsi que plusieurs motos, sont entreposés.

— Votre voiture va être nettoyée aujourd'hui.

En effet, elles sont toutes brillantes sauf la mienne. Les kilomètres sous la pluie auront eu raison de la propreté de ma petite citadine.

Enfin, le garage de Monsieur où sont garées de magnifiques voitures les unes à côté des autres : une Ferrari rouge, une Porsche grise, une limousine et quelques-unes dont je ne reconnais pas la marque.

— Monsieur n'a que quelques véhicules, il n'est pas collectionneur.

J'aimerais connaître le prix de ces « quelques véhicules ». Nous ressortons, Marie regarde sa montre. Nous poursuivons sur le chemin. Je vois les pelouses impeccables, les fleurs superbes tandis que le printemps n'est pas encore là. Nous approchons d'une petite maison, une première dépendance pour les invités ; plus loin, une seconde : les jardiniers et femmes de ménage dorment là-bas. Nous continuons puis entrons dans les écuries : deux chevaux y sont installés à plein temps.

— Ce sont deux pur-sang : Miss Wendy et Millésime. Monsieur fait du polo et parfois de la chasse à courre, me précise-t-elle.

Nous sommes à l'orée d'une petite forêt. Nous suivons la courbe du chemin pour laisser le bois derrière nous. Le domaine s'étend sur plusieurs hectares. Nous voilà finalement face au château. Un rayon de soleil matinal perce les nuages, il réchauffe timidement le toit. J'observe ce domaine immense, ses pelouses magnifiquement vertes et je profite du paysage. Je laisse mon regard aller à sa guise. C'est alors que j'aperçois une silhouette au loin, qui nous devance. Elle court faisant face à la demeure. Monsieur est sportif. Un petit vent frais me caresse la joue. Je frissonne avant de rejoindre Marie qui me précède déjà de quelques mètres. Nous continuons et finissons par longer les murs afin de rejoindre le devant du château. Nous rencontrons les gardes à l'entrée. Marie m'explique que même s'il n'y a jamais eu d'incident, Monsieur préfère que les grilles soient surveillées.

Nous terminons la traversée du terrain en rentrant par la petite porte de la buanderie sur le côté gauche du grand escalier de pierre. Marie nettoie ses chaussures et m'invite à faire de même. Elles ne sont pas très sales grâce au sentier orné de cailloux gris, mais le « parfaitement propre » est de rigueur ici.

Je regarde ma montre, il est 8 h 45. Nous avons mis une heure à faire le tour du jardin et autant pour la maison. Marie me propose un thé que j'accepte volontiers. Le vent est frais et l'air est humide, j'ai les doigts gelés. Nous nous installons dans les cuisines, d'où nous repartons à peine dix minutes plus tard.

Il est 9 heures, nous débutons le ménage. Marie me montre où se situe l'aspirateur de cette pièce. Avec une telle maison, des placards dissimulés un peu partout renferment les ustensiles nécessaires à l'entretien. Nous commençons par un des salons. Marie m'indique que chaque salle est nettoyée de la même manière et avec les mêmes produits. Elle m'explique les horaires à respecter en fonction des habitudes de Monsieur. Il ne faut pas le déranger en s'adaptant à son emploi du temps, comme de petites mains invisibles.

Lorsqu'il est enfin l'heure de déjeuner, mes genoux sont rouges, mon dos me fait souffrir, j'ai mal aux bras. Marie, quant à elle, semble en pleine forme. Quelque part, cela me rassure, je m'y habituerai certainement. Nous prenons notre repas rapidement, seules, dans une salle à manger encore vide, avant de poursuivre. Toujours plus de moquettes à aspirer, de vitres à nettoyer, de meubles à dépoussiérer, de bois à cirer et de lustres à faire briller. Je remarque que nous ne sommes que deux en permanence. Comme si ma formation était secrète. Pas une seule fois nous ne croisons Monsieur. Le soir venu, Marie m'annonce que notre journée de ménage s'arrête là. Il est 17 heures. Elle m'invite à aller me reposer si je le souhaite puis à aller dîner. Elle me donne rendez-vous à 18 h 30 dans son bureau.

De retour dans ma chambre, j'ai l'impression de l'avoir quittée depuis une semaine. Je vais dans la salle de bain, me rafraîchis un peu et ne peux m'empêcher de m'allonger quelques instants sur mon lit. Je ferme les yeux, avant de les rouvrir dans un sursaut, 17 h 45 : je dois aller dîner. Je me lève difficilement puis retrouve mon chemin vers les cuisines. Marie n'est pas là. Personne ne répond à mon « bonsoir ». Je décide de m'installer seule à une table. Ils m'ignorent, très bien, autant leur rendre la tâche plus facile. Une soupe bien chaude réchauffe mon cœur et mon esprit fatigués. 18 h 25, je pars rejoindre Marie dans son bureau, fière d'avoir trouvé le chemin sans m'être égarée. Souriante, je frappe à la porte.

Marie vient m'ouvrir, me propose de m'installer face à elle pour m'expliquer le programme du lendemain. Mon cerveau ne retient qu'un mot : ménage.

Elle me confie des fiches, j'y vois des noms : Mr Adams, Mrs Bradford… Je dois commencer à les étudier ce soir. Marie me les donne dans leurs boîtes. Il y en a environ deux cents à lire, « seulement », d'après elle.

19 h 30, je sors de son bureau, mon futur bureau, et me dirige vers ma chambre, les mains pleines de boîtes, elles-mêmes pleines de noms. Je m'installe sur le fauteuil à côté des fenêtres, pose les boîtes puis en ouvre une. Marie m'a fourni la liste des invités du prochain événement. Je prends la fiche correspondant au premier nom.

Mr Hadrien Williamson : Friends since College

Ceo Of A Telecom Company

Married to Diana

Two children: Eleonore (1999) and Henry (2002)[8]

Je lis quelques fiches, tente de retenir les renseignements annotés sur chacune d'elles. Je remarque que seuls les titres, fonctions et situations familiales sont indiqués, ainsi que quelques brèves informations sur les enfants. Je suis soulagée, car elles devraient prendre peu de temps à apprendre, mais je ne connaîtrai pas réellement les invités avec ces descriptions sommaires.

20 h 30, je commence à ressentir la fatigue. Je décide de me faire couler un bain. J'ai vu ce matin, dans un des placards, des billes de savon ainsi que du bain moussant. Deux parfums sont à ma disposition : pêche et fraise. Je choisis fraise, l'odeur de la pêche me rappelle trop de souvenirs d'Anthony que j'essaie d'oublier. L'arbre

---

[8] M. Hadrien Williamson : amis depuis l'université
PDG d'une entreprise de télécommunications
Marié à Diana
Deux enfants : Éléonore (1999) et Henry (2002)

magique pendu à son rétroviseur avait cette odeur, ses habits en étaient parfumés. Je balaie cette pensée en ouvrant les robinets. Je laisse l'eau couler. J'éteins le plafonnier pour n'être éclairée que par les petites lumières au-dessus des deux vasques.

Quelques minutes plus tard, je me glisse dans l'eau très chaude comme sous une couette. Je ferme les yeux, puis laisse mes muscles se relâcher. Mes douleurs s'amenuisent, je me détends. Mes idées s'échappent : je me vois descendre l'escalier majestueux, pieds nus et vêtue d'une robe somptueuse. Il est là, à la porte d'entrée, m'attend les yeux pleins d'étoiles. Il me manque, je sais que j'ai pris la bonne décision, mais je ne peux m'empêcher de penser encore à lui. Une larme rejoint l'eau chaude de mon bain, mais je décide qu'un petit rêve ne peut pas me faire de mal. Cette robe est magnifique, Anthony est lui-même très beau dans un costume noir. La limousine nous attend dehors, il m'ouvre la portière, je m'assieds avec élégance. Le chauffeur nous conduit, je déguste une coupe de champagne puis me tourne vers mon compagnon de rêve, pourtant il ne s'agit plus de l'homme que j'aime, mais de Monsieur. Il me regarde, il s'approche, ses yeux bleu-gris me fixent puis se ferment, je sens alors ses lèvres chaudes se poser sur les miennes. D'un bond, j'ouvre les yeux, les lèvres chaudes n'étaient autre que l'eau venue recouvrir les miennes au fur et à mesure que mon corps glissait. Je décide d'aller me coucher. Je m'endors dans cette baignoire, ce n'est pas prudent. Je sors de l'eau avant de la vider. J'y laisse mes douleurs et mes rêves, aussi étranges soient-ils.

Une fois dans mon lit, je ferme les yeux, le même rêve revient à mon esprit. Je le chasse et m'endors après quelques instants.

Je me réveille vers 2 heures du matin, j'ai faim. J'hésite puis finalement décide de sortir de mon lit pour me rendre aux cuisines. Mon estomac de Française n'est pas encore habitué à dîner si tôt. Habillée d'un pantalon ample à carreaux et d'un sweat noir, je descends pieds nus, éclairée par la lumière de mon téléphone portable. J'espère ne croiser personne, je ne suis pas certaine d'avoir le droit de déambuler dans les couloirs la nuit, encore moins dans cette tenue peu professionnelle. J'avance dans la pénombre et tandis que je suis à quelques mètres de la cuisine, j'entends un bruit derrière moi. Je sursaute, me retournant d'un bond : personne. Je continue mon chemin. Arrivée aux portes de la cuisine, je sens comme une présence. Je me retourne à nouveau, mais ne vois toujours personne. J'entre, allume puis referme aussitôt. J'ouvre les placards, le réfrigérateur, rien ne me tente. Je prends un morceau de pain et quitte la pièce avec précaution. J'éclaire le couloir de chaque côté : personne. Je me dirige rapidement vers l'escalier et manque de rater une marche. Il me semble avoir de nouveau entendu un bruit. Ou est-ce mon pied lorsqu'il a heurté la marche ? J'accélère, regarde par-dessus mon épaule plusieurs fois jusqu'à ce que je rejoigne enfin ma chambre. Je mange mon morceau de pain avant de me rendormir difficilement jusqu'au lendemain, en laissant la lumière de ma lampe de chevet allumée.

Le samedi commence dès 6 heures par ma formation de nettoyage des lustres. Tâche délicate puisque la hauteur ne rend pas les choses faciles. Je passe ensuite l'après-midi à polir les couverts ainsi que les autres décorations en cuivre, étain ou argent. Je ne peux m'empêcher de penser que tout cela est très vieillot et mériterait un petit relooking plus moderne. Marie est très silencieuse en-dehors des informations techniques qu'elle me transmet. Lorsque j'ai, malgré moi, commencé à chantonner doucement, elle m'a vite demandé de travailler en silence. À l'heure du dîner, je me suis assise seule à la même place qu'hier. J'ai mangé rapidement en écoutant mes collègues parler de leur sortie à venir. Au moment de quitter la pièce, je leur adresse un bonsoir n'attendant aucune réponse, mais contre toute attente, Ian le cuisinier m'interpelle.

— Hey ! Tu veux venir avec nous au *pub*[9] ce soir ?

— Oui, pourquoi pas ?

— OK, rendez-vous à 19 h 15 dans l'entrée.

— OK, j'y serai.

Je suis agréablement surprise et souris en partant, pensant que les choses s'améliorent. Je redescends vite de mon nuage lorsque je les entends rire aux éclats tandis que je ferme la porte. Je me prépare sans trop y croire, m'attendant au pire, mais je suis tout de même bien décidée à leur montrer qui je suis. Je suis presque prête quand mon portable affiche 19 heures. Le rendez-vous est dans quinze minutes, je patiente, assise sur mon lit. J'entends du bruit dans l'entrée puis des voitures qui roulent en-dessous de ma fenêtre. Je m'approche pour apercevoir mes collègues qui s'éloignent, agitant les bras par leurs vitres en guise d'au revoir à mon attention. Je pose ma veste sur le fauteuil, me rassieds sur le lit et laisse échapper une larme. Je prends mon téléphone portable pour envoyer un message à Laure.

---

[9] Bar anglais

— Qu'est-ce que tu fais ?

Pas de réponse. Je le garde dans les mains, les yeux dans le vague ; j'attends une minute, puis deux, puis cinq, toujours pas de réponse. Je me lève, vais dans la salle de bain, me démaquille et me mets en pyjama. 19 h 30, je suis assise dans mon lit. Nous sommes samedi soir, je regrette mon choix. Je meurs d'envie d'envoyer un message à Anthony, mais je l'imagine avec Anna et m'abstiens. Je ne veux pas paraître désespérée même si c'est exactement l'état dans lequel je me trouve. Mon portable émet un léger bip. Laure me répond et j'espère pouvoir me confier à elle pour égayer ma soirée.

— Je suis en famille, on se parle lundi ?

— OK, bon week-end.

J'enfouis ma tête dans l'oreiller pour y pleurer de toutes mes forces. Ce n'est pas le renouveau que j'espérais. Je m'endors difficilement, inondée de questions sur les raisons de mon départ, et tente de me convaincre de tenir encore quelque temps ici. Je ne veux pas vivre un échec professionnel après mon échec sentimental. Ils m'ont tous déconseillé de partir : je fuyais Anthony, j'arrêtais mes études à cause de lui, j'étais la seule enthousiaste par ce départ précipité. Revenir si tôt confirmerait ce que mes parents et mes amis pensaient. Laure m'a soutenue, mais je sais qu'elle était d'accord avec le reste de mes proches.

Je passe toute la journée du dimanche dans ma chambre mis à part pour les repas. Je descends tardivement le midi comme le soir pour ne pas croiser mes collègues. J'ai lu toutes les fiches deux fois. J'ai fait une sieste pour récupérer de ma nuit agitée, appelé mes parents quelques minutes, pour ne pas ruiner mon forfait, en tentant de sembler enjouée par cette nouvelle expérience. Je me suis ennuyée à mourir le reste du temps. Pour la première fois de ma vie, je suis pressée que lundi arrive.

Cela fait maintenant une semaine que je suis ici. Elle a été marquée par le ménage, les courbatures, les douleurs au dos, la fatigue et beaucoup d'informations à retenir. Je n'ai jamais croisé Monsieur, je ne l'ai aperçu qu'au loin par la fenêtre lors de son jogging matinal. Je ne rencontre mes collègues que pendant le petit-déjeuner et le dîner. Ils m'ignorent, j'en fais de même. Je tente de ne pas être touchée par leur conduite. Je ne compte pas me laisser impressionner ou décourager par ce genre d'attitude puérile. La seule personne avec qui j'ai des échanges est Marie, mais ils ne concernent que ma formation dont elle s'occupe elle-même. J'apprends beaucoup de choses techniques sur l'entretien d'une maison, mais je m'attendais à autre chose en postulant ici. Les jours défilent vite et finalement, une routine s'installe dans les tâches que j'exécute, dans mes activités quotidiennes et dans ma solitude. Mon unique bouffée d'oxygène est Laure, fidèle à elle-même. Tous les soirs, lorsque je rejoins ma chambre, je découvre des messages envoyés sur mon portable, des photos de ce qu'elle a mangé, de nos amis en train de trinquer à ma santé, même un selfie[10] d'elle à la bibliothèque. Il faut dire que je l'ai laissée dans un beau pétrin en quittant l'université du jour au lendemain. Nos

[10] Autoportrait numérique

dossiers ne sont pas terminés et elle est maintenant seule à travailler dessus.

— J'ai besoin de tes compétences, ma poulette. T'es dispo quand pour un Skype[11] ?

— Je n'ai pas accès à internet pour l'instant, mais dès que ma boss est à la retraite, je pourrai me connecter comme je veux. Je suis désolée, tu vas devoir attendre deux semaines encore. Ça ira ?

— Je vais me débrouiller d'ici là, t'inquiète ! Comment ça se passe dans ton château ? Toujours aussi glauque ?

— Oui, mes collègues m'ignorent toujours et je ne croise jamais le patron.

— Sympa l'ambiance ! T'es sortie un peu ?

— Non, il pleut tout le temps, c'est déprimant.

— Je vais pas enfoncer le clou, mais t'aurais dû rester avec moi ! On s'en fout qu'Anthony soit un salaud. On se serait éclatées toutes les deux comme au bon vieux temps. On serait sorties, t'aurais retrouvé un mec, et t'aurais oublié l'autre con.

— Merci de me remonter le moral !! Tu sais que j'avais besoin de partir un peu. Si les choses ne s'arrangent pas, je rentrerai. Ne dis rien à mes parents, stp[12]. Je leur dis que tout va bien. J'ai vraiment pas besoin de leur morale en ce moment.

---

[11] Logiciel permettant de passer des appels téléphoniques ou vidéo par internet

[12] Abréviation de : s'il te plaît

— Pas de soucis, tout va bien dans le meilleur des mondes pour leur bébé parti se jeter dans l'antre de la bête !

— Haha, très drôle ! Allez bonne nuit, ma Laurette.

— Bonne nuit, Cendrillon.

Cette nuit-là, je tente à nouveau une sortie vers la cuisine. Mon estomac crie famine et je ne compte pas laisser quelques craquements me faire mourir de faim. Je m'éclaire toujours de la lampe torche de mon téléphone portable. Une fois en bas de l'escalier, pas de bruit, pas de fantôme. Légèrement moins tendue, j'attrape un morceau de pain, puis repars, je n'ai pas très envie de traîner ici. Je fais rapidement les quelques mètres qui me séparent de l'escalier et crois voir une ombre se déplacer furtivement derrière moi. Je monte l'escalier à toute vitesse pour m'enfermer dans ma chambre. Comme si une serrure pouvait empêcher un spectre de passer ! J'allume toutes les lumières de ma chambre ainsi que celles de la salle de bain. Je lutte afin de résister au sommeil, mais finis par succomber.

Réveillée vers 5 heures, je me lève difficilement, éblouie par les lumières restées allumées toute la nuit. Aujourd'hui, je vais assister au petit résumé que Marie fait tous les jours en fin d'après-midi à Monsieur. Je vais enfin le voir en face à face pour la première fois depuis mon entretien, il y a déjà deux semaines.

La journée avance et nous voici devant le fameux bureau vert. Marie sonne.

— Come in[13].

Nous entrons. Elle avance de quelques pas. Je la suis. Elle s'arrête face à Monsieur puis attend qu'il l'invite à parler. Lorsqu'il lui fait signe, elle explique en anglais le déroulement de la journée.

— Nous avons poursuivi la formation d'Allie. Nous avons surtout vu l'aspect administratif aujourd'hui : planning, gestion du personnel ainsi que du budget notamment pour les cuisines. Les femmes de ménage ont effectué toutes les tâches planifiées pour la journée, les jardiniers également. Rien à signaler du côté des gardes. Nous avons reçu de nouvelles réponses pour l'événement d'avril. Nous serons très certainement une quarantaine. Nous allons rapidement passer à cet aspect de la formation d'Allie afin qu'elle sache organiser les prochaines soirées prévues. Avez-vous des questions, Monsieur ?

— Non, vous pouvez disposer.

Il n'a pas levé la tête un seul instant, en pleine étude de je ne sais quel document. Pourquoi demander un tel résumé s'il n'écoute pas ? Nous repartons aussitôt. Marie me signifie que notre journée s'arrête là. Je retourne dans ma chambre. J'irai dîner à l'heure française, au moins je ne croiserai personne.

Une semaine, deux semaines, un mois, le temps est, contre toute attente, passé assez vite. Depuis deux semaines, je fais le rapport de la journée chaque soir dans le bureau de Monsieur : d'abord avec Marie et seule depuis son départ il y a deux jours. Je suis très impressionnée par

[13] Entrez

Monsieur. Je ne reste que quelques minutes, mais je me sens stressée comme une actrice avant une représentation. J'ai les mains moites, je les laisse derrière mon dos afin qu'il ne s'aperçoive pas qu'elles tremblent. Il n'est pas méchant. En fait, il parle peu. Il m'écoute seulement, enfin je pense. La plupart du temps, il garde les yeux rivés sur ses dossiers. C'est d'ailleurs la situation que je préfère. Je perds mes moyens lorsque ses yeux me fixent, son regard perçant me déstabilise. Hier, lors de mon premier rapport de journée effectué seule, il m'a adressé la parole pour la première fois depuis mon entretien. Il souhaite que nous échangions en français. J'avais répété mon texte en anglais et étais quelque peu déçue : pour une fois que j'ai l'occasion de dire quelques phrases dans ma longue journée de solitude, je dois les formuler en français.

J'ai eu un peu peur du départ de Marie, mais finalement, mes collègues, qui m'ignorent toujours, connaissent tellement bien leur poste qu'ils n'ont pas besoin d'être dirigés. J'ai la chance qu'ils soient très respectueux de Monsieur. Ils semblent vouloir bien faire leur travail pour le satisfaire pleinement. Il n'y a quasiment aucune nécessité pour moi d'intervenir. En ce qui les concerne, je ne sers qu'à vérifier que tout est fait et bien fait, nos échanges sont donc très limités. La situation est moins difficile à gérer que je ne pouvais l'imaginer. Une routine s'est installée, leur attitude à mon égard en fait partie. J'organise mes heures de repas en fonction des leurs et ne leur adresse la parole que pour des besoins professionnels : ça semble convenir à tous. Je pense qu'ils sont surpris de me voir tenir, ils ne me donnaient pas une semaine. Pourtant un mois est passé, ma période d'essai est terminée. Je suis maintenant leur responsable, qu'ils le veuillent ou non.

Samedi 27 avril : premier événement

Les semaines se suivent et se ressemblent depuis que Marie est partie. Je profite de l'accès à internet de mon nouveau bureau pour discuter avec Laure via Skype. Quasiment tous les soirs vers 22 heures, je descends et me connecte. J'ai décidé de l'aider à terminer nos travaux d'études.

— Tu devrais tenter de valider ton diplôme. Après tout, nous sommes déjà en train de finir les dossiers. Tu auras une note pour chacun d'entre eux, il ne te reste que trois partiels écrits à passer, me conseille Laure.

— Tu sais bien que je ne peux pas m'absenter comme ça.

— Avec un peu de chance, ils seront tous les trois le même jour. Tu ne serais absente qu'un seul jour complet.

— Tu ne comptes pas la route !

— Prends l'avion !

— Je vais y réfléchir.

Ma tentative de couper court à cette conversation semble vaine.

— Oui, tu devrais. Ce boulot, c'est bien, mais le jour où tu arrêtes, tu fais quoi ensuite ? Au moins, si tu valides ta licence, tu auras déjà ça à inscrire sur ton CV.

— J'ai l'impression d'entendre mes parents !

— Ils ont raison, Allie ! Tu as des points d'avance avec le premier semestre, tu auras une note sur les dossiers que l'on fait ensemble. Ton nom est toujours dessus, c'est un travail collectif. De toute façon, je ne peux pas les rendre seule. Concentre-toi là-dessus et je te donne mes cours pour les trois partiels. Révise-les comme tu peux. Si tu limites la casse, tu peux l'avoir. Ça serait dommage de ne pas le tenter si proche de la fin, argumente-t-elle convaincue.

— OK, OK, je vais voir ça. Envoie-moi tes cours. Je le ferai si j'ai le temps, dis-je résignée, car je sais qu'elle a raison.

Le temps que je passe à travailler avec Laure est le moment de la journée que je préfère. Comme les échanges avec mes collègues se contentent du strict minimum nécessaire au bon déroulement de nos journées respectives, Laure est ma compagnie la plus agréable malgré l'écran qui nous sépare. Je reste souvent une, deux, voire trois heures avec elle, selon l'avancée de notre travail et, parfois, selon les commérages palpitants qu'elle a à me donner sur nos amis. Je lui raconte mes journées ici, ma solitude toujours et l'attitude glaciale de mon patron que je ne croise que cinq minutes par jour, mais qui ne semble pas porter une grande importance aux informations que je lui transmets lors de nos entretiens. Il est pourtant à l'initiative de ce résumé quotidien. Laure reste persuadée que je perds mon temps, alors je tente désespérément de lui prouver le contraire. Mes efforts paraissent vains. Je ne peux pas lui en vouloir, je ne parviens pas à me convaincre moi-même d'avoir fait le bon choix.

Chaque soir, je repars de mon bureau rapidement. Je me hâte devant le grand salon puis accélère dans l'escalier. Chaque soir, les craquements des murs, le vent et les ombres, me donnent des frissons. Je me sens observée, suivie. Je dors souvent la lumière allumée et Laure m'envoie généralement un message pour me demander si le fantôme ne m'a pas attaquée sur mon trajet. Elle est très amusée à l'idée qu'il y ait un fantôme au manoir. D'après elle, je suis juste dans une vieille maison qui craque. Elle a sans doute raison : jusqu'ici, je n'ai jamais vraiment cru à toutes ces histoires d'épouvante non plus.

Demain, nous recevrons une quarantaine de personnes au domaine. Tout est presque prêt. Les invitations étaient déjà parties quand j'ai commencé mon contrat. Le traiteur est réservé, l'équipe est au complet. Seuls les détails de dernière minute restent à régler. J'envisage un apéritif printanier à l'extérieur. J'espère que le temps nous le permettra.

J'entends les premiers véhicules rouler sous mes fenêtres lorsque Claire frappe à ma porte. Elle me tend un complément d'uniforme à revêtir lors des réceptions.

— Tiens, à la laverie, ils m'ont prévenue que tu n'avais pas récupéré ton uniforme pour ce soir.

— Je n'étais pas au courant. Pourquoi personne ne m'en a informée avant ?

Elle s'en va en haussant les épaules, sans même prendre la peine de me répondre. Je suis déjà prête, vêtue d'une robe de soirée. Tant pis pour l'uniforme. Je soupçonne Elizabeth, l'une des blanchisseuses, qui ne semble pas beaucoup m'apprécier, d'avoir volontairement oublié de me le rappeler. Je chausse mes talons aiguilles en tentant de garder l'équilibre, laissant sur le cintre la tenue qui m'était a priori destinée. Cela me vaudra certainement une remontrance de Monsieur, mais je n'ai plus le temps d'y penser. Je sors de ma chambre après un dernier regard dans le miroir. Je redresse ma silhouette, remonte les épaules ainsi que le menton puis avance rapidement vers le grand escalier avec l'élégance nécessaire à l'événement. J'avais emporté avec moi une seule robe de soirée, classique et sexy à la fois. C'est une belle robe noire, avec de longues manches, sans décolleté sur le devant, mais un très beau dos nu. Proche du corps, elle frôle le sol, révélant ma jambe gauche jusqu'à mi-cuisse à chacun de mes pas. Elle était vendue avec une jolie veste blanche ornée de trois boutons noirs au niveau des poignets, toutes les coutures sont également noires. Mon dos est ainsi complètement couvert et je ne risque pas de tomber malade. Même si nous fêtons aujourd'hui le printemps, les températures sont encore bien loin d'être chaudes.

Je descends l'escalier, une main glissant sur la rampe dorée. Les invités sont reçus par Claire. Souriante, elle n'a pas oublié de s'adresser à eux avec les formules d'usage réservées à leur titre. J'avance pour les accueillir en me présentant : « Appelez-moi Allie ». Je les accompagne jusqu'à la terrasse, le soleil nous fait l'honneur de sa visite. J'ai disposé le buffet sous les tonnelles, et les parasols chauffants sont installés. Ainsi, nos convives pourront profiter des amuse-bouches sans craindre le rhume.

La ronde des arrivées ne se fait pas attendre. Charles, le majordome, les annonce les uns après les autres, non pas à leur entrée dans le salon, mais bien à leur sortie sur la terrasse. Je suis satisfaite de mon initiative. Marie m'avait expliqué qu'ils n'avaient jamais utilisé ces parasols chauffants, c'est maintenant chose faite. Nous pouvons ainsi profiter d'un apéritif à l'extérieur.

Les premiers invités sont au domaine depuis bientôt quinze minutes. Monsieur ne devrait plus tarder. Je l'aperçois tandis que je discute avec le comte et la comtesse De Leicester ainsi qu'avec monsieur Williamson, tous ces gens que je ne connaissais jusqu'alors que grâce à quelques mots écrits sur une fiche. Je sais que le comte et la comtesse ont rencontré Monsieur au cours d'un match de polo, passion commune des deux hommes. Le comte semble quelqu'un d'assez réservé en public, il est élancé et sa beauté évidente s'est transformée en un séduisant charme avec les années qui avancent. Son épouse semble plus joviale. Elle paraît plus vieille que son âge, ses rides marquées ne lui font pas honneur. Je me souviens, bien entendu, de la fiche de monsieur Williamson. Il y était indiqué « amis depuis l'université ». Légèrement bedonnant, le sport ne semble pas être sa priorité, mais son visage montre un homme sympathique et honnête. Je leur propose une coupe de champagne. Alors que nous plaisantons quelques instants, je sens le regard de Monsieur se poser sur moi. Il me dévisage, désapprobateur. Je baisse les yeux et me reconcentre sur la discussion. J'échange un sourire avec mes interlocuteurs avant de m'excuser afin d'aller chercher leurs coupes. Je me dirige alors vers le bar éphémère, installé là pour l'occasion. Monsieur est immobile derrière les verres, en pleine vérification discrète auprès des serveuses que tout est en place. Il lève les yeux puis fronce les sourcils. À mesure que j'avance, son regard perçant me trouble. J'imagine les reproches en baissant les épaules. Je prends finalement sur moi et me redresse. Il me scrute, le visage impassible. Une fois à sa hauteur, je prends délicatement les coupes alors qu'il s'adresse à moi.

— Vous ne portez pas votre uniforme.

— Non, Monsieur.

— Dois-je vous en demander la raison ?

— Non, Monsieur. Simplement, j'avais oublié qu'il y avait un uniforme spécial pour les événements. J'étais déjà apprêtée lorsque les premiers invités sont arrivés. J'ai préféré laisser l'uniforme, pour les accueillir comme il se doit.

— Vous appelez cela, comme il se doit ?

— Non, Monsieur, je vous prie de m'excuser, Monsieur.

Je baisse les yeux, honteuse. Il trouve ma tenue inappropriée. Moi qui étais fière de la porter.

— Ne les faites pas attendre, m'ordonne-t-il sèchement.

Je pars, désorientée, avec mes trois coupes à la main. Je les apporte aux invités en pleine conversation politique, avant de poursuivre mon chemin parmi les autres convives. Les minutes filent, puis une première heure. Les amis de Monsieur semblent apprécier ce moment agréable sous le soleil timide des premiers jours de printemps. Je passe du temps avec tous, demandant des nouvelles d'enfants que je n'ai jamais vus, m'inquiétant des conflits au Mali comme en Syrie, ou en tentant de répondre aux interrogations sur la politique française.

Les invités, loin d'être hautains et froids, me posent beaucoup de questions sur mon pays natal, les coutumes, mes capacités culinaires, comme si être Français impliquait d'être un grand chef. Pour la première fois depuis quasiment deux mois, j'échange avec plaisir avec des personnes agréables et j'en oublie presque ma solitude. Je croise parfois le regard de Monsieur en pleine conversation avec certains de ses amis. Je tente de l'éviter lors de mes déplacements, mais il est difficile d'échapper au maître des lieux.

Alors que je le pense en cours d'argumentation sportive sur les derniers matchs de polo, il surgit derrière moi et m'attrape le bras. Je sursaute : ce contact heureusement très court me met mal à l'aise.

— Très bonne idée, cet apéritif printanier.

Je crois voir un sourire s'afficher en une seconde sur ses lèvres, mais il part déjà rejoindre ses convives. Un compliment ! C'est le premier depuis mon arrivée il y a deux mois maintenant.

Claire me tire de mes pensées. Une personne s'est décommandée à l'instant. Il faut que j'en avertisse Monsieur. Je prends mon courage à deux mains et avance dans sa direction. Ses yeux se tournent vers moi, il comprend que je viens à sa rencontre. Il prend congé.

— Monsieur, je dois vous informer que monsieur Taylor ne sera pas présent au dîner de ce soir, il vous prie de l'en excuser.

— D'accord.

— Je vais faire retirer un couvert, Monsieur.

— Très bien.

Il me fait un signe de tête pour me congédier, fait un pas puis se retourne, m'attrapant à nouveau le bras.

— N'en faites rien, décalez monsieur et madame Williamson vers le comte et la comtesse De Leicester afin de laisser la place vacante à ma gauche. Je ne veux pas qu'elle soit à côté du comte. Nous aurons certainement une invitée supplémentaire.

— À votre guise, Monsieur.

« Elle », « Une invitée supplémentaire » ? Mais qui ? Pourquoi ne suis-je pas au courant ? Comment vais-je l'accueillir, quel est son nom, son rang ? Je me retrouve submergée de questions lorsque la réponse me parvient soudainement : une invitée, il s'agit assurément d'une amie de Monsieur, ou plutôt de la future Madame. Il ne m'en a pas fait part. Je sens comme un malaise s'emparer de moi. Je me raisonne, je ne suis que sa gouvernante, pas sa confidente.

Une fois devant la table, je suis les instructions. Je ne mets pas de nom, ne sachant pas quoi y inscrire. Je vérifie que tout est en ordre puis retourne sur la terrasse. J'aperçois Monsieur discutant avec monsieur Williamson. Ils me scrutent, son ami lui glisse quelque chose à l'oreille. Monsieur me déshabille du regard et lui sourit.

Je frissonne, un courant d'air frais vient de souffler sur mes reins. J'accélère le pas pour me rendre vers le bar afin de m'assurer que tout se déroule parfaitement, me plaçant ainsi à l'opposé de Monsieur et de ses regards qui me déstabilisent tant.

Charles, l'homme de main, me prévient que le dîner est prêt. Je vais avertir l'hôte. Je sens un stress m'envahir comme je m'approche à nouveau de lui. Il acquiesce avant de se retourner vers ses amis afin de leur proposer de passer dans la salle de réception. Guidés par Charles, ils entrent peu à peu pour se placer autour de l'immense table.

Monsieur m'attrape une fois encore le bras tandis que je m'éloigne.

— Allie, vous avez impressionné mes invités.

« Allie », c'est la première fois qu'il utilise mon prénom lorsqu'il s'adresse à moi. Et un second compliment ! Je baisse la tête alors que mes joues rougissent légèrement.

— Merci Monsieur, je dois aller voir en cuisine.

Je fais mine de partir, toujours aussi mal à l'aise de ce contact entre nous, mais il ne lâche pas mon bras tout en continuant à marcher. Me voilà forcée de le suivre.

— Allie, vous ne pouvez pas aller en cuisine maintenant.

Alors que ma veste blanche avait jusque-là bien caché le dos nu de ma robe, Monsieur pose sa seconde main sur mon dos. Son pouce et son index se déposent sur ma veste, mais ses trois doigts suivants se retrouvent directement en contact avec ma peau dans le creux de mes reins. Il hausse les sourcils.

— Votre robe est décidément pleine de surprises.

Je sens une bouffée de chaleur envahir mon visage, je suis écarlate et très embarrassée. Il sourit, amusé par ma timidité. Je ne peux soutenir son regard pénétrant et reste bêtement immobile.

— Comme je vous le signifiais, vous ne pouvez pas aller en cuisine maintenant. Vous allez devoir faire quelque chose pour moi. Mes invités vous ont prise, comment le formuler ?... pour une amie. Enfin, ils pensent que vous êtes, ou plutôt, que vous n'êtes pas que la gouvernante.

— Je ne comprends pas, Monsieur, dis-je toujours rouge de honte.

— Ils vous prennent pour mon amie.

— Quelle amie, Monsieur ?

Tandis que je pose la question, je vois son regard encore plus intense se plonger dans le mien avec ce petit air interrogateur. Il veut que je comprenne par moi-même, mais je n'ose formuler la pensée qui me traverse l'esprit.

— Ils supposent que vous et moi, nous sommes ensemble. Alors, installez-vous à table à ma gauche, vous n'aurez qu'à faire semblant. Si vous restez discrète, tout se passera bien.

— Excusez-moi, Monsieur, mais je ne pense pas que j'en sois capable. Ce n'est pas une bonne idée.

— S'il vous plaît, Allie...

Je le contredis et pourtant, il me répond par un « s'il vous plaît ». Il me sourit et ce regard ! Comment refuser ? Comme s'il comprenait mes pensées, ses yeux se font encore plus insistants, ne me laissant pas le temps de le contredire à nouveau.

— Très bien, mais je dois prévenir Claire qu'elle est en charge du repas.

Il fait un signe à Charles pour lui demander de transmettre le message. Il garde sa main dans mon dos, sans même essayer de la mettre intégralement sur ma veste. Je suis comme prise au piège, la petite brebis égarée face au loup.

Il m'indique le chemin, recule ma chaise avec galanterie, s'assied à mes côtés puis lève le verre de champagne que lui tend la serveuse. Je suis gênée et particulièrement mal à l'aise alors qu'il porte son toast.

Contrairement à ce qu'avait préconisé Monsieur, il m'est difficile de me faire discrète pendant le repas. Tous les regards sont tournés vers moi. Madame Rushmore, une dame légèrement forte et un peu trop maquillée, commence la première question de l'interrogatoire.

— Allie, vous êtes consciente que vous faites beaucoup d'envieuses ?! Un homme beau et riche comme Dorian, nous en rêvons toutes !

Je balbutie une réponse aussi claire que ridicule, espérant que l'intérêt général change de victime, mais après un léger rire collectif, la deuxième question survient déjà.

— Depuis quand vous connaissez-vous ? interroge la comtesse De Leicester.

— Quelques semaines.

Je reste vague, ils vont se lasser.

— Je sais que c'est indiscret, mais vous avez presque 20 vingt ans d'écart, c'est beaucoup, non ? intervient à nouveau madame Rushmore.

L'audience acquiesce, Monsieur baisse les yeux. Je n'ai pas le temps de réfléchir à une réponse qu'une autre question m'est posée.

— Imaginez si Dorian avait des enfants, vous auriez presque leur âge ! Non ? se moque-t-elle dans un rire hautain, presque vulgaire.

— Qu'est-ce qui vous amène en Angleterre ? Vous avez des terres dans le secteur ? Quel est le nom de votre père, je le connais peut-être ? s'intéresse monsieur Williamson.

— Delonnay, mais je n'ai pas de famille en Angleterre.

— De Lonnay, ah oui, les Français utilisent « De » comme nous « *Sir* », n'est-ce pas ? Lonnay est une région ? renchérit-il comme pour me faire accepter parmi eux.

— Non, pas du tout, c'est en un seul mot, dis-je simplement.

— Comment vous êtes-vous rencontrés ? me questionne son épouse, madame Williamson.

Monsieur vient à mon secours.

— Je cherchais une gouvernante.

Il boit une gorgée de champagne.

— J'en cherche toujours une, poursuit-il en reposant sa coupe.

Les invités rient. Il répond encore à quelques questions à notre sujet puis dirige habilement la conversation vers quelqu'un d'autre. Me voilà sauvée pour la suite du repas.

Après le dessert, alors que les hommes se retirent dans le petit salon pour des discussions qui leur sont réservées, les femmes, elles, s'orientent vers le grand salon. Je m'excuse en prétextant devoir vérifier les cuisines. Elles hochent la tête d'approbation en me félicitant d'avoir déjà obtenu le respect du personnel de Monsieur. À peine ai-je fait quelques pas, que je les entends ricaner comme des hyènes après un bon repas. Je m'attarde un instant, une première voix s'exclame.

— Il va se lasser, ces petites jeunes sont mignonnes, mais c'est tout ce qu'elles ont et la fraîcheur ne dure pas éternellement !

— Vous avez bien raison, ma chère. Les hommes sont faibles dès qu'il s'agit de leur agiter un joli petit bout de viande bien frais devant le nez, mais ça ne s'éternisera pas ! rajoute une deuxième invitée que je ne reconnais pas.

— Tout à fait, tant qu'il ne se fait pas avoir ! Après tout, elle débarque d'on ne sait où, qui nous dit qu'elle n'est pas là pour l'argent ? Heureusement, Dorian n'est pas né de la dernière pluie ! claironne une troisième dame, qu'il me semble être madame Rushmore.

J'aperçois Charles arrivant dans le couloir à ce moment-là. Je m'éclipse alors dans les cuisines, espérant que les conversations soient tout autre dans le petit salon de ces messieurs. Pourtant j'ai l'intime conviction que si la présence de Monsieur les en empêche, ces gentlemen n'en pensent pas moins. Qu'importe, je n'ai fait que jouer un rôle ce soir, mais je comprends mieux l'une des raisons, peut-être, du célibat de Monsieur.

Peu à peu, j'accompagne à la porte les invités qui quittent les lieux. Tandis que les derniers partent, monsieur Williamson complimente Monsieur sur « sa trouvaille ».

Ce dernier passe alors son bras autour de moi pour déposer sa main sur ma hanche.

— Ne la laisse pas filer, Dorian, lui recommande monsieur Williamson, son plus vieil ami, à en croire les fiches.

— Je n'en ai pas l'intention, répond simplement Monsieur.

Aussitôt la porte fermée, il me fixe.

— Merci, Allie, vous vous en êtes très bien sortie. Ne vous y habituez pas.

Il retire sa main puis s'en va sans un autre mot. Décidément, Monsieur a ses humeurs. « Ne pas m'y habituer », il oublie que je n'ai rien demandé. Je n'ai pas le temps de m'attarder davantage. Je suis éreintée, mais il me reste encore beaucoup de choses à faire. L'équipe a bien travaillé, les lieux sont propres, la table est débarrassée, la terrasse est rangée. Je les ai congédiés, c'est à moi de finir. Après tout, j'ai profité de ce repas assise pendant qu'eux s'affairaient. Je vais ouvrir les fenêtres et vider les cendriers du petit salon occupé par ces messieurs : l'odeur du cigare empeste le rez-de-chaussée. Ensuite, je vais ranger le salon des dames. Je débarrasse les tasses, remets les coussins, nettoie les tables, aspire la moquette, tire les rideaux. Une bonne chose de faite. Je retourne dans le premier salon, l'air frais du soir est entré. Je ferme les fenêtres, l'odeur de cigare a presque disparu. Je pose ma veste sur l'accoudoir du sofa avant d'effectuer les mêmes gestes que précédemment. Je m'assieds un instant afin de retirer mes chaussures, mes jambes sont lourdes. Je les allonge sur le sofa puis repose mes yeux une seconde. Mon corps se relâche laissant mon inconscient s'évader, la fatigue a raison de moi et je plonge dans mes rêves, accompagnée comme souvent par Anthony. Je me suis endormie sur notre clic-clac dans notre salon. J'entends au loin une porte qui s'ouvre, des pas s'approchent, je sens sa présence juste derrière moi. Délicatement, sa main frôle mon dos, me caressant de bas en haut. Après quelques secondes, le bout de ses doigts vient effleurer ma hanche dépassant quelque peu les limites du tissu de ma robe. Chatouilleuse, je remue légèrement. Sa main s'immobilise avant de quitter ma peau. Il soulève ma veste tombée sur le sol, pour couvrir mon dos. En une seconde, je me retrouve dans ses bras. Je sens son odeur, mélange d'eau de parfum et de cigare. Il monte l'escalier, je reste la tête sur son épaule, les yeux clos. Il ouvre la porte de ma chambre avant de me déposer doucement sur mon lit. Je me niche contre lui, apaisée dans ses bras, comme toujours.

Réveillée en sursaut par un bruit de porte qui se ferme, j'ouvre les yeux. Perdue, je cherche un repère, une lueur, la forme d'un meuble qui puisse m'indiquer où je me trouve. Avec mes mains, je tâtonne, soupçonnant une couette. D'un bond, je tente d'atteindre ma lampe de chevet. La lumière s'allume, je suis, en effet, sur mon lit, le côté resté libre de ma couette est posé sur moi. Je suis pieds nus et ma veste est sur le fauteuil. Une sensation étrange m'envahit. Je ne me souviens pas être montée me coucher. Je ne sais absolument pas comment je suis arrivée là. J'ai dû me réveiller, aller me coucher, me rendormir aussitôt et mon cerveau embué par la fatigue ne s'en souvient plus.

Je me lève pour aller dans la salle de bain. Je me démaquille, me décoiffe puis me déshabille. Je vais déposer ma robe sur la chaise. Je me recouche et éteins la lumière. Finalement, je me relève afin de fermer ma porte à clef, je ne voudrais pas me réveiller hors de ma chambre demain matin. Je m'allonge puis reprends mon rêve là où il avait été interrompu. Je me blottis dans les bras d'Anthony. Anthony qui m'a prise dans ses bras pour me porter jusqu'à mon lit. Et si ce n'était pas un rêve ? Qui alors ? Charles, l'homme de main ? Non, il m'aurait réveillée. Monsieur ? Non, il se serait indigné de mon attitude. Le fantôme ? Je repasse le rêve dans ma tête : la main qui me caresse, l'odeur de cigare, les bras qui me portent. Où s'arrête le rêve et où commence la réalité ? J'ai dû monter seule alors que la fatigue était intense.

Quelques heures plus tard, je sors d'un sommeil agité et peu réparateur. J'ai des cernes et je bâille devant le miroir. Je me prépare puis m'habille. Prête à descendre, je pose la main sur la porte. Une appréhension m'envahit, je vais devoir croiser le regard de Monsieur. Il me déstabilisait déjà, mais après notre jeu de rôle d'hier, le dîner, sa main sur ma hanche, ses doigts sous ma veste, je ne vais plus oser être dans la même pièce que lui. Je me sens incapable de soutenir ses deux yeux bleus qui me fixent tant.

Après l'escalier, je passe par le salon récupérer mes chaussures restées sur place puis je rejoins les cuisines pour un petit-déjeuner bien mérité. Elles sont presque vides, beaucoup d'employés sont en congé aujourd'hui. Je me sers, choisis du pain accompagné de confiture avec un bol de lait chaud. C'est le petit-déjeuner que je prenais enfant. Seule à ma table, toujours endormie, je pose mes mains sur le bol qui les réchauffe, ferme les yeux avant de me revoir un instant à la table familiale. Je ne peux m'empêcher de repenser à cette nuit et à ce rêve étrange. Comment ai-je rejoint mon lit ?

Je fais le tour de la maison, tout est normal. Les gardes sont à leur place, pas de courrier aujourd'hui, nous sommes dimanche. Je suis moi-même en repos, mais je ne peux m'empêcher de me lever tôt pour faire le parcours habituel afin de vérifier que tout va bien comme chaque matin. Je m'arrête à mon bureau sans raison particulière. J'entre puis m'assieds, je prends le planning des choses à faire cette semaine lorsque je m'aperçois que plusieurs ont été rayées, notamment des rendez-vous de Monsieur à préparer, des dîners, et un Post-it sur lequel il est noté : À ANNULER.

Claire ne m'en a pas parlé. Peut-être que Monsieur le lui a demandé hier soir. Quelqu'un frappe à ma porte, mon cœur s'emballe alors que Charles apparaît.

— Bonjour, Allie. Je voulais te prévenir, je vais chez ma mère, je serai de retour mardi.

— Mais tu ne peux pas. Monsieur aura besoin de toi, demain.

— Non, c'est bon. Lorsqu'il est à l'étranger, nous pouvons partir quelques jours à tour de rôle.

— Quoi ? Mais il n'est pas à l'étranger ?

— Bien sûr que si. Il me l'a dit ce matin en partant à l'aéroport. Il va au Japon pour deux semaines. Je pensais que tu étais au courant.

— Non, je dois avouer que non. Il a quitté le domaine à quelle heure ?

— Vers 7 h 45, je sortais les chiens. J'ai écrit un mot dans la cuisine. Tu ne l'as pas vu ?

— Non, il a laissé un message pour moi ?

— Non, il était très pressé.

— Bon, très bien, merci Charles, bon week-end.

Charles referme la porte. Au Japon pour quinze jours, mais ce n'était pas prévu. Il est parti ce matin à 7 h 45, je descends chaque dimanche à 8 heures. Il aurait pu m'attendre. Il aurait aussi pu me prévenir ou me laisser un mot. Mes yeux retombent sur le planning. Le voilà son mot : « À ANNULER ». Décidément, il est difficile à suivre.

Mai : premier retour

Une dizaine de jours se sont écoulés. J'avoue que la maison est plus détendue quand Monsieur n'est pas là. Chacun s'affaire à sa tâche. Ses employés sont disciplinés et honnêtes. Malgré notre mésentente, ils restent fidèles à eux-mêmes, je les trouve même trop sérieux. Pourquoi devrais-je me lever à 5 heures du matin quand je sais qu'il y a moins de travail que d'habitude, car le maître des lieux n'est pas là ? Il n'y a pas de visites, de soirées ou de repas à préparer autres que pour le personnel. Dès le mercredi, je décide d'instaurer un rythme de travail plus léger, en musique, et d'octroyer davantage de pauses à chacun. Marie m'avait laissé un mode d'emploi des périodes d'absence de Monsieur. Elle y décrit ce que j'ai pu constater : des semaines plus calmes, mais en insistant sur le fait que le travail doit être impeccable. Comme chaque jour, je dois faire mon rapport à Monsieur. Je dépose donc une petite note sur son bureau quotidiennement. Marie me demande d'y inclure tous les détails. Monsieur souhaite tout savoir. J'y indique les libertés que j'ai instaurées ainsi que les informations du jour, comme d'habitude. L'absence de Monsieur m'offre la possibilité de me consacrer à la révision de mes partiels. Je ne lui ai pas encore demandé l'autorisation de prendre quelques jours de congés, j'espère qu'il acceptera. Je révise chaque soir, pendant une bonne heure, mais également deux heures durant la journée, bien installée dans mon bureau. Je n'ai, bien sûr, pas le droit, mais la distance qu'ont instaurée mes collègues entre eux et moi, me permet de le faire sans risquer d'être démasquée. Les cours de Laure sont bien pris, ils vont à l'essentiel. Malgré mon absence, je comprends presque tout et lui demande assez peu d'éclaircissements.

Mes collègues ont d'abord été surpris, voire sceptiques, du nouveau rythme de travail que je leur soumettais, mais ils semblent y prendre goût. Peut-être même commencent-ils à apprécier ma façon de gérer la maison ? Pour le leur annoncer, j'ai provoqué une réunion improvisée à l'heure du déjeuner. Alors qu'ils étaient tous attablés, je suis arrivée pour m'adresser à eux.

— Je vous propose, lorsque Monsieur n'est pas là, de commencer deux heures plus tard. Le travail devra, bien sûr, être d'aussi bonne qualité que d'habitude, mais je considère qu'il y a moins de ménage à faire, pas de dîners ou autres à préparer, moins de linge à changer, donc moins de lessives. Je reste cependant à votre écoute si certains estiment que leurs tâches quotidiennes ne peuvent pas être faites en moins de temps. Bien entendu, ces aménagements ne concernent pas les gardes qui continuent à se relayer sur vingt-quatre heures. Je vous propose également de mettre un peu de musique. Je me chargerai d'allumer et d'éteindre chaque jour la chaîne Hi-Fi. J'ai pensé à une radio locale, qui diffuse à la fois de la musique moderne, mais aussi de grands classiques du répertoire anglophone ou encore des informations. Cela dit je suis ouverte à d'autres suggestions. Avez-vous des remarques, des questions, des commentaires ?

Le silence habituel est brisé par de légers murmures.

— Mais on devra mentir à Monsieur à son retour ? m'interpelle Claire.

— Non, je vais l'en avertir.

— Tu as son autorisation ? me demande Charles.

— Non, j'ai pris l'initiative de cette décision dont je vais lui faire part, sachant que ça reste un aménagement ne concernant que ses périodes d'absence. Si le travail est bien fait et qu'il est satisfait de retrouver une maison impeccable à son retour, je suis convaincue que ça ne posera pas de problème.

— Si ça en pose, c'est nous qui prendrons ! s'exclame Elizabeth, la blanchisseuse.

— Mais non, pas du tout, j'assume l'entière responsabilité de ces modifications. Sauf si vous préférez continuer sur le même rythme que d'habitude ?

Pas de réponse, ils échangent des regards, des chuchotements. Je poursuis sur ma lancée.

— Pour la musique, est-ce que ça vous convient ?

Encore des marmonnements.

— Très bien, je prends ça pour un oui. Je mets en route la musique dès maintenant. Pour les horaires, le changement sera effectif dès demain. Merci d'avertir vos collègues qui ne travaillent pas aujourd'hui. Demain, nous commencerons tous deux heures plus tard par rapport à nos horaires habituels. Pour les cuisiniers, ça signifie 7 heures du matin, pour les autres, 8 heures du matin. Des questions ?

Je patiente quelques secondes, passe mon regard sur chaque visage, même s'ils m'ignorent les uns après les autres.

— Très bien, bon appétit à tous.

Je quitte la pièce pour retourner dans mon bureau. J'irai déjeuner dans une heure lorsqu'ils seront tous partis.

Je rejoins toujours Laure plusieurs soirs par semaine sur Skype. Nous continuons les dossiers que nous devions rendre ensemble. Je n'ai presque plus la sensation d'être suivie ou observée. Je dois m'habituer aux lieux et la météo est plus clémente avec le printemps. La pluie et le vent sont moins fréquents. Mon fantôme n'était certainement qu'un peu de mauvais temps et les bruits de cette vieille demeure. Malgré tout, je ne m'attarde jamais. Les couloirs sombres de ce manoir ne me rassurent pas dans l'obscurité de la nuit.

Un jour, alors que je dépose le rapport de la journée sur le bureau de Monsieur, je me surprends à fermer la porte derrière moi. Je déambule, regarde les étagères, frôle le bois de son bureau. Il n'y a aucune photo, pas d'objets personnels. Bien sûr, il est chez lui, ces meubles sont les siens, ces livres sont les siens, mais je pense plus à un souvenir, une chose plus intime qu'une bibliothèque. Je m'approche des livres : Hugo, Verne, Maupassant, Perrault, La Fontaine. Monsieur aime la littérature française, ceci explique sa maîtrise parfaite de la langue. Il y a aussi quelques auteurs que je ne connais pas et Shakespeare, bien entendu.

Je continue ma visite, j'observe les tableaux. Ce bureau ressemble à un vieux musée, sombre et peu accueillant. Je ne pourrais pas passer mes journées ici. Au fond de la pièce, j'aperçois une poignée derrière un rideau vert en velours. J'hésite avant d'y poser la main. La porte est fermée. Il ne s'agit pas d'un placard, mais bien de l'entrée d'une salle. La seule pièce que je ne connaisse pas. Je ne me souviens pas l'avoir vue sur les plans non plus. Monsieur est un cachotier. Qu'a-t-il de si personnel à cacher, qui ne nécessite pas d'entretien ? Un trésor ? Une garçonnière ? Un cachot ? Ou pire, est-ce qu'il y enferme les corps de ses épouses décédées tel Barbe Bleue[14] ?

J'ai passé assez de temps dans ce bureau vert, j'en pars rapidement. Monsieur sera de retour dans quatre jours. Demain, je dois m'assurer que tout est en ordre. Je n'ai eu aucune nouvelle, pas d'appel, pas d'e-mail, rien. Je connais la date ainsi que l'heure de son arrivée grâce à son chauffeur qui, a priori, a eu des nouvelles, lui. J'aimerais éclaircir tout cela lorsqu'il reviendra : si je suis sa gouvernante, ne dois-je pas tout savoir ? Les nuits suivantes sont agitées, je suis anxieuse.

Dernier jour sans le maître des lieux : le stress monte. Je vérifie tout, pièce après pièce. Il faut qu'il soit satisfait de retrouver sa maison comme il l'a laissée, qu'il ait confiance en moi lors de son prochain départ. Je vais me coucher, nerveuse. Son retour signifie que je vais devoir lui parler tous les jours. Les souvenirs de notre dernière soirée passée ensemble remontent à la surface. J'ignore quelle attitude je vais devoir adopter avec lui. Il va quand même falloir que

---

[14] Conte de Charles Perrault

je lui fasse comprendre que je ne suis pas à sa disposition pour tout. Mon rôle n'est pas de jouer à être sa compagne. Il ne faut pas que cela se reproduise.

Nous sommes vendredi, jour J. Je me réveille puis vaque à mes occupations matinales comme chaque jour. La maison est silencieuse, je n'ai pas mis de musique aujourd'hui. Chacun est à son poste, comme si Monsieur n'était pas parti. 13 heures, il ne devrait plus tarder : dois-je l'accueillir à son retour ?

Je vais à la porte, une boule au ventre. Charles apparaît, valises à la main. Il est suivi d'une ombre sur le sol de la terrasse, que je connais bien.

— Bonjour, Monsieur. Avez-vous fait bon voyage ? dis-je en croisant son regard si froid.

— Oui, merci.

Il me dépasse puis part s'enfermer dans son bureau. L'Iceberg est de retour. Ma journée se poursuit avec un sentiment étrange, je ne sais pas quoi en penser. J'arrête de me torturer, Monsieur est lunatique, ça ne doit pas m'affecter. Par contre, je décide que ça ne m'empêchera pas de mettre les points sur les i.

Je me présente devant la porte du bureau à l'heure du rapport, il m'invite à entrer. Je fais mon laïus, il ne lève pas la tête de ses dossiers. Une fois terminé, il me congédie. Finalement, cette situation va être plus facile à gérer que je ne l'imaginais.

Le lendemain, même scénario. Je prends alors mon courage à deux mains pour lui demander l'autorisation de m'absenter pour mes partiels.

— Monsieur, puis-je vous demander une faveur ?

Il lève la tête, enfin !

— De quoi s'agit-il ? m'interroge-t-il froidement.

— J'ai besoin de rentrer en France dans une semaine. J'aimerais partir le dimanche et revenir le mercredi dans la journée. Est-ce possible ?

— Si ça reste exceptionnel, pourquoi pas. Ça sera décompté de vos congés annuels, me précise-t-il sans me poser la moindre question sur la raison de l'absence.

— Merci, Monsieur.

Soulagée, je quitte son bureau avant qu'il ne change d'avis.

À la fin de la semaine, comme convenu, je pars pour la France. J'ai décidé de prendre l'avion. Je me rends à l'aéroport avec ma voiture et la laisse là-bas. J'atterris à Roissy où mes parents m'attendent. Nous passons la soirée ensemble. Le lundi matin, après avoir fait la route avec leur véhicule, je rejoins Laure sur le parking de la faculté. Je suis ravie de la retrouver, mais le stress des partiels gâche un peu notre plaisir. Les deux premiers sont aujourd'hui et le troisième est demain matin. Je dors chez Laure le soir puis repars le lendemain en fin d'après-midi. Nous avons déjeuné ensemble après notre dernier examen et profité du soleil pour nous promener en ville. Nous nous quittons difficilement, mais je lui promets de revenir vite. Je passe la dernière soirée avec mes parents, leur raconte ma vie au château, en évitant les histoires de fantôme, de patron irritable comme de collègues distants. Finalement, je ne leur parle que de banalités pour ne pas les inquiéter. Ils sont ravis de ma décision de tenter mes partiels et de voir que tout se passe bien pour moi. Ils sont bien loin de se douter de la réalité, ce qui rend mon départ le mercredi matin encore plus difficile qu'avec Laure la veille. Je me sens ressourcée : passer du temps avec les gens que j'aime m'a fait du bien et j'atteins, sous la pluie, les grilles sombres du domaine avec appréhension.

Le jeudi, Monsieur est toujours aussi peu loquace que jovial. Chaque jour, j'ai droit à quelques formules de politesse, qui arrivent comme une obligation. J'ai également l'impression de le déranger à chacun de mes passages. Je crois que je vais garder le surnom d'Iceberg. Il lui va parfaitement : glacial, impénétrable, avec une petite partie visible et une énorme, cachée de tous, changeant d'humeur en fonction des courants. Il n'aborde même pas le sujet des libertés que j'ai instaurées durant son absence. Peut-être n'a-t-il même pas lu les notes que j'avais laissées sur son bureau.

Je m'habitue à son attitude, ne m'en offensant plus. Je pense qu'il s'en rend compte. Un soir, alors que j'ai terminé mon rapport, ma main sur la poignée, je m'apprête à partir.

— Souhaiteriez-vous emprunter un de mes livres ?

Surprise par la question, je lui réponds que non.

— Très bien, je pensais que vous aviez une curiosité littéraire.

— J'aime lire, en effet.

Ses yeux me fixent avec insistance. Il sourit. Un sourire entendu comme si j'étais dans la confidence de quelque chose. Il sait ! Il sait, je ne sais pas comment, mais il sait que j'ai fait le tour de son bureau. Il a accentué le mot « curiosité ». Je lui souhaite une bonne soirée avant de partir en lui tournant le dos, gênée.

— Vous ne dormiez pas ?

Je reviens sur mes pas.

— Pardon, Monsieur ?

— Le soir du dîner, quand je vous ai trouvée dans le salon, vous ne dormiez pas.

Ce n'est plus une question, c'est une affirmation. C'était lui. Je suis bouche bée, muette, mon esprit reste bloqué sur cette information. Déboussolée, je baisse la tête puis ferme la porte derrière moi en partant. Je ne lui ai pas répondu. Je dois toujours répondre à Monsieur. Je sais maintenant que ce n'était pas un rêve. Monsieur m'a portée jusqu'à ma chambre. Qu'en est-il des caresses sur ma peau ? Est-ce que je rêvais ? Moi qui voulais mettre les choses au clair avec lui sur mon rôle ici, me voilà à soupçonner mon patron d'avoir eu des gestes plus que déplacés envers moi. Et je suis partie comme une enfant vexée, sans même avoir saisi l'occasion d'en savoir plus, de comprendre ce qu'il s'était passé ce soir-là.

Je peine à m'endormir, je me repasse le rêve encore et encore. Je me souviens maintenant avoir rêvé du bruit de la porte du salon, qui s'ouvre ainsi que des pas d'Anthony, qui s'approchent. Je suppose qu'il s'agissait en réalité de ceux de Monsieur, mais ai-je rêvé des mains sur ma peau ? Je comprends aussi cette odeur de cigare et d'eau de parfum lorsqu'Anthony me prenait dans ses bras. Monsieur avait passé la fin de soirée à fumer le cigare avec ses amis.

J'aurais dû faire le lien plus tôt. Pourtant, je me souviens avoir rêvé me blottir dans ses bras, une fois couchée dans mon lit, mais c'est totalement impossible puisque j'étais juste contre ma couette ; alors ses doigts sur ma peau étaient certainement aussi un rêve. Je me torture l'esprit, mais ne parviens pas à en être absolument certaine. Rêve, réalité : je préfère me convaincre qu'il m'a juste raccompagnée dans ma chambre. En dehors de ce jour-là, il n'a jamais eu d'autres gestes déplacés envers moi, c'est la preuve la plus crédible pour étayer mes pensées. Pour plus de sérénité, je décide de m'en tenir à cette version.

Deux jours plus tard, je suis décidée à tout de même mettre les choses au clair. Peut-être essayait-il de me parler de ce soir-là, de s'excuser ? Je suis partie sans lui laisser la chance de le faire. J'arrive devant son bureau à l'heure habituelle. Il m'invite à entrer. Je fais mon rapport. Une fois terminé, j'inspire à fond en remontant les épaules. Il lève le nez de ses dossiers.

— Oui ?

— Je dois vous parler.

Il hausse les sourcils.

— Je voulais dire, puis-je vous parler, Monsieur ?

— Bien sûr, je vous écoute.

— Pourriez-vous me prévenir lorsque vous partez ? Je suis votre gouvernante, il me semble que je devrais tout savoir sur vos déplacements.

Il pose son stylo, se redresse puis s'adosse à son fauteuil. Il me fixe les bras croisés, je me déconcentre.

— Enfin, je veux dire, je devrais être en mesure d'informer mes collègues quant à vos déplacements et non l'inverse.

— Vous avez raison. Je ne le ferai plus. Autre chose ?

— Euh… Non, enfin, si. Je ne jouerai plus à être votre amie lors de vos soirées. Je suis là en tant que gouvernante uniquement. Tout autre rôle me semble déplacé.

— C'est noté.

— J'aimerais également être tenue informée des changements de dernière minute avec autre chose qu'un Post-it sur lequel serait inscrit : « À ANNULER ».

Il fronce les sourcils.

— Vous avez terminé ? J'ai du travail.

— Oui, Monsieur, pardonnez-moi.

Je quitte la pièce, à la fois fière et prête à subir le retour de bâton. Je m'éloigne rapidement. Le jour suivant, nos échanges se réduisent de nouveau au minimum.

Un matin, alors que chacun s'affaire à sa tâche, Claire frappe à la porte de mon bureau.

— Monsieur te demande.

— Très bien, j'y vais. Merci, Claire.

— Je ne sais pas ce que tu as fait, mais il semble très en colère. Je ne l'ai jamais vu comme ça du temps de Marie ! rit-elle l'air moqueur, avant de quitter la pièce.

Je me présente tremblante, devant le bureau. Je sonne.

— Entrez.

Le ton ferme et agacé de sa voix me rend encore plus nerveuse.

— Vous m'avez fait demander, Monsieur ?

Je baisse les yeux en rougissant malgré moi, honteuse d'une faute commise que j'ignore encore à ce moment-là.

— Suivez-moi.

Il se lève puis avance vers la porte de sa chambre, l'ouvre et me fait signe d'avancer. Je pense à mon rêve, dois-je accepter ? Pourquoi m'emmène-t-il dans sa chambre ? J'entre, les épaules basses, comme un oiseau blessé tombé du nid lors de son premier vol, espérant que sa mère arrive à temps pour le sauver du chat témoin de la scène, perché sur sa branche, prêt à bondir tel un félin affamé.

— Regardez !

Debout juste derrière moi, il pointe de son doigt la commode de sa chambre.

— Vous ne remarquez rien ? poursuit-il, fâché.

Je tente de comprendre, me repasse en boucle les images de la chambre de Monsieur. Habituée à y entrer seule, je me sens toujours comme une touriste dans les appartements d'un roi ayant jadis existé. Être là, à ses côtés, me ramène à ma réalité : ce roi-là est bel et bien contemporain, vivant et exigeant.

— Le hibou, Monsieur. Il n'y est plus.

— La chouette, exactement. Elle a disparu. C'est une chouette en or, avec deux émeraudes à la place des yeux. Trouvez qui a fait ça, je veux la récupérer, elle appartenait à ma mère, m'informe-t-il sèchement.

Il sort de sa chambre d'un pas décidé, s'assied avant de se replonger dans ses dossiers. J'en déduis que notre entretien est terminé. Je quitte la pièce sans un mot de plus.

Je retourne à mon bureau, vérifie qui était de service ces deux derniers jours et commence à réfléchir à qui pourrait être l'auteur de cette disparation. Mon esprit se fixe sur Elizabeth. Je vérifie sa fiche : dix ans d'ancienneté, 45 ans, elle est blanchisseuse. Elle est venue ce matin, dans la chambre de Monsieur, récupérer le linge à laver. Particulièrement froide avec moi depuis mes débuts ici, j'espère ne pas me focaliser sur elle à cause de cette attitude. J'ai remarqué, depuis quelques jours, un changement dans sa façon d'être. Suspicieuse, je lui demande de me rejoindre dans mon bureau.

— Elizabeth, est-ce que vous allez bien ?

— Qu'est-ce que ça peut vous faire ?

— OK, pour une raison que j'ignore, je pense que vous ne m'appréciez pas, mais là n'est pas la question. Je m'interroge sur vous. Vous semblez préoccupée ces derniers jours et je trouve que cela a des répercussions sur votre travail. Vous n'avez peut-être pas envie d'en parler, je comprends, mais si vous en avez besoin, je suis là aussi pour vous écouter.

— Si vous le dites.

— J'ai une question délicate à vous poser. Il manque une chouette dans la chambre de Monsieur. Est-ce que vous sauriez ce qu'il en est advenu ?

Elle me fixe du regard. Je vois que ses yeux se brouillent. Ils se teintent de rouge et des larmes refoulées inondent ses pupilles.

— Mon mari et mon fils ont eu un accident de voiture, ils sont tous les deux hospitalisés. Ils sont sortis d'affaire, mais j'ai eu très peur. Mon fils aimerait un vélo pour son anniversaire, il a eu 10 ans hier, il les a fêtés sur son lit d'hôpital. Je voulais juste lui faire plaisir. Mon mari conduisait trop vite, c'est à cause de lui s'ils ont eu un accident. Il était chauffeur routier, mais il n'a plus de permis maintenant ; alors son employeur l'a licencié. Je voulais juste lui faire plaisir, répète-t-elle à bout de souffle.

Elizabeth s'effondre devant moi et je ne peux qu'avoir pitié de cette maman affolée qui ne cherche qu'à réconforter son fils, mais malheureusement je ne peux pas tolérer ce vol.

— Je comprends, mais vous devez la rendre à Monsieur.

— S'il apprend que c'est moi, il me licenciera. Ensuite qu'est-ce qu'il se passera ? Comment je vais nourrir mon fils si je perds aussi mon travail ?

— Vous ne pouvez pas la garder et puis faute avouée à moitié pardonnée. Monsieur saura faire preuve de clémence si vous vous excusez. Je suis certaine qu'il comprendra. En plus, il ne l'apprendra peut-être pas aujourd'hui ou dans quelques jours, mais s'il l'apprend par lui-même dans quelques mois, ce sera pire. C'est un homme bon, j'en suis certaine.

— Vous avez raison, je la lui rapporterai demain.

— C'est une sage décision. Vous savez, je ne suis pas là pour vous rendre la vie difficile. Je fais mon travail. Je sais que l'équipe ne m'apprécie pas beaucoup, peu importe, je ne cherche pas à me faire des amis. Nous sommes collègues et il se trouve que je suis votre supérieure. Je ne compte pas devenir votre meilleure amie, mais je suis capable d'écouter, même de comprendre, si vous en avez besoin. N'hésitez jamais à pousser la porte de mon bureau.

— Merci.

Elle quitte la pièce, le regard bas, mais un léger sourire de soulagement sur les lèvres, alors que je me sens investie de la mission de la protéger.

Pour le rapport du jour, je me rends dans le bureau de Monsieur, anxieuse et coupable du secret que je détiens et que je choisis de ne pas lui révéler.

— Alors, vous avez découvert qui a fait ça ? me questionne-t-il le regard noir.

— Non, pas encore Monsieur, mais j'y travaille.

Je sens mes joues rougir malgré moi.

— Dépêchez-vous. Je n'aime pas la malhonnêteté, encore moins entre mes murs.

Son regard est pénétrant, je me sens percée à jour. Je bombe le torse, je ne veux pas éveiller ses soupçons d'autant plus que j'ai réglé cette affaire. Sa chouette lui sera rendue demain. Je dois être fière de moi au lieu de me sentir honteuse de lui mentir. Je quitte la pièce rapidement, je ne suis vraiment pas à l'aise. Je suis pressée qu'Elizabeth remplisse sa part du marché maintenant que j'ai rempli la mienne.

Vers 11 heures le lendemain matin, Elizabeth vient frapper à la porte de mon bureau.

— Entrez !

— Bonjour, Allie, je vais au bureau de Monsieur. J'ai pensé que peut-être vous pourriez m'accompagner ?

— Bien sûr, je vous suis. Tout ira bien, rassurez-vous.

Je prononce cette phrase comme pour m'en convaincre, mais les mots de Monsieur résonnent encore dans ma tête. « Je n'aime pas la malhonnêteté, encore moins entre mes murs. »

Nous avançons d'un pas lent. Elizabeth semble épuisée ce matin. Des cernes sous ses yeux gonflés montrent les épreuves difficiles qu'elle traverse depuis quelques jours. Arrivées devant la porte du bureau, je frappe.

— Entrez. Ah ! Vous avez du nouveau ? me demande-t-il, impatient.

— Monsieur, pouvons-nous entrer ? Nous aimerions vous parler. Je m'adresse à lui en anglais, le ton hésitant.

— Nous ? Je vous écoute, répond-il également en anglais en s'adossant à son fauteuil, les bras croisés, les sourcils froncés.

Elizabeth s'engage dans la pièce, le regard baissé, les épaules rentrées, la chouette visible entre ses mains. Elle s'approche doucement sans dire un mot, puis sous le regard agacé de Monsieur, dépose l'objet du délit sur son bureau et dans un murmure, s'adresse à lui.

— Je suis désolée.

— Vous êtes renvoyée. Sortez de mon bureau, ordonne-t-il sans un mot de plus.

Comme frappée en plein vol, elle s'effondre en larmes avant de s'éloigner sans un regard. Je reste plantée, stupéfaite. Je comprends qu'il soit déçu d'avoir été trahi par l'une de ses employées, mais il n'a même pas cherché à comprendre son acte.

— Merci pour votre aide. Ce sera tout.

J'avance vers la porte, bouche bée, ahurie par la scène dont je suis témoin. Je fais appel au peu de courage qu'il me reste et relève les épaules.

— Vous ne pouvez pas faire ça.

Je le fixe droit dans les yeux avant de poursuivre en anglais.

— Pardon ?

Il me regarde, abasourdi.

— Vous ne pouvez pas virer quelqu'un comme ça ! C'est insensé !

— Pourquoi donc, je vous prie ? Elle m'a dérobé un objet, je ne vais quand même pas la garder. Je vous rappelle qu'elle travaille pour moi, travaillait, sous mon toit, selon mes règles, elle vit grâce à mon argent. Elle me doit le respect, l'obéissance et je ne peux tolérer un voleur parmi mes équipes.

— Je vois. Dès que quelqu'un fait un pas de travers, vous vous en séparez. Vous ne faites jamais d'erreur, je suppose ! Si vous me le permettez, Monsieur, je vais vous donner le fond de ma pensée, même si ça doit me coûter ma place. Vous vous croyez fort parce que vous avez tout, mais n'oubliez pas que votre personnel vous permet d'être celui que vous êtes. Il s'occupe de vous comme de petites mains invisibles. Je ne connais pas de personnel plus dévoué que le vôtre. Pour une raison que j'ignore, vos employés vous sont fidèles et vous respectent comme je ne l'ai jamais vu ailleurs. Sans eux, Monsieur, votre vie serait bien différente, bien moins agréable. Ils ne le font pas parce qu'ils vivent grâce à votre argent, mais parce que, une fois de plus, pour une raison que j'ignore, ils vous apprécient. C'est pour tout cela que vous ne pouvez pas renvoyer Elizabeth comme une simple voleuse. Que savez-vous d'elle ? Que savez-vous de votre personnel en général ? Les connaissez-vous seulement ? Pourquoi a-t-elle pris la décision de vous dérober cette chouette ? Vous êtes-vous seulement posé la question ? Ou êtes-vous sans cœur au point de vous en moquer complètement ? La vie des autres ne vous intéresse pas, seule votre vie ainsi que votre argent semblent vous importer réellement. Sur ce, excusez-moi, j'ai des documents administratifs à élaborer pour qu'elle puisse au moins prétendre à ses droits.

— Vous avez dit « permettez-moi » ? Eh bien non, je ne vous permets pas de me parler sur ce ton, mais a priori, vous ne me respectez pas autant que le reste de mon personnel.

— Quand vous me donnez la possibilité de le faire, je vous respecte autant que je le peux. Malheureusement aujourd'hui, vous ne m'en avez pas donné l'occasion.

Je quitte la pièce aussitôt ma phrase terminée. Je baisse les yeux au sol, la main encore sur la poignée. Je fixe la moquette du couloir, les yeux dans le vague. J'inspire puis expire à fond. Je lève le regard et aperçois Claire, quelques mètres plus loin, son regard en dit long. Elle a tout entendu.

— Où est Elizabeth ?

— Elle est partie. Elle a quitté le domaine très vite après votre entrevue. Elle a juste récupéré ses affaires.

— Merci, Claire.

— Merci à toi de l'avoir défendue comme tu l'as fait. À ta place, je n'en aurais pas eu le courage.

— J'ai simplement tenté d'être en adéquation avec les valeurs qui sont les miennes.

Monsieur sort de son bureau, juste à temps pour surprendre ma dernière phrase.

— Claire, j'ai à vous parler.

Elle croise mon regard. Nous pensons la même chose : elle va peut-être enfin obtenir le poste qu'elle convoite depuis si longtemps.

Je rejoins mon bureau et m'affaire à rédiger rapidement les documents nécessaires à Elizabeth, après son licenciement. La situation est déjà assez délicate pour elle, j'aimerais lui faciliter les choses au maximum d'autant plus que c'est certainement la dernière tâche que je vais effectuer. L'envie me prend d'en préparer d'identiques pour moi, mais je m'abstiens. Mon esprit s'évade faisant ressurgir la raison de ma venue ici : ma rupture avec Anthony. Laure sera ravie de me voir revenir, mes parents aussi. Je suis coupée dans mes pensées alors que quelqu'un frappe à la porte.

— Entrez !

Je m'attends à entendre Claire, porteuse de mauvaises nouvelles me concernant.

— Allie, excuse-moi de te déranger, m'aborde Claire avec une gentillesse que je ne lui connaissais pas encore.

— Non, je t'en prie.

— Je voulais juste t'informer que Monsieur est en entretien avec Elizabeth. Il m'a demandé de la rappeler. Je ne sais pas ce qu'ils se racontent, mais j'ai supposé que tu aimerais le savoir.

— Merci d'avoir pris la peine de me prévenir.

Elle quitte mon bureau. Je ne sais pas quoi penser de cette nouvelle, mais je ne peux m'empêcher d'esquisser un léger sourire. Quelques minutes plus tard, elle frappe à nouveau.

— Monsieur aimerait te voir, m'annonce-t-elle le regard complice.

Je me rends de nouveau à son bureau. J'ai les mains moites en plus de mon cœur qui bat à toute vitesse. Je frappe à la porte. J'ai comme une impression de déjà-vu. Contre toute attente, alors que je m'apprête à poser la main sur la poignée, celle-ci bouge d'elle-même. Monsieur se tient debout devant moi, nos corps se font face, nos regards se croisent et notre proximité me met mal à l'aise.

— Entrez.

— Que puis-je pour vous, Monsieur ?

Mon ton inquisiteur a disparu laissant la place à une voix bien plus douce, presque fébrile, malgré moi.

— J'ai réintégré Elizabeth à l'équipe, je voulais que vous le sachiez. J'aimerais vous confier une nouvelle mission : dès que son mari sera de nouveau sur pied, nous l'intégrerons également. Je compte sur vous pour lui trouver un poste correspondant à ses compétences. Je n'en ai pas parlé à Elizabeth, mais je pense que c'est la meilleure chose à faire. Qu'en pensez-vous ?

— Merci, Monsieur.

— Merci ? me demande-t-il, surpris.

— Oui, merci. Je m'assurerai personnellement que vous ne soyez plus déçu par l'un des membres de votre personnel.

— Je n'en attendais pas moins de vous. Vous pouvez disposer.

Un sentiment de légèreté m'envahit comme je quitte le bureau. Le sourire aux lèvres, sans me soucier de l'heure, je marche vers les cuisines. Tout cet épisode m'a mise en appétit. Je pousse les portes lorsque je me rends compte que mes collègues sont encore à table. Ils se taisent comme à leur habitude alors que j'ouvre la porte. Elizabeth se lève pour s'approcher de moi. Elle me prend les mains.

— Merci infiniment, Allie. Sans vous, je n'aurais plus de travail à l'heure qu'il est. Vous avez risqué votre emploi pour moi. Je vous dois beaucoup.

— Je vous en prie, Elizabeth.

Elle retourne s'installer et je pars me servir au buffet. Je rejoins ma place habituelle à la table opposée à la leur.

— Allie, viens donc t'asseoir avec nous, me lance Claire.

Elle me sourit généreusement. J'accepte, enfin admise dans leur équipe.

— Avec plaisir.

Le lendemain après-midi, alors que je me rends au bureau de Monsieur, je vois un mot scotché sur la porte. Il m'est adressé :

« Rendez-vous pour le rapport, sur la terrasse sud. SVP »

Surprise, je le rejoins. Il est debout, face au jardin. Au bruit de mes pas, il se retourne. Un rayon de soleil sur son visage donne à ses yeux un bleu éclatant.

— Allie, asseyez-vous, je vous en prie.

Je m'exécute. L'Iceberg n'a pas oublié mon prénom.

— J'ai réfléchi. Du thé ?

— Oui, s'il vous plaît. À quel sujet, Monsieur ?

Il remplit les deux tasses posées sur la table, repose la théière, boit une gorgée. Je suis mal à l'aise. Claire ne m'a pas avertie de sa demande d'avoir son thé servi sur la terrasse.

— Je disais donc, j'ai réfléchi et je souhaite vous proposer quelque chose. Voici un téléphone portable, il est pour vous, vous ne l'utiliserez que pour nos conversations. Peut-être qu'ensuite j'équiperai le reste des employés, nous verrons bien. J'ai pensé que je pourrai plus facilement vous tenir informée de mes déplacements ainsi que des mises à jour de mon planning. Qu'en pensez-vous ?

Il me regarde, fier de lui.

— Très bien, en effet, ce sera plus simple.

— Buvez votre thé, il va être froid.

Je m'exécute en l'observant, son regard est tourné vers le jardin. Il m'a fait venir ici juste pour ça ?

— Il fait bon, non ?

— Oui, Monsieur.

L'Iceberg fond. Je l'imagine, un sourire aux lèvres, se liquéfier sur la terrasse.

— Autre chose, Allie.

— Oui, Monsieur ?

— Vous savez que j'ai un dîner dans trois jours avec quelques messieurs dont certains étaient présents la dernière fois. J'ai bien compris que vous ne souhaitiez plus jouer à la parfaite épouse. Mais je ne veux pas qu'ils sachent que vous n'êtes que la gouvernante. Je ne veux pas qu'ils vous voient en uniforme. Pourriez-vous remettre une robe ?

Je pense qu'il comprend mon air désapprobateur.

— Vous ne participerez pas au dîner, il se fera entre hommes de toute façon. Comme vous le savez, leurs femmes ne sont pas conviées donc vous non plus. Vous comprenez, vous ne le seriez pas si vous étiez, enfin si nous étions… Bref, vous n'êtes pas conviée.

Monsieur Iceberg perd pied et je suis amusée par sa maladresse soudaine. Il m'observe, interrogateur. Alors que ma tête me crie de refuser, j'accepte presque malgré moi, sans vraiment savoir pourquoi.

— Très bien, je mettrai une robe, mais je ne veux pas de contact, quel qu'il soit, entre vous et moi.

Il acquiesce, l'air gêné. Je pense à mon rêve. Je prends le contrôle quelques secondes et je savoure ! Je finis mon thé, puis quitte la table avec sa permission. C'est seulement en y repensant le soir que je m'aperçois que je ne lui ai pas fait le résumé de la journée. Je regarde le téléphone allumé et silencieux, posé sur ma table de chevet. J'ouvre le répertoire : aucun numéro n'est enregistré. Je ne peux pas le contacter, pas avant qu'il l'ait décidé, en espérant qu'il ait enregistré celui-ci. Demain, j'irai en ville m'acheter une nouvelle robe.

Je pars en fin de matinée, me rends dans un magasin de vêtements chics et commence à faire des essayages. La vendeuse me conseille, très souriante. Elle me tend une très jolie tenue de soirée bleue, avec un bustier en forme de cœur. La robe est décorée de sequins. Elle est ornée d'un tissu opaque jusqu'à mi-cuisses ; un joli drapé en tulle bleuté vient terminer le tout. Cette toilette est magnifique, mais j'indique à la vendeuse que je cherche quelque chose de plus classique, voire austère. Elle m'apporte une robe longue, noire, manches jusqu'aux coudes, proche du corps, mais sans artifice. Cette dernière est élégante, classique et ne risque pas d'envoyer un mauvais message à Monsieur. Deux cents livres[15], je fais la grimace, mais il me faut une robe : je la prends.

Pendant les deux jours suivants, nous organisons le dîner prévu pour Monsieur et ses amis. La table est dressée, le salon est prêt pour la fin de soirée. Le premier invité se présente, Charles l'accueille. Je descends l'escalier. Le tissu de ma robe frotte délicatement chaque marche derrière moi.

Au fur et à mesure de leur arrivée, j'accompagne les visiteurs dans le grand salon, discute avec chacun d'entre eux. Monsieur Williamson m'offre un verre. Je cherche Monsieur du regard, il hoche la tête. J'accepte le verre.

---

[15] La livre sterling est la monnaie officielle du Royaume-Uni et dont l'abréviation est £

Quelques minutes plus tard, je m'excuse poliment, les laissant entre hommes. Je passe la porte puis m'éloigne. Mon portable vibre pour la première fois depuis le thé sur la terrasse. Je sursaute.

— Très jolie robe.

— Merci, jolie cravate.

Le champagne, bu rapidement, me fait répondre sans réfléchir en regrettant aussitôt ma réponse.

— Vous avez votre portable avec vous ?

— En effet.

— Mais où l'aviez-vous mis ?

— Secret de femmes.

— Je préfère quand même votre première robe.

— J'aime celle-ci.

Je me dirige vers les cuisines, prends quelques restes dans le réfrigérateur, me fais un plateau-repas puis m'éclipse dans mon bureau. Je pose le portable et allume l'ordinateur. Depuis que Marie m'a confié les fiches sur les invités, j'ai décidé de les étoffer un peu. Je note à quelles occasions ils sont venus ainsi que les dates. J'y note également tout ce que je peux trouver sur eux sur internet : métier, famille, à côté de qui les placer ou non lors des repas, etc. Rien de secret et aucune remarque déplacée, je veux juste être certaine de réellement bien les connaître. Le téléphone vibre de nouveau.

— Prochain dîner dans quinze jours. Il faudra changer de robe.

— Il va falloir augmenter mon salaire si vous voulez que je change de tenue aussi souvent.

Décidément, je suis plus douée pour la conversation par téléphone qu'en face à face.

— Très bien, je vous rembourse toutes vos robes, à hauteur de 250 £ maximum, à commencer par celle-ci.

— C'est très gentil, merci. Mais ce soir était la dernière fois, il me semble.

— C'est normal, vous les achetez pour moi.

— Pour vous ? Souhaitez-vous que je vous les prête ?

Je vais peut-être un peu loin, mais il paraît de bonne humeur ce soir.

— Je veux dire dans le cadre de votre emploi. Et non, elles vous vont bien mieux qu'elles ne m'iraient.

— Je serais curieuse de voir ça.

— Jamais.

— Vos invités ne s'ennuient pas trop ?

— Vous avez raison, ce n'est pas correct. Bonne soirée.

— À vous également, Monsieur.

Je travaille depuis trois heures dans mon bureau lorsque mon téléphone professionnel vibre sur mes dossiers.

— Mes invités s'en vont. Où êtes-vous ?

Je lis le message, me lève puis avance vers l'entrée. Il m'aperçoit et sourit.

Je souhaite une bonne nuit à chacun des convives en échangeant avec eux les politesses d'usage. Monsieur Williamson me prend la main.

— Votre présence nous a manqué, très chère.

— Je ne voudrais pas m'imposer lors de vos réunions, cher monsieur Williamson.

— Allie, Dorian, bonne soirée à vous, nous dit-il amicalement.

Charles ferme la porte sur le dernier invité avant de s'en aller. Monsieur entre dans le salon en me faisant comprendre qu'il me prie de le suivre. Je m'exécute.

— J'avais peur que vous ne soyez couchée.

— Non, Monsieur, pas tant qu'il y a du monde dans la maison.

— Tant mieux. Lors du prochain dîner, le Premier ministre sera présent. Il va vous falloir une très jolie robe.

— J'ai trouvé le bon magasin pour cela, en ville, mais nous étions convenus que…

Il me coupe la parole.

— Parfait. Vous pouvez aller vous coucher, Allie.

— Très bien, bonne nuit, Monsieur.

— Bonne nuit, Allie.

Je quitte la pièce.

— Allie ?

— Oui, Monsieur ?

— Vous étiez très élégante ce soir.

Je ne réponds pas, m'éloignant vers l'escalier, les joues rouges.

Juin : Premier ministre

Je n'ai jamais aimé le shopping, ça ne m'amuse pas. Je fais souvent le tour du magasin, regarde rapidement, frôle quelques tissus et repars, la plupart du temps sans essayer. Ce qui m'ennuie le plus, c'est justement l'essayage : se déshabiller, essayer, se rhabiller. Mais ce magasin est différent, la vendeuse est à mon service. Je m'installe dans la cabine alors qu'elle m'apporte ce dont j'ai besoin. J'essaie plusieurs robes et repars avec la robe qu'il me faut. Un repas avec David Cameron : le Premier ministre mérite une robe à la hauteur de son poste. J'opte, sur les conseils de la vendeuse, pour une longue robe gris perle avec un bustier et une légère traîne. Ornée de lacets dans le dos, une fermeture éclair dissimulée dans les coutures la rend plus pratique. Je prends l'étole, les chaussures et la pochette pour compléter le tout ainsi qu'une guêpière pour affiner ma silhouette. Je dépasse les 300 £ : tant pis, le reste sera à mes frais. Je demande une facture séparée pour la guêpière.

— Il sera content que vous ayez choisi celle-ci.

Elle marque une pause et poursuit.

— Elle est très belle et vous va parfaitement ! s'enthousiasme la vendeuse alors que je règle mes achats.

Je souris en prenant mes paquets avant de quitter la boutique.

Il y a déjà quasiment deux mois, j'ai décidé de me mettre au sport, non pas que je ne fasse pas assez d'efforts avec le ménage et autres tâches physiques, mais courir me détend. J'y vais le matin ou le soir en fonction de mes journées, dans le jardin ou sur les tapis de la salle de sport en fonction de la météo. Je commence à voir les effets sur ma silhouette. J'ai déjà un peu plus de force dans les bras et les jambes, sans parler du ventre que j'ai perdu. Pourtant, je mange plus qu'avant, mais rien dont mon corps n'ait pas besoin lors de mes longues journées de travail. Je peux maintenant me permettre de porter une robe claire sans avoir à rentrer le ventre. Bien sûr, la guêpière que j'ai achetée gommera les petites imperfections restantes.

De retour du magasin, je vais déposer mes achats dans ma chambre. J'ai encore les paquets à la main lorsque mon téléphone vibre.

— Vous avez acheté votre robe ?

— Oui, Monsieur.

— J'aimerais la voir.

— Voulez-vous que je la descende pour le rapport de ce soir ?

— Non, j'aimerais la voir sur vous.

— Maintenant ?

— Oui.

Je suis très surprise de sa demande. Ne sachant pas quoi en penser, je ne réponds pas immédiatement. Il doit se douter de mon étonnement et continue.

— Vous comprenez, vous allez rencontrer le Premier ministre. Je veux m'assurer que votre tenue est adéquate.

— Très bien, laissez-moi le temps de la mettre ; ensuite je vous rejoins dans votre bureau.

Je me déshabille avant d'enfiler cette magnifique robe, les chaussures, l'étole. J'hésite et prends finalement la pochette avec moi. J'y glisse le téléphone. Monsieur veut voir la tenue uniquement, mais je vais dans la salle de bain remonter mes cheveux en un joli chignon puis ajouter un trait de crayon gris sur mes paupières. Je sors ma boîte à bijoux et opte pour une paire de boucles d'oreilles longues ainsi qu'un joli collier ras de cou en or blanc.

Très stressée, je descends le grand escalier tout en soulevant légèrement ma robe d'une main. Je me sens princesse, un instant. Ce soir, Cendrillon va au bal. Une fois devant le bureau de Monsieur, j'attends une seconde. Une boule de stress a envahi mon estomac. Je prends une grande inspiration : à quoi bon être aussi anxieuse juste pour lui montrer une robe ? Mes jambes tremblent légèrement ; je suis plus angoissée que lors de l'entretien d'embauche. Je m'apprête à frapper lorsque j'entends sa voix.

— Je suis content que vous ayez choisi celle-ci.

Je me retourne, surprise, d'abord par sa présence inattendue. Depuis combien de temps m'observe-t-il ? Ensuite par cette phrase, la même que celle de la vendeuse. Il est adossé au mur du salon, un verre à la main, juste à quelques pas de moi. Je balbutie timidement.

— Vous n'êtes pas dans votre bureau, Monsieur ?

— Non, en effet. Je disais, je suis content que vous ayez choisi cette robe. Elle vous va à ravir.

Il me sourit.

— Merci, Monsieur. Est-ce qu'elle conviendra à l'événement ?

— Parfaitement.

— Puis-je aller me changer ?

— Vous pouvez.

Je pars maladroitement. Je sens son regard me suivre et n'ose me retourner. Je monte les marches, je l'aperçois qui me fixe, toujours adossé au mur. Une fois en haut de l'escalier, mon téléphone vibre.

— Vous avez pris une pochette pour votre téléphone ?

— Oui.

— Plus de secrets, alors ?

Secrets ? Parce que c'est moi qui ai des secrets ?

— Non, Monsieur.

— Vous devrez m'accompagner lors de l'apéritif. Mais, promis, je vous libère pour le repas. Je ne voudrais pas que vous soyez mal à l'aise.

— Vous accompagner ? En tant que votre « épouse parfaite » ?

Je reprends ses termes prononcés lors de notre thé sur la terrasse.

— Oui, j'en ai bien peur, mais juste pour l'apéritif.

Je n'ai pas le temps d'écrire une réponse.

— S'il vous plaît, Allie ?

Il enchaîne.

— Aucun contact, promis.

— Très bien, mais ce n'est toujours pas une bonne idée.

— Je vous revaudrai cela.

Je poursuis mon travail avant de le retrouver pour notre rendez-vous quotidien quelques heures plus tard. Comme si rien ne s'était passé, il me regarde à peine et ne répond pas. Je prends congé.

Le lendemain, j'apprends que le mari d'Elizabeth est enfin remis sur pied. Je convoque cette dernière dans mon bureau.

— Comment va votre mari ?

— Mieux, bien mieux, merci.

— Et votre fils ?

— Il est retourné à l'école. La vie reprend son cours.

— Tant mieux, tant mieux. J'en suis ravie. Elizabeth, j'ai deux choses pour vous. La première, Monsieur envisage de proposer un emploi à votre mari. Il aimerait le rencontrer en entretien.

— Vraiment ? me demande-t-elle, surprise.

— Oui, vraiment. Ne vous emballez pas, il s'agit d'un entretien. Il aimerait savoir si nous sommes en mesure de proposer un poste correspondant aux compétences de votre époux. Ça ne signifie pas qu'il va forcément lui offrir une place.

— Je comprends, mais c'est déjà une chance inespérée. Je vais lui en parler, mais considérez qu'il est bien évidemment d'accord.

— Super, est-ce qu'il peut venir demain vers 10 heures ?

— Bien sûr, il sera là.

— La seconde chose que j'ai, c'est un petit cadeau d'anniversaire en retard pour votre fils.

Je lui tends une enveloppe. J'ai décidé de lui donner un peu d'argent pour qu'elle puisse offrir à son fils le vélo dont il rêve. Je suis rémunérée pour mon travail, logée, nourrie et blanchie : elle en a davantage besoin que moi.

— Je ne peux pas accepter, proteste-t-elle, les yeux rougis.

— Bien sûr que si, ça me fait plaisir, j'insiste, émue à mon tour.

— Merci, Allie. Pour tout.

— Je compte sur votre mari demain matin, dis-je en reprenant mes esprits.

— Aucun problème, il sera là !

— C'est parfait, excellente journée à vous, Elizabeth.

— À vous également, Allie, répond-elle, un sourire radieux aux lèvres.

Comme convenu, son mari se présente à la porte à 9 h 45 le lendemain. Je l'accueille personnellement. Je tente de le rassurer, mais je suis moi-même très nerveuse. J'espère que l'entretien se passera bien. Je l'accompagne jusqu'au bureau. Monsieur nous invite à entrer. Je le présente avant de les laisser seuls comme prévu. Une vingtaine de minutes plus tard, mon téléphone vibre.

— Préparez un contrat pour monsieur Haler, je vous prie.

— Bien, Monsieur.

— Il commencera dès le premier lundi de juillet. Vous serez bien sûr en charge de sa formation.

— Bien entendu. À quel poste, Monsieur ?

— Monsieur Haler sera un homme à tout faire. Sa polyvalence nous permettra de pallier les absences ou surcharges de travail éventuelles.

— Parfait, je me charge du contrat dès aujourd'hui.

— Merci, Allie.

— Merci à vous, Monsieur.

Notre échange de messages s'arrête là, mais j'aimerais tellement lui dire à quel point je suis fière de lui. Je souris en me rendant compte de l'excentricité de ce sentiment.

Quelques jours plus tard, c'est le soir du dîner, tout est prêt. Je vais m'habiller. Il est l'heure, je le vois s'approcher depuis le couloir alors que je descends l'escalier. Il me regarde, m'adresse un sourire auquel je réponds.

— En gage de paix, puis-je vous proposer mon bras ?

— Gage de paix ?

— Je ne veux plus que vous soyez fâchée comme la dernière fois.

— Vous l'aviez mérité, Monsieur.

— Très bien, je l'admets. Acceptez-vous mon bras ? Promis, ce sera le seul contact ce soir.

— J'accepte, Monsieur.

David Cameron est là, je suis impressionnée. Monsieur me présente comme son « amie ». Nous discutons tous les trois quelques instants. Je vis un rêve : une maison magnifique, des invités de la haute société, du champagne savoureux, une robe sublime et un cavalier plus qu'élégant.

Je profite de ce moment en essayant tant bien que mal de garder les pieds sur terre. Monsieur Williamson est également là. Il vient à ma rencontre. Je l'apprécie d'autant plus que je sens que ce sentiment est réciproque. Il est gentil avec moi, je pense qu'il comprend que je suis intimidée par tout cela.

— Dorian a vraiment de la chance de vous avoir, je ne sais pas s'il en est conscient !

— Merci, je pense qu'il le sait.

Monsieur m'observe depuis le milieu du salon. Je me décale de quelques centimètres afin de ne plus croiser son regard. Je ne veux pas me laisser déconcentrer.

— C'est merveilleux qu'il ait enfin trouvé quelqu'un. Et vous me semblez être une bonne personne, douce, attentive, aimante.

Je souris, les joues légèrement rouges, alors qu'il poursuit.

— C'est tout ce dont il a besoin. Vous savez, après tout ce qu'il a traversé comme épreuves.

Je hoche la tête. Je n'ose pas répondre. Je ne voudrais pas qu'il s'aperçoive de notre supercherie. Il continue.

— Faites surtout bien attention de ne pas rencontrer son frère !

Il rit, je ne sais pas pourquoi. J'essaie depuis plusieurs semaines d'étoffer les fiches de ses amis, mais je n'ai jamais cherché Monsieur sur internet. Je m'aperçois que je ne connais rien de sa vie. Maintenant que j'y pense, il n'y a eu aucun repas de famille, aucun anniversaire. Un frère, je ne savais pas. En fait, je ne sais rien de lui.

Charles ouvre la porte afin d'inviter les convives à avancer dans la salle de réception pour le dîner. Monsieur me cherche du regard puis me fait un signe de tête. C'est mon signal, je peux partir. Je m'excuse auprès de monsieur Williamson.

— Comment ça ? Vous ne restez pas dîner avec nous ?

— Non, je ne peux pas.

— Mais si, voyons. Déjà la dernière fois, vous nous avez manqué ! Restez Allie !

— Non, vraiment, excusez-moi, mais j'ai pris un autre engagement.

— Annulez !

Il sourit.

— Dorian, Allie ne veut pas se joindre à nous !

Monsieur, en pleine conversation avec Samantha, l'épouse du Premier ministre, se retourne et me scrute. Je hausse les épaules à son attention : je ne suis pas responsable de cette demande.

Monsieur se rapproche avant de s'adresser à moi en français, lentement, comme pour être compris de ses convives anglophones.

— Mais oui, Allie, joins-toi à nous.

Il me tutoie : une nouveauté. Ah oui, c'est vrai, je suis sa compagne fictive. Il vient de me demander de rester, je suis coincée. Il me fixe, j'hésite. Alors que Claire passe à proximité de nous, il lui indique de rajouter mon couvert.

— Voilà, problème résolu, conclut-il en anglais.

Les deux amis s'éloignent en discutant. N'ayant pas d'autre choix, je m'approche maladroitement de la table où je retrouve Monsieur. Galant, il m'installe. J'écoute d'abord poliment leurs discussions politiques en me sentant presque invisible, ce qui me convient parfaitement. Après tout, je ne devrais pas être là, mais c'est sans compter la curiosité de monsieur Williamson pour la petite Française que je suis.

— Allie, que pensez-vous de la politique ? s'intéresse-t-il.

— Je n'en pense pas grand-chose, ce n'est pas un sujet qui me préoccupe énormément, je dois bien l'avouer. Ce n'est peut-être pas très bien, je devrais certainement étudier tous les programmes en détail lors des élections, écouter les débats entre les candidats à la télévision. Je vote, mais le reste m'intéresse peu. Pour moi, ils sont, de toute façon, tous les mêmes, en tout cas, la plupart. Il faut être sacrément égocentrique et naïf pour se croire capable de diriger tout un pays. Qui peut prétendre avoir les compétences pour de telles responsabilités ? À combien de dilemmes ou autres situations ingérables font-ils face ? Comment choisir la bonne solution pour résoudre une crise économique ou autre ? Bien sûr, ils doivent avoir des études qui leur sont fournies pour les éclairer, mais aucun recul, aucun moyen d'imaginer sur le long terme s'ils ont choisi la bonne option. Combien de millions de personnes dépendent de leur seule décision ? Je pense également qu'il n'est pas possible, lorsque l'on rentre dans ces hautes sphères, de rester honnête. Il est certainement nécessaire pour diverses raisons, pas toujours très louables, de faire des compromis ou bien de passer des accords avec des personnes peu recommandables, des chefs d'État avec lesquels il n'est pas très bon de s'afficher, des hommes d'affaires peu intègres, des patrons de banques voyant surtout leurs intérêts, et j'en passe. Bref, pour les politiciens, je suis une voix parmi tant d'autres et pour moi, ils ne sont que des personnes comme les autres, mais juste un peu plus floues que les autres.

J'ai regardé chacun d'entre eux, tour à tour, durant mon petit monologue, excepté Monsieur assis à ma droite. Certes, cela m'aurait demandé un mouvement de tête important, mais pas infaisable. En réalité, je n'avais pas envie de croiser son regard, comprendre ses pensées, anticiper sa réaction à mes quelques mots sortis impulsivement devant l'homme politique le plus important du pays actuellement. J'entends quelqu'un se racler légèrement la gorge ; l'ambiance s'est refroidie soudainement.

— Je comprends votre point de vue. La politique et les politiciens peuvent en effet être très flous perçus de l'extérieur. Parfois même pour moi, je dois bien l'avouer, me répond simplement David Cameron lui-même, comme pour me sauver d'une situation délicate, moi, qu'il ne connaissait pas il y a encore deux heures de cela.

L'ambiance se détend alors que les hommes reprennent la main sur le sujet politique. Je suis sauvée. En règle générale, les épouses ne parlent pas beaucoup durant cette partie du repas. Ensuite vient le sujet des enfants. Leurs visages s'éclairent : Thomas est à Oxford, George part à Cambridge à la rentrée…

Le dîner se termine, nous restons à table pour le dessert. Pas de départ vers les salons ce soir. Les convives quittent la maison. Monsieur et moi nous retrouvons finalement seuls dans l'entrée. Un silence plus long qu'à l'accoutumée change l'ambiance de la soirée en une sorte de gêne.

— Allez vous coucher, Allie. Vous finirez demain. Je ne voudrais pas que vous vous endormiez sur mon sofa.

Il sourit. Je rougis.

— Très bien. Bonne nuit, Monsieur.

— Bonne nuit, Allie.

Je me dirige vers l'escalier, enfin libérée de mon rôle.

— Allie !

— Oui, Monsieur ?

— Inutile de fermer votre porte à clef cette nuit.

Il me sourit, les yeux pleins de malice, avant de s'éloigner. Décidément, il joue avec mes nerfs. Il sait que j'ai fermé la porte la dernière fois. Il devait encore être dans le couloir. C'est peut-être comme cela qu'il a su que je ne dormais pas.

Je me couche en succombant au sommeil, la tête pleine d'images. Je vois Cendrillon accompagnée de ses souris. Je vois Monsieur qui me porte jusqu'à ma chambre.

Quelques heures plus tard, je suis réveillée par mon téléphone qui vibre sur ma table de chevet. J'ai oublié d'éteindre ma ligne directe avec le prince charmant.

— Vous étiez parfaite ce soir.

3 h 14, il ne dort pas. J'ouvre difficilement les yeux, hésite puis réponds.

— Merci, Monsieur.

— Vous ne dormez pas ?

— Plus.

— Excusez-moi. Je pensais que votre téléphone serait éteint.

— Ce n'est pas grave.

— Cette robe vous allait à la perfection. Vous étiez très élégante.

— Merci. Je vais finir par m'habituer à vos compliments, Monsieur.

— Vous les méritez.

— Vous m'avez encore mise dans une position délicate. Monsieur Williamson me parlait de votre vie. Je ne savais pas comment réagir.

— Que vous a-t-il raconté ?

— Rien de précis, mais s'il m'avait posé des questions, je n'aurais pas su quoi répondre et nous aurions été démasqués.

— Très bien, je vous dirai ce que vous avez besoin de savoir.

— Non, ce n'est pas ce que je demande. Ces soirées sont agréables, mais je n'y ai pas ma place, Monsieur.

— Au contraire, vous êtes comme un poisson dans l'eau.

— Je ne crois pas, non.

— Vous vous sous-estimez.

— Tôt ou tard, nous serons démasqués, ce n'est pas la solution.

— Ne pensez pas à ça.

— Il faut que nous rediscutions mon contrat, mon rôle dans cette maison.

— D'accord, retrouvez-moi lundi à l'heure habituelle, sur la terrasse.

— Très bien. Bonne nuit, Monsieur.

— Bonne nuit, Allie.

Impossible de me rendormir. Je décide de descendre aux cuisines. Je n'ai pas faim, mais je n'ai pas sommeil non plus. J'ouvre la porte et vais chercher un peu de pain, j'y étale de la pâte à tartiner. Tant pis, j'irai courir plus longtemps demain. Je repars, la tartine à la main. Cette fois-ci encore, pas de fantôme. Je remonte dans ma chambre puis m'installe sur la chaise. J'ouvre le journal intime que j'ai commencé depuis mon arrivée. J'y note quelques phrases concernant la soirée lorsque mon téléphone vibre.

— Un petit creux ?

— Vous m'espionnez, Monsieur ?

— Non, je vous ai vue, c'est tout.

— Juste une gourmandise, puisque j'ai été réveillée et ne parviens pas à me rendormir.

— Je m'en excuse, encore.

— Ce n'est rien, je ferai attention à bien éteindre mon téléphone la nuit, à l'avenir.

— Rejoignez-moi.

— Pardon ?

— Rejoignez-moi. Vous ne dormez pas, moi non plus. Nous pouvons avoir maintenant la discussion prévue lundi.

— Je ne suis pas certaine que ce soit le meilleur moment.

— Comme vous voulez. Je suis dans le petit salon, si vous changez d'avis.

Je ne réponds pas. Je pose le téléphone, me réinstalle sous ma couette. Ce n'est pas une bonne idée. Rendors-toi.

4 h 06, je ne dors toujours pas. J'allume avant de sortir d'un bond de mon lit. Je vais dans la salle de bain. Je me recoiffe, me brosse les dents, mets un peu de fond de teint. Je me dirige vers mon armoire : je ne peux pas descendre habillée comme ça. C'est mon patron, je ne veux pas qu'il me voie en pyjama même s'il m'a surprise, il y a moins d'une heure, dans cette tenue. Je chasse cette pensée alors que j'enfile un jeans bleu, mets un soutien-gorge, un tee-shirt et un gilet noir. Je glisse mes pieds dans des ballerines. Je sors discrètement de ma chambre et ferme la porte sans faire de bruit, avant de rejoindre l'escalier. Je m'approche du petit salon. J'aperçois un rai de lumière. La porte est entrouverte. J'hésite.

— Je savais que vous viendriez. Installez-vous.

Je sursaute : décidément, il aime me surprendre.

— Je vous sers un whisky ? propose-t-il debout près de l'étagère, la bouteille à la main.

— Non, merci, Monsieur. Je ne bois pas de whisky, dis-je en m'asseyant sur le sofa.

Il prend son verre, me rejoint sur le sofa et me regarde de ses yeux magnétiques.

— Vous avez tort, celui-ci est particulièrement bon. Trop bon d'ailleurs. Il m'aide à me détendre lorsque les nuits sont longues. Vous voulez autre chose ? Une coupe de champagne ?

— Vu l'heure, ce n'est pas raisonnable, Monsieur.

— Un thé ?

— Non, merci, je n'ai besoin de rien.

— Comme vous voudrez.

Il se tait, fixe le fond de son verre, le pose sur la table basse, s'approche, me prend la main et se lève.

— Venez, je vais vous faire visiter.

Je vis ici depuis presque quatre mois, mais je ne lui fais pas remarquer. Je le suis. Je laisse ma main dans la sienne. Nous passons de pièce en pièce. Il m'explique les peintures, les vases, l'origine des meubles. Il a l'air détendu, presque heureux. Nous marchons depuis bientôt trente minutes. Nous passons devant le portrait de ses parents. Marie m'avait fait la même visite, avec moins de détails sur la décoration, mais elle m'avait présenté les membres de la famille.

— Ce sont mes parents. Ils sont décédés il y a une vingtaine d'années.

Son air joyeux, si rare, a maintenant disparu pour laisser place au masque glacial de l'Iceberg.

— Nous avions été à ma remise de diplôme à Oxford. Je voulais surprendre quelqu'un. Ils ont fait un détour avec notre jet pour me déposer. Quand ils sont repartis, un orage a éclaté, ils n'ont pas pu se poser tout de suite. L'orage est devenu plus fort, ils n'avaient plus assez de carburant alors le pilote a tenté un atterrissage. Mes grands-parents étaient déjà partis depuis plusieurs années. Nous n'étions plus que deux avec Edward, mon frère. Il ne voulait pas vivre ici. Je suis resté. Les employés sont tous partis au fur et à mesure du temps sauf Charles qui me reste fidèle depuis toutes ces années.

— Comme Alfred[16] pour Bruce Wayne[17].

— Oui, mais Batman n'a pas de frère.

— C'est la seule différence entre vous et Batman ?

— Non, je n'ai pas encore trouvé ma Rachel[18], dit-il sa main toujours dans la mienne.

— Où est votre frère maintenant ?

— Aux dernières nouvelles, il vivait au Pays de Galles.

— Dernières nouvelles ?

---

[16] Majordome de Bruce Wayne

[17] Bruce Wayne alias Batman

[18] Référence à Rachel Dawes personnage de fiction dans le film Batman Begins dont Batman est amoureux

— Il y a dix ans environ. Nous ne sommes pas très proches.

— Est-ce pour cela que monsieur Williamson m'a conseillé de ne pas le rencontrer ?

Son regard se perd dans le vague. Il lâche ma main.

— Il est temps d'aller vous coucher. Bonne nuit, Allie.

Sans que je n'aie le temps de répondre, il s'éloigne déjà.

Le lundi, à l'heure habituelle, je me rends sur la terrasse, lieu de notre rendez-vous du jour. Monsieur n'y est pas. Je me présente devant son bureau. Il m'invite à entrer.

— Vous êtes en retard.

— Je pensais que nous avions rendez-vous sur la terrasse, Monsieur.

— Notre discussion prévue sur la terrasse aujourd'hui, a déjà eu lieu. Vous avez oublié ?

— Non, mais…

— Faites votre rapport.

Je m'exécute. Il me congédie sans un mot de plus. Je me retourne, je sors puis fais demi-tour. Ses humeurs m'exaspèrent.

— Je suis un être humain, vous savez ?

Il lève la tête, surpris.

— Je comprends que vous ne soyez pas tous les jours de bonne humeur, ou que vous soyez occupé, peu importe. Mais arrêtez de changer d'humeur plus souvent que je ne change de chemise. C'est agaçant.

Il sourit. Je ne sais pas si je le fais rire. Est-ce qu'il se moque de moi ?

— Je vous amuse ?

— Non Allie, enfin si, parfois. Vous êtes difficile à cerner. Excusez-moi, je ferai des efforts, c'est promis. Ça vous convient ?

— Oui, Monsieur, ça me va. Même si vous êtes bien plus difficile à cerner que moi. Je voulais aussi vous remercier pour la visite de l'autre nuit.

Je quitte le bureau, fière de moi. La main toujours sur la poignée, je souris. J'ai réussi à m'imposer, je sais que je le peux maintenant. Mon téléphone vibre.

— Merci de m'avoir fait le plaisir de votre présence. Cette insomnie fut meilleure que les précédentes.

— Vous en avez souvent ?

— Très.

— Alors j'espère que vous en avez bien profité. Je ne le ferai pas à chaque fois.

— Dommage.

— Faites-moi penser à mettre des somnifères dans votre whisky.

— C'est une idée. Et ne vous habituez pas à me parler sur le même ton que ce soir.

— C'était pour la bonne cause, Monsieur.

— Qu'entendez-vous par là ?

— Ça vous a fait sourire :)

— C'est mignon, ce petit visage. Qu'est-ce que c'est ?

— Un *smiley*[19]. Vous ne connaissez pas ? Il en existe des tonnes.

— Vous m'apprendrez ?

— Je n'en connais que quelques-uns, mais oui, si vous voulez :)

La semaine qui suit est sans surprise. Mais le lundi d'après, en rejoignant son bureau, je vois un mot sur la porte. Je sais déjà ce qui y est inscrit.

Je me dirige vers la terrasse. Il est là, debout, comme la première fois. Je m'approche, il me propose un thé. Nous nous asseyons afin que je commence le rapport du jour, ensuite nous échangeons quelques banalités et je retourne travailler.

Cette nuit-là, affamée, je descends chercher quelque chose à manger. Une fois sortie des cuisines, d'humeur légère et débarrassée du fantôme depuis quelque temps, je me surprends à avancer vers le grand escalier pour rejoindre ma chambre, poser ma main sur la rampe puis changer d'avis. Je continue finalement mon chemin, éclairée par la torche de mon portable, en direction du bureau de Monsieur. Je dépasse discrètement le petit salon qu'il occupe souvent la nuit et poursuis vers la salle de réception, laissant la porte de son bureau à ma gauche. Soudain, j'aperçois un rai de lumière qui apparaît puis disparaît en un éclair derrière moi. Je sursaute, me retournant d'un bond. Dans mon affolement, je lâche mon téléphone qui

[19] Petit dessin représentant un visage utilisé entres autres dans les SMS

tombe, la torche face au sol noyée dans la moquette. Le peu de lumière encore visible me permet seulement de le repérer. Je sens une présence, juste là, à quelques centimètres de moi. Le temps s'arrête, mon cœur s'accélère, je l'entends battre de plus en plus fort. Je suis immobile, pétrifiée. Un souffle chaud frôle ma joue, puis se pose sur mes lèvres. Je me ressaisis pour récupérer mon téléphone. Alors que je m'accroupis, une main effleure la mienne : le fantôme glisse délicatement ses doigts entre les miens, puis de son autre main, s'empare de mon téléphone. Il vient le déposer entre nos paumes, puis referme mes doigts dessus pour le maintenir. Au fur et à mesure qu'il retire ses mains, celles-ci caressent ma peau. Ma poitrine se soulève à chacun des battements de mon cœur comme trop à l'étroit. Ma tête me dit de fuir, mais mon corps reste là, impuissant, paralysé, ensorcelé. Lorsque le contact se brise, le sort se rompt. Alors, comme un réflexe, j'avance spontanément vers l'escalier. Arrivée en hâte sur les dernières marches, j'aperçois dans un coin sombre de mon champ de vision la même lumière que tout à l'heure. Elle apparaît puis disparaît dans le couloir.

Aussitôt dans ma chambre, je ferme la porte à clef puis allume toutes les lampes. J'envoie un message à Laure.

— J'ai vu le fantôme !!!!

Il est trois heures du matin. Pas de réponse. Elle dort. Je tente moi-même de résister, mais succombe une heure plus tard aux charmes de Morphée. Je me réveille le lendemain au son de mon téléphone qui vibre.

— Haha ! Tu as bu quoi ma poulette ?

Laure n'en croit pas un mot. J'aurais dû m'en douter. Je me lève, épuisée, un poids sur les épaules, les paupières lourdes. Ce fantôme, je l'ai vu, ou plutôt ressenti. Je n'aurais pas pu reconnaître ma mère dans cette pénombre. Il ne m'a pas fait de mal, il m'a simplement rendu mon téléphone avant de disparaître. Comment a-t-il fait ? Les fantômes ne sont pas censés pouvoir toucher d'objets ? Et ses caresses ? Personne n'a jamais été aussi doux avec moi. Peut-être est-ce une femme ? L'instinct maternel serait encore présent dans l'au-delà ? La mère de Monsieur, peut-être ? Après tout, elle est décédée tragiquement. Peut-être veille-t-elle encore sur son fils ?

À demi rassurée par cette pensée, je poursuis ma journée, l'air de rien. Depuis que nos partiels sont terminés, je n'ai plus besoin de rejoindre mon bureau le soir pour contacter Laure via Skype. D'autant plus que son job d'été lui prend beaucoup de temps. À partir de maintenant, j'éviterai les couloirs la nuit.

Juillet : premières lueurs

Ce soir, mes collègues m'ont prévu une petite fête. Tous les anniversaires sont notés sur le calendrier de la cuisine, tous sauf celui de Monsieur. J'ai demandé à Charles : même lui ne sait pas ou refuse de l'avouer. J'apprécie énormément leur geste. Notre entente n'a pas toujours été au beau fixe, mais nos relations s'améliorent réellement. Ils semblent me faire confiance et ne plus remettre en question mes compétences pour le poste. Je sais qu'ils ont tous été informés de ce qu'il s'était passé avec Elizabeth, mais je soupçonne Claire d'avoir définitivement baissé les armes avant d'inviter ses collègues à faire de même. C'est d'ailleurs elle qui lève son verre en premier pour porter un toast en mon honneur.

— Allie, joyeux anniversaire ! Je sais que je ne te l'ai pas encore dit, mais il n'est jamais trop tard : sois la bienvenue parmi nous !

— Joyeux anniversaire, Allie ! s'exclament-ils tous en chœur.

— Merci à vous pour cette surprise, ça me touche beaucoup, mais assez parlé. Comme on dit en français « à la vôtre ».

Monsieur fait une apparition discrète alors que nous trinquons. Je lui offre un verre qu'il accepte. Il me demande de le suivre un instant sur le balcon. Il fait frais, il me propose sa veste. Je refuse poliment. Je sens comme une gêne s'installer entre nous. Il regarde au loin.

— Vos parents ne vous manquent pas trop ?

— Non, Monsieur. Ils m'ont envoyé un cadeau avec une lettre.

— C'est très gentil de leur part. Allie, j'aurais aimé vous offrir quelque chose, mais je ne savais pas ce qui aurait pu vous faire plaisir.

— C'est très gentil à vous d'y avoir songé, mais ce n'est pas la peine, Monsieur.

Comme s'il ne m'entendait pas, il poursuit.

— Ce n'était pas qu'un cadeau d'anniversaire que je souhaitais vous faire, c'était aussi pour vous remercier.

Il se tait et ce silence est lourd.

— Me remercier de quoi, Monsieur ?

— De tellement de choses, Allie. Vous n'avez pas la moindre idée de l'influence que vous avez eue sur ma vie ces derniers mois, murmure-t-il toujours plongé dans la pénombre du jardin.

— Une bonne influence j'espère, Monsieur.

Je tente de croiser son regard. Son silence se prolonge un peu trop longtemps pour ne pas éveiller outre mesure ma curiosité, mais je sens que le moment n'est pas opportun pour le brusquer. Il semble chercher ses mots, vouloir partager quelque chose avec moi. Peut-être m'en dire plus sur sa vie, ses parents ou me dévoiler un secret ? Je le sens à fleur de peau. Je me retiens de mettre mon bras autour de lui comme pour le soutenir.

— Allie, je…

— Allie, on t'attend ! Tu viens ?!

Claire nous interrompt gaiement : le gâteau est prêt à être servi et les bougies à être soufflées. Elle croise mon regard, un sourire complice aux lèvres, pensant certainement m'avoir sauvée d'une conversation professionnelle avec mon patron, le soir de mon anniversaire. Nous rentrons et je me plie à la coutume des bougies. Monsieur m'observe alors que je souffle. Je coupe le gâteau, lève la tête : il a déjà quitté la pièce. Je mange ma part puis m'éclipse. Arrivée devant le bureau de Monsieur, j'attends qu'il m'invite à entrer. Pas de réponse, il n'est pas là. J'hésite avant d'enfreindre la règle d'or. J'entre et dépose une part de gâteau sur son bureau. Je ne laisse pas de mot. Quinze minutes plus tard, je reçois un message.

— Merci, Allie.

— Comment savez-vous que cela vient de moi ?

— Personne d'autre n'aurait osé entrer sans ma permission.

— Bon appétit, Monsieur.

J'évite volontairement le sujet. Il ne semble pas m'en tenir rigueur.

— Merci, joyeux anniversaire, Allie.

Je passe la soirée avec mes collègues dans la cuisine. Nous dévorons les gâteaux en profitant d'un apéritif bien agréable. L'ambiance est bonne et j'apprécie leur compagnie pour la première fois. L'alcool aidant, je décide de leur raconter mon expérience de la semaine passée, espérant au fond de moi qu'ils trouveront une explication rationnelle à cette rencontre avec l'au-delà.

— Je pense qu'il y a un fantôme ici !

— Bien sûr ! me répond Claire, l'air grave.

Mon sourire fane alors que j'observe mes collègues, très sérieux.

— Vraiment ?

Me voilà sceptique en plus d'être quelque peu apeurée.

— Le fantôme qui se promène ici la nuit a même un nom, continue Ian, le cuisinier.

— Arrêtez, vous me faites marcher, vous voulez juste me faire peur !

— Non, c'est la vérité, renchérit Claire.

Je reste bouche bée, muette. Je croise le regard de chacun, l'ambiance a changé : me voilà à regretter d'avoir lancé le sujet.

— Quel… Quel est son nom ? j'insiste timidement.

— Monsieur, répond Ian.

— Comment ça, Monsieur ? C'est un ancêtre de notre Monsieur à nous ?

Ils rient.

— Quoi ? Qu'est-ce que j'ai dit ?

Je riposte, agacée par leur attitude.

— Bon, d'accord. Le seul fantôme qui se promène ici la nuit, c'est Monsieur, notre Monsieur. Il ne dort pas beaucoup. En général, il est dans son salon à boire du whisky, clarifie Claire.

— Vous êtes sûrs ? Mais j'ai eu, plusieurs fois, l'impression d'être suivie ou observée lorsque je me rendais aux cuisines ou retournais dans ma chambre.

— Peut-être qu'il te suit pour te faire peur ! s'exclame Ian.

— Mais il y a quelques jours, j'ai croisé le fantôme entre le petit salon et le bureau de Monsieur. Il m'a rendu mon téléphone et…

— Et il t'a souhaité une bonne nuit ? sourit Ian.

Tous rient une nouvelle fois.

— Encore une fois, ça devait être Monsieur. Il a dû t'entendre marcher dans le couloir, me répond Claire rationnellement.

— Mais la lumière qui est apparue et a disparu ?

— Il a peut-être éteint une lampe, ou juste ouvert et fermé la porte de son bureau ? explique Ian.

— Mais son souffle, sa peau ?

Je m'interromps, voyant mes collègues piqués de curiosité.

— La peau d'un fantôme ? Mais les fantômes n'existent pas, rétorque Claire.

— Ça fait bientôt quarante ans que je travaille ici. Je peux vous assurer qu'il n'y a aucun fantôme dans cette maison, réplique Charles, mettant fin au débat en me laissant pleine de doutes.

L'ambiance se détend. Nous plaisantons puis partons nous relaxer dans notre salon.

Emmitouflée sous ma couette, je repense à ma conversation assez insolite sur le balcon avec Monsieur. Que voulait-il me dire, en quoi ai-je influencé sa vie ? Je pense à nos échanges parfois un peu houleux. Aucun membre de son personnel n'a dû oser se confronter à lui comme cela depuis longtemps. Je dois bien avouer que je le trouve meilleur depuis quelque temps. Mes remarques semblent fonctionner.

Le lendemain, je le rejoins sur la terrasse tout comme le jour suivant. Le temps est maussade ce jeudi. Il m'attend dans son bureau, me propose de m'asseoir. La dernière fois que je me suis assise ici, c'était lors de mon entretien d'embauche. Une habitude s'installe. Les rapports du jour deviennent chaque fois un peu plus longs. De quelques minutes, nous arrivons à dix puis vingt minutes, parfois même une demi-heure. Nous parlons de tout et de rien. Il s'intéresse de plus en plus à son personnel, me pose des questions sur eux. Je le croise également plus souvent dans les couloirs du château, discutant avec Ian le cuisinier ou demandant à Elizabeth des nouvelles de son fils.

Plusieurs jours plus tard, alors que le mois de juillet est déjà bien avancé, je rejoins la terrasse puis m'approche de lui. Monsieur se retourne, me sourit avant de me faire signe de le suivre. Pour la première fois, nous marchons ensemble sur le sentier du jardin.

— Dites-moi Allie, comment vous sentez-vous ?

— Bien, Monsieur.

— Je veux dire, ici. Est-ce que vous êtes bien ? Est-ce que le métier vous plaît ? s'intéresse-t-il.

— Oui, Monsieur.

— Je me doute que vous n'êtes que de passage. Je ne sais pas ce qui vous a fait arriver jusqu'ici, mais ce n'est pas un métier pour vous. C'est une pause, un tremplin entre votre vie d'avant et votre vie future.

— Pourquoi pensez-vous cela, Monsieur ?

Je croise son regard en lui posant la question.

— J'ai tort ? Qu'est-ce qui vous a amené ici, Allie ?

Après s'être renseigné sur mes collègues, les uns après les autres, c'est la première fois qu'il me pose des questions d'ordre privé. J'apprécie l'intérêt qu'il me porte et réponds volontiers.

— J'avais besoin de prendre l'air, de m'évader. J'ai quitté mon petit ami, arrêté mes études. Ensuite je suis partie.

— J'en suis sincèrement désolé.

— Ne le soyez pas, Monsieur, ça m'a fait du bien. C'était nécessaire. Je ne savais pas où j'allais. Ce garçon, il fait partie des hommes toxiques. Vous tombez amoureuse et vous êtes perdue, empoisonnée à vie. Ils vous rendent aveugle, dépendante. En un sourire, vous accourez en oubliant la douleur. Je l'aimais, mais j'ai compris qu'il fallait que je parte.

— Vous l'aimiez ? Vous ne l'aimez plus ?

— Je ne crois pas. Quelques mois loin de lui, le vaccin commence à faire effet. Quelques-uns de plus devraient suffire à ce que je sois complètement guérie.

— Alors vous partirez d'ici, répond-il le regard dans le vague.

— Peut-être. Pour l'instant, ce n'est pas prévu.

Je fixe le même point imaginaire que lui. Nous avançons sans un bruit jusqu'au château, chacun dans nos pensées.

Le lendemain, je le croise dans le couloir alors que je pars me changer pour aller faire mon footing quotidien.

— Allie, avez-vous pensé à réserver mon billet d'avion pour le mois d'août ?

— Bien sûr, Monsieur.

— Très bien, très bien. Oh, mais pardon, je vous interromps, vous alliez courir, s'excuse-t-il.

— Oui, en effet.

Sa phrase m'étonne, car je porte encore mon uniforme d'autant plus que je n'ai jamais confié à Monsieur que je courais quotidiennement.

— C'est très bien. Qu'est-ce qui vous plaît dans la course à pied ?

— Cela me détend beaucoup. Et vous, pourquoi courez-vous, Monsieur ?

— Pour la même raison, j'en ai bien peur. Peut-être pourrions-nous courir ensemble parfois ?

— Si vous le souhaitez, Monsieur.

— Ce n'est peut-être pas une bonne idée. Vous devez profiter de cet instant pour penser à autre chose qu'au travail : courir avec votre patron ne va pas vous y aider.

— À votre guise, Monsieur. Cela ne me dérange pas.

Il me sourit puis s'éloigne. Deux jours plus tard, alors que je fais mon jogging, j'entends des pas rapides derrière moi.

— Mauvaise journée, Monsieur ? dis-je en me retournant.

— Pardon ? Oui, un peu. Je m'excuse Allie, je sortais faire mon jogging quotidien lorsque je vous ai aperçue. Puis-je vous accompagner ? demande-t-il à peine essoufflé.

— Bien sûr, Monsieur.

Je sais qu'il ment. Je connais ses habitudes. Je sais qu'il a déjà couru ce matin. C'est la première fois, il me semble, qu'il y retourne une seconde fois dans la journée. À la fin de notre tour, alors que je fais mes étirements, je sens qu'il cherche à me parler.

— Nous pourrions nous retrouver demain à la même heure, faire un tour de chauffe pendant lequel je vous ferai le rapport du jour pour ensuite courir sur un second tour. Qu'en pensez-vous, Monsieur ?

Je lui pose la question et crois intercepter comme un soulagement dans ses yeux. Une fois de plus, je découvre une nouvelle facette de l'Iceberg. Sa soudaine timidité à mon égard est charmante.

— C'est une excellente idée, enfin si ça ne vous dérange pas ?

— Au contraire, entre sportifs, nous devons nous soutenir !

Et comme convenu, nous nous rejoignons dès le lendemain sur la terrasse pour notre entretien quotidien, cette fois-ci, habillés de nos baskets et survêtements. Un soir, alors que nous rentrons de notre troisième séance sportive, Claire m'interpelle lorsque je regagne ma chambre.

— Alors, on fait du sport avec Monsieur ? se moque-t-elle les yeux rieurs.

— Je pense qu'il se sent seul. Un peu de compagnie doit lui faire du bien.

— Si tu le dis.

J'entends l'ironie dans sa voix alors que je m'éloigne en montant les marches deux par deux. Machinalement, je regarde mon téléphone personnel en entrant dans ma chambre et y vois un message de Laure.

— *We did it* ma poulette[20] ! On a notre diplôme ! *Well done*[21] !

Pleine de sueur, je ne réponds pas. Je file sous une bonne douche chaude, le sourire aux lèvres. Finalement, tout est bien qui finit bien. J'ai eu mon diplôme et je ne suis pas encore enterrée au fond du jardin comme me l'avait prédit Laure. Ma relation avec mes collègues s'est améliorée, sans

---

[20] On l'a fait ma poulette !

[21] Bien joué !

parler de Monsieur qui devient un Iceberg plutôt chaleureux. Le fantôme semble me laisser tranquille. Même mes sentiments pour Anthony disparaissent peu à peu.

Je dors à poings fermés cette nuit-là et me lève le lendemain de bonne humeur. La journée se passe merveilleusement bien ; alors je me permets quelques questions lorsque je rejoins Monsieur pour notre séance sportive quotidienne. En effet, son planning de juillet indique sa présence à un salon à la fin du mois, mais j'ignore de quoi il s'agit réellement.

— J'aimerais vous poser une question, Monsieur.

— Bien sûr, me répond-il.

— Je me demandais en quoi consiste le salon auquel vous allez assister ?

— En réalité, c'est un salon qui me permet de rencontrer des personnes avec des idées innovantes. Si quelque chose me plaît, j'investis dans leur projet. Ainsi, elles peuvent le faire avancer. Parfois je parviens même à avoir un retour sur investissement.

— Je pensais qu'il était en rapport avec votre entreprise, lui dis-je, étonnée.

— Non, pas du tout. C'est en quelque sorte plus un loisir. En général, j'y vais avec Hadrien, mais il m'a annoncé l'autre jour qu'il était pris pour affaires ce week-end-là. C'est dommage, le fait d'y aller à deux me permet d'avoir un garde-fou, un conseiller.

— Vous y allez quand même, Monsieur ?

— Oui, je pense, même si ça m'ennuie un peu, c'est une longue journée. La partager avec quelqu'un est agréable, me sourit-il.

— Vous ne pouvez pas y aller avec un autre ami ?

— Je pourrais, mais peu sont intéressés par ce genre d'événements d'autant plus qu'ils sont souvent déjà très pris par leurs activités professionnelles.

— Pourtant, ça semble intéressant. C'est l'occasion de faire de belles rencontres en plus de découvrir de nouvelles choses, je poursuis avec enthousiasme.

— C'est vrai – il marque une pause – Vous devriez m'accompagner, Allie.

— Je ne vous serai pas très utile. Mes connaissances techniques sont limitées.

— Ne vous dévalorisez pas. Au contraire, le regard d'une novice peut être très intéressant lorsque l'on cherche à investir. Vous seriez partante ? me demande-t-il un grand sourire aux lèvres, comme je lui en ai rarement vu.

— Sérieusement ?

— Bien sûr ! Vous seriez ma conseillère en affaires.

— Pourquoi pas, dis-je, amusée.

— J'ai le regard du businessman quand je vais là-bas ; vous aurez le regard de la consommatrice. Vous pourrez tout de suite m'indiquer si vous voyez un intérêt dans le projet. Réfléchissez-y. J'y vais le vendredi, il y a moins de monde. Vous pourriez même vous réserver une chambre à proximité pour visiter la région durant le week-end. Je vous offre votre samedi de repos.

— C'est une bonne idée. Je vais y réfléchir, Monsieur. Mais vous n'avez pas besoin de moi ici, avant votre départ en vacances ?

— Je partirai le dimanche en milieu d'après-midi. Le principal est que vous soyez rentrée en soirée pour que tout se passe comme d'habitude le lundi.

Après quelques jours de réflexion, j'ai finalement décidé d'accompagner Monsieur. Je m'y rendrai le jeudi soir, dormirai sur place puis rentrerai le dimanche dans la journée. C'est une région que je ne connais pas, je vais en profiter pour la découvrir. Monsieur me rembourse mes frais de transport ainsi que la première nuit. Il viendra me chercher directement au *B&B*[22] le vendredi dans la matinée.

Il m'a fallu quatre heures pour venir en voiture. J'ai dû traverser beaucoup de forêts et de petits villages très fleuris. Le quartier est mignon. J'ai eu de la chance : le salon amène beaucoup de monde alors il restait peu de chambres. Malgré tout, celle que j'ai trouvée n'est pas très loin. Elle est assez modeste : il y a un lit double, une toute petite table, une armoire ainsi qu'une salle de bain avec le nécessaire. Ce n'est pas très grand, mais c'est propre et ça me suffit. Je suis bien loin de mon immense chambre au château.

J'ai mis, dans ma valise, un tailleur pour demain avec des escarpins, mais également une tenue plus décontractée pour

[22] Bed and Breakfast : chambre d'hôtes

ce week-end : jeans, pulls et baskets seront de rigueur ! Après la longue route, je m'endors sans mal vers minuit.

Ce matin, j'ai pu rester au lit plus longtemps que d'habitude et en ai bien profité. Finalement, je me lève puis descends prendre un petit-déjeuner copieux. Le ciel est tout gris, il est plus de 10 heures, je suis prête. Monsieur ne devrait plus tarder. Je vais l'attendre dans l'entrée, à l'abri. Je suis un peu nerveuse : nous vivons sous le même toit depuis cinq mois maintenant, mais je n'ai jamais passé autant de temps seule avec lui. J'ai peur que nous n'ayons rien à nous dire ou qu'il me trouve ridicule. Le stress monte tandis que je le vois au volant de sa belle Porsche grise. Il descend, me salue puis m'ouvre la portière. C'est la première fois que je monte dans une telle voiture.

— Bonjour, Allie. Bien dormi ?

— Oui, merci Monsieur. Vous avez fait bon voyage ?

— Oui, merci.

— James ne vous a pas conduit ?

— Non, pas aujourd'hui.

Nous ne conversons pas davantage lors du trajet. En quelques minutes, nous nous retrouvons sur un grand terrain vague qui fait office de parking.

Le début de la journée se déroule plutôt bien. Après avoir pris un café, nous faisons d'abord le tour de tous les stands. Monsieur prend quelques notes. Au bout de deux heures, il me propose de nous arrêter prendre un encas. Mes habitudes de Française ne m'ont pas quittée et je commence à avoir faim. Le sandwich me fait du bien, nous mangeons en silence. Monsieur n'est pas bavard. Nous avons très peu échangé depuis notre arrivée. Une fois notre repas terminé, il sort ses petites fiches.

— Qu'avez-vous pensé du stand 8 ? questionne-t-il en me regardant dans les yeux pour la première fois de la journée.

— J'ai trouvé que l'idée était intéressante. Il me semble qu'il y avait un autre stand plus loin, avec une idée semblable, mais plus aboutie, ça devait être le 22 ou 25, dis-je en tentant de soutenir son regard.

Il baisse les yeux sur ses notes.

— Le 22, oui exact. Très bien, nous irons directement voir le 22 alors, acquiesce-t-il.

Nous parcourons ses quelques fiches, faisons le tri des stands à revoir absolument, ceux à revoir éventuellement, et une dernière liste si nous avons suffisamment de temps. Nous restons jusqu'à la fin. Notre code est simple : lorsque Monsieur est en pleine discussion avec un jeune entrepreneur, si le projet lui plaît, il me regarde interrogateur, je lui fais un signe de tête. C'est notre signal : il est intéressé, je pense que c'est une belle idée alors il laisse sa carte à l'exposant. Il lui demande de lui envoyer son projet par écrit. À la lecture de ces quelques dossiers, il fera son choix. C'est une vraie opportunité pour ces jeunes créateurs qui en sont bien conscients.

Il est déjà plus de 19 heures. Nous sommes parmi les derniers à partir. Il pleut très fort, nous pataugeons dans la boue jusqu'à son véhicule. J'ai honte de l'état de mes chaussures. Nous montons et il démarre. Malheureusement, il nous est impossible d'avancer. La voiture est embourbée, il a plu quasiment toute la journée. Monsieur descend, fait le tour de la Porsche. Une personne s'approche. Ils discutent, il vient ensuite se rasseoir au volant.

— Des jeunes du voisinage se sont amusés à crever les pneus de quelques véhicules avant que quelqu'un ne s'en aperçoive et les chasse. Même si nous avions une solution pour sortir de la boue, les pneus arrière sont à plat. Je vais appeler une dépanneuse, m'explique-t-il calmement.

La chance n'est pas de notre côté ce soir. Avec les fortes pluies, il y a eu un carambolage sur l'autoroute rendant notre situation loin d'être prioritaire. Monsieur étant un client privilégié, le téléconseiller s'excuse platement de ne pas être en mesure de remplir le contrat. Il lui assure que nous serons la prochaine priorité, mais le dépanneur n'aura pas les roues de secours adéquates, il faudra donc que la voiture soit apportée au garage pour réparation. Il lui propose de lui prêter un véhicule dès demain matin. À ma grande surprise, Monsieur reste très calme, gérant cette situation avec courtoisie. Il refuse le prêt, explique où se situe la Porsche pour la dépanneuse, demande à ce qu'elle soit apportée jusqu'à son propre garagiste, avant de raccrocher.

— Je vais appeler James. Il viendra me chercher. Je vous appelle un taxi qui vous ramènera au *B&B*, me propose-t-il.

— Je peux vous ramener au domaine, Monsieur. J'ai ma voiture.

— Non, c'est très gentil, mais profitez de votre week-end.

— Ça ne me dérange absolument pas.

— Non vraiment, ce n'est pas la peine, insiste-t-il.

Nous voilà assis dans son véhicule, silencieux. James sera là dans un peu plus de quatre heures. Par contre, à cause du salon, il n'y a pas de taxi disponible avant une heure. Le *B&B* est à moins de quinze minutes à pied. Nous sommes trempés par la pluie. Monsieur a allumé le moteur pour nous réchauffer. J'ai froid et j'ai faim. Je brise finalement le silence.

— Nous devrions aller au *B&B* à pied, Monsieur. Il n'y a que quinze minutes de marche. Nous pourrions nous sécher, être au chaud et manger. James peut venir vous chercher là-bas.

— Mais il pleut. Le taxi sera là dans une heure seulement.

— Comme vous le souhaitez, Monsieur. Mais que ferez-vous lorsque la dépanneuse aura récupéré votre voiture ? Vous attendrez trois heures sous la pluie ?

— Très bien, vous préférez cette solution, il me semble ?

Il me fixe de ses beaux yeux bleus éclairés seulement par le plafonnier.

— Je pense qu'au moins nous serions au chaud.

— Alors, allons-y, répond-il en ouvrant la portière.

Nous sortons de la voiture, il pleut toujours. Les premiers mètres sont assez dangereux. Il fait sombre et nous sommes obligés de marcher sur la route. Nous avançons vite et en silence. Heureusement, nous atteignons rapidement une zone éclairée avec un trottoir. J'ai mal aux pieds.

Après un bon quart d'heure, nous voici enfin devant le *B&B*. La pluie battante nous a définitivement trempés. Je récupère ma clef, la propriétaire me regarde, soupçonneuse : j'ai réservé trois nuits pour une personne. Nous montons dans ma chambre. J'ai un peu honte de recevoir Monsieur ici.

— La salle de bain est là-bas, vous devriez aller prendre une douche bien chaude, Monsieur.

— Je vous en prie, Allie, je vous laisse y aller en premier.

Je prends quelques affaires, vais dans la salle de bain, en ressors aussitôt pour déposer sur le lit, le sèche-cheveux ainsi que les serviettes en trop.

— Tenez, Monsieur, vous devriez peut-être sécher vos vêtements.

L'eau de pluie dans mes cheveux est très froide, ma peau est gelée. Je prends une douche bouillante. Très rapidement, j'en sors pour m'habiller de mon jeans et mon pull. Je me sens mieux. Je me presse puis libère la salle de bain. Monsieur est assis sur le lit, torse nu, une serviette entoure ses hanches. Son dos forme un V : sa musculature dessine ses omoplates. Je détourne le regard. Sa chemise pend au-dessus du radiateur. Monsieur sèche son pantalon à l'aide du sèche-cheveux. Il ne m'a pas entendue. Je m'approche pour lui signaler que la salle de bain est libre. Il se lève et y va. Je me sèche rapidement les cheveux avant de quitter la chambre. Je descends aux cuisines. Il est presque 20 heures, le service se termine. Je demande à la propriétaire s'il est encore possible d'avoir deux repas. Il lui reste des *fish and chips*[23], j'accepte. Une fois prêts, je les emporte avec deux bières. Je rejoins ma chambre avec un plateau. Monsieur est sorti de la douche. Il est debout, toujours entouré de sa serviette.

— J'ai pensé qu'un plat chaud nous ferait du bien. Il ne restait que du poisson, j'espère que cela vous convient, Monsieur.

Je pose le plateau sur la petite table ronde : il dépasse. Avec l'aide de Monsieur, je rapproche le tout du lit.

— Je vous ai pris une bière, lui dis-je en la lui tendant.

— Merci Allie, veuillez me pardonner. Ma tenue n'est pas convenable pour dîner avec vous.

— Je vous en prie, l'important c'est que nous soyons au sec.

— Le reste de mes affaires sèche dans la salle de bain, m'explique-t-il, embarrassé.

— Parfait.

Chemise, pantalon, veste, chaussures et chaussettes sont près du radiateur de la chambre, j'en déduis qu'il parle de ses sous-vêtements. Je comprends qu'il est nu sous la serviette et fixe mon regard sur la table.

Nous dînons, assis sur le lit, la petite table collée à nos genoux. Un peu gênée par la situation, et pour briser le silence, j'aborde le sujet du salon. Nous parlons des

[23] Filet de poisson frit servi avec des frites

exposants, des projets qui nous ont plu ainsi que de notre mésaventure du soir.

— Je n'avais pas mangé de *fish and chips* depuis des années, m'avoue-t-il soudainement.

— C'est un regret, Monsieur ?

— Ne soyez pas vexée, mais après celui-ci, il me semble que c'est plutôt une chance. C'est très attentionné de votre part de nous avoir trouvé à manger, sourit-il avec humour.

— Vous avez raison Monsieur, il n'était pas très bon, mais mon estomac avait faim et votre route est encore longue jusqu'au domaine.

De nouveau le silence. Il n'y a pas de télévision et James ne sera pas là avant quasiment trois heures. Elles vont être interminables. Je m'empare du sèche-cheveux pour finir de sécher sa chemise. De son côté, il récupère son smartphone pour se concentrer sur son écran. 21 h 30, James appelle, il prévient qu'il repart après un arrêt rapide. Il sera là dans environ deux heures. Monsieur lui donne l'adresse du *B&B* avant de raccrocher. Je lui tends alors sa chemise. Il l'enfile puis la boutonne. Je vais pouvoir de nouveau lui adresser des regards sans rougir. Il me remercie et prend à son tour le sèche-cheveux. Alors qu'il disparaît dans la salle de bain, je m'assieds sur le lit en ouvrant un livre. J'avais eu la bonne idée d'en prendre un dans ma valise. Il m'est impossible, à la fin de chaque page, de résumer ma lecture, mais je fais au moins semblant. Vers 22 h 30, Monsieur est presque intégralement habillé.

Pour ma part, la fausse lecture m'a endormie. Me voilà à somnoler, allongée sur le lit. À défaut de chaise, Monsieur se trouve contraint de me rejoindre. Je lutte pour ne pas m'assoupir. Je suis allongée sur mon côté droit, lui tournant ainsi le dos. Je me souviens de cette première soirée au cours de laquelle il posait sa main sur ma veste, ses doigts frôlant ma peau. Mon esprit s'évade. Je pense à son corps qui s'allonge délicatement à mes côtés, il me prend dans ses bras, m'embrasse le cou doucement. Sous ses baisers, je pivote légèrement mon visage vers le sien. Nos lèvres se rejoignent enfin, son torse nu s'approche du mien, ses mains me caressent, il soulève mon pull, nos peaux se touchent, son corps vient au-dessus du mien. Nous voilà nus, l'un contre l'autre, la chaleur de nos corps se mélange.

Je sursaute. 23 heures, je m'assieds sur le lit, rouge de honte à l'idée de mon rêve. Je sens qu'il m'observe. Je me lève puis me dirige vers sa veste. Elle pend toujours au-dessus du radiateur.

— Je crois que c'est peine perdue, elle est encore mouillée.

— Je peux tenter de la sécher si vous le souhaitez, Monsieur.

— C'est très gentil, mais ce n'est pas nécessaire, James sera bientôt là. Vous devriez vous coucher, vous tombez de sommeil.

— Ça va, je vous remercie. Je préfère attendre que vous soyez parti.

— Ne vous inquiétez pas, je saurai me tenir cette fois-ci.

« Cette fois-ci » ? À quoi fait-il référence ? Mon rêve d'avril refait surface. Parle-t-il de ce soir-là ? M'avait-il vraiment caressé le dos ? Je rougis, embarrassée par la situation de ce soir. Je meurs d'envie de lui poser la question, mais je me dégonfle lamentablement.

— Je n'en doute pas, je ne vous aurais pas proposé cette solution si j'avais été inquiète.

— Ne rougissez pas, c'est à moi d'être gêné. J'ai été en dessous de tout. Je n'ai pas pu vous reconduire à votre chambre ni même vous inviter au restaurant. D'autant plus que vous avez dû supporter votre patron toute la soirée alors que vous êtes en week-end. Sans parler de ma tenue. Je pense que c'est la dernière fois que vous acceptez de m'accompagner quelque part.

Il sourit, me fixant droit dans les yeux.

— En tout cas, je vous remercie, poursuit-il.

— Pourquoi, Monsieur ?

— Pour tout, Allie ! Vous avez joué le jeu avec brio au salon. Vous êtes restée des heures debout à déambuler dans ces allées sans vous plaindre. Vous avez trouvé une solution et marché sous la pluie en gardant le sourire. Vous m'avez accueilli dans votre chambre, nourri en plus d'avoir séché mes vêtements. Sans vous, je serai resté quatre heures sous la pluie.

— Vous auriez eu froid et faim, je m'en serais voulu, Monsieur. De plus, mon retour aurait été gâché par un patron malade et irascible, incapable de partir en vacances. Finalement, j'ai bien fait de venir. Les collègues vont tous me remercier en rentrant !

— Ne vous moquez pas d'un vieil homme seul, abandonné de tous sur un parking, sous la pluie en pleine campagne. D'ailleurs, je ne suis pas de mauvaise humeur quand je suis malade.

— C'est vrai, pas seulement, dis-je, moqueuse.

— Comment ça, pas seulement ? Vous avez le meilleur patron dont vous puissiez rêver, ne l'oubliez pas jeune fille !

Il sourit. J'aime le voir sourire. Il est agréable, même drôle, quand il y est disposé.

Une idée me traverse l'esprit. J'ai glissé des chocolats dans ma valise. Je me lève et pars les chercher. Je me rassieds sur le lit, face à lui, en tailleur.

— Un dessert, Monsieur ?

Je lui propose, en ouvrant mes mains.

— Avec vous, Allie, volontiers, répond-il, un léger sourire aux lèvres.

J'interprète son sourire et sa réponse comme une réaction détournée au mot « dessert ». Je pense à mon rêve et rougis en tentant d'échapper à son regard insistant. J'ai la sensation qu'il lit dans mes pensées. Le vocabulaire choisi n'était pas idéal vu la situation. Je tente de changer de sujet.

— Je me souviens d'un soir, ma meilleure amie, Laure, dormait chez moi. Nous avions des chocolats à l'eau-de-vie : des Mon Chéri.

— Mon Chéri, répète-t-il, amusé, avec cet accent anglais qui le rend si séduisant.

— Elle en avait mangé quelques-uns et n'arrêtait pas de rire. Il n'y a vraiment pas beaucoup d'alcool dans ces chocolats, mais ça avait suffi à la rendre saoule. Nous avions peut-être huit ou dix ans.

Je ris, le regard plongé dans mes chocolats.

— La première fois que j'ai goûté un verre d'alcool, j'étais avec mon grand-père. C'était un homme bon, parti bien trop tôt. Il m'avait emmené dans le petit salon actuel, avait ouvert l'armoire pour se servir un verre de whisky. Il me l'avait tendu et j'avais bu une bonne gorgée pour faire comme les grands. J'ai toussé pendant plusieurs minutes après ça. Ma mère était apparue demandant ce qui se passait. Mon grand-père lui avait répondu que j'avais bu une tasse de thé trop chaude. Il m'avait fait un clin d'œil. Je l'entends encore, « mais voyons, Margaret, il est avec son grand-père, il ne peut rien lui arriver ». Lorsqu'elle avait quitté la pièce, nous avions bien ri lui et moi. Avec le recul, je sais qu'elle n'était pas dupe, mais elle ne pouvait rien dire à son beau-père.

Les beaux yeux bleus de Monsieur sont rieurs. Je lui souris. Nous échangeons quelques autres souvenirs, nous plaisantons. J'apprécie ce bon moment partagé. En fin de compte, je trouve dommage que ce soit passé si vite. J'ai l'impression d'être à la fin de cette nuit blanche avec Laure alors que sa mère va bientôt venir la chercher. Nous tentons de profiter des dernières minutes.

Son téléphone sonne. James est garé devant le *B&B* avec la limousine. Monsieur me regarde, je crois voir un air triste passer sur son visage. Il se lève. Je fais de même. Il récupère le reste de ses affaires, encore humides. Je le raccompagne jusqu'à l'escalier. Nous avançons, silencieux.

— Bonne nuit, Allie.

— Bonne nuit, Monsieur, j'espère que le retour ne sera pas trop long.

— Merci de m'avoir fait l'honneur de votre présence à mes côtés aujourd'hui. J'ai passé un excellent moment en votre compagnie.

— Le plaisir était partagé. Je serai de retour dimanche en fin de journée. Je pense qu'on ne se verra pas avant votre départ. Alors je vous souhaite de bonnes vacances, Monsieur.

— Oui, merci. James m'attend.

Il baisse les yeux en même temps qu'il prononce ces derniers mots, comme pour s'excuser. J'aimerais qu'il reste encore un peu. Il fait un pas vers moi.

— Bon week-end, Allie.

— Merci, Monsieur.

Il me prend la main, semble indécis, me fixe de ses yeux bleu-gris, puis s'éloigne en lâchant délicatement mes doigts, et finalement, s'en va.

Me voici dans ma chambre, seule. Son parfum inonde toujours la pièce. Je me prépare avant d'aller me coucher. Mon téléphone vibre.

— Encore merci.

— Vous me remercierez lundi si vous n'êtes pas malade.

— Même si c'est le cas, ça en valait la peine.

Quelques minutes se passent sans réponse de ma part. J'ai le téléphone entre les mains. J'écris un message, puis l'efface, en écris un autre et l'efface à nouveau. Mon téléphone vibre avant que j'envoie une réponse.

— J'aurais aimé que cette soirée se poursuive.

Je lis et relis son nouveau message. Je suis encore plus embarrassée. Je garde en tête qu'il est mon patron, même si, moi aussi, j'aurais aimé que cette soirée se poursuive. Une nouvelle fois, mon téléphone vibre. Je lis le message avec appréhension.

— Bonne nuit, Allie.

— Bonne nuit, Monsieur.

Cet échange terminé, je me sens comme soulagée. Que veut-il dire ? Que dois-je comprendre ? Je ne veux pas y réfléchir, je risquerais de m'imaginer des choses qui ne sont certainement pas ce qu'elles sont réellement. Je suis confuse. Je pose le téléphone sur ma table de chevet puis m'endors. Mes rêves sont des plus fous cette nuit-là. Monsieur fait partie de chacun d'entre eux. Le matin, je me réveille encore plus confuse. Mon téléphone clignote.

— Je suis bien rentré au domaine. Je vous souhaite un bon week-end. Dorian.

« Dorian » ? Monsieur ne signe jamais ses messages, encore moins de son prénom. 10 heures, j'ai beaucoup dormi. Il est trop tard pour le petit-déjeuner, le service est fini. Je me fais un thé dans la chambre, je trouverai bien de quoi manger quelque part. Je croise la propriétaire à la réception en quittant le *B&B*.

— C'est une sacrée voiture qui est venue chercher votre ami hier soir, me souligne-t-elle, curieuse.

Je marmonne un « oui » presque inaudible. Je pars sans un mot de plus, je la laisse imaginer ce qu'elle veut sans tenter de me justifier. Encore une fois, il pleut, mais mon équipement d'aujourd'hui est plus adéquat que mon tailleur d'hier. Je profite de ma journée en partant à la découverte de cette magnifique région.

Dimanche matin, je me lève, me régale d'un bon petit-déjeuner puis quitte les lieux. Le temps est maussade, je n'ai pas envie de me balader davantage. J'ai envie de rentrer, même si, bien sûr, je ne vais pas chez moi. Le domaine est ce qui s'en approche le plus depuis bientôt six mois maintenant. À mesure que les miles défilent, mon esprit s'évade. Je pense à mes parents que je n'ai pas vus depuis longtemps, je pense à Anthony. Et je pense à Monsieur, Dorian. J'aime sa compagnie, lorsque ses humeurs sont joyeuses. Je ne perds pas de temps sur la route, ne fais qu'une courte pause. Pour une raison que j'ignore, je tente de rentrer avant qu'il ne parte en vacances même si je suis anxieuse à l'idée de le croiser, comme une enfant qui a fait une bêtise, ou comme une adolescente qui va croiser le garçon qu'elle apprécie. Je sais que tout nous oppose et surtout qu'il est mon patron, mais quelque chose m'attire chez lui. Je me convaincs de ne plus y penser.

15 heures, me voilà enfin au château, il doit être encore là. Je dépasse les gardes, une boule au ventre, gare ma voiture avant de me presser sous la pluie, ma petite valise à la main. Charles m'ouvre la porte. J'avance vers l'escalier, tourne machinalement la tête à droite vers le couloir qui mène au bureau de Monsieur, mais aussi au salon, celui de

la première soirée, celui de l'insomnie. Il est là, adossé à l'entrebâillement de la porte, un verre à la main. Il me regarde, me sourit. Je rougis bêtement et me hâte, le regard baissé. Claire m'emboîte le pas. Elle apparaît dans ma chambre pendant que je défais mes affaires.

— Alors ? James nous a raconté qu'il avait récupéré Monsieur à ton hôtel, tout débraillé ?!

Elle me sourit, l'air suspicieux. Je rougis.

— Alors, rien du tout. Il devait attendre James. Nous étions trempés, je lui ai proposé de venir se réchauffer, c'est tout.

— Se réchauffer ?

— Tu imagines des choses, il ne s'est rien passé, lui dis-je quelque peu agacée.

Elle part déçue de ne pas avoir eu le privilège d'un ragot croustillant.

Je finis de ranger mes affaires, écris quelques phrases dans mon journal commencé à mon arrivée, tout en surveillant l'heure. 16 heures, Monsieur va partir. Je sors de ma chambre sans vraiment savoir pourquoi. Je descends et le croise en plein départ dans l'entrée.

— Bon voyage, Monsieur.

Il se retourne surpris et sourit.

— Merci Allie, à bientôt.

Un sentiment de solitude m'envahit. Je pars désorientée rejoindre mon bureau, sans raison.

Août : première étoile

Monsieur est parti depuis une semaine déjà. Sa voiture est revenue avec quatre pneus neufs. Pour ma part, me voilà à quinze jours de mes vacances. La période est plus calme, nous n'avons aucune invitation prévue ce mois-ci. Je m'offre plus souvent des pauses sur le toit. Je tente en vain de parfaire mon bronzage.

Monsieur nous a permis d'avoir deux jours de congés consécutifs par semaine durant le mois d'août. Aucun de nous n'a refusé bien sûr. Nous sommes beaucoup moins nombreux, car une partie du personnel est en vacances. Claire et moi en profitons pour sortir du domaine et faire quelques visites. Nous avons notamment fait une sortie avec d'autres collègues dans un grand parc d'attractions.

Ma relation avec l'équipe s'est vraiment améliorée depuis cette histoire de vol, surtout avec Claire. Je l'apprécie beaucoup, c'est quelqu'un de très agréable. Elle est très souriante, toujours joyeuse. Elle est très compétente : pas étonnant qu'elle ait été nommée adjointe de Marie. Je pense qu'elle manque juste un peu de maturité pour être gouvernante. Je suppose que Marie l'avait senti également. Un soir, après le repas, alors que nous discutons sur le toit, allongées sur les chaises longues, Claire, vêtue d'un tee-shirt manches courtes, aborde un sujet délicat.

— Tu sais, je voulais m'excuser pour mon attitude quand tu as commencé ici, m'avoue-t-elle, embarrassée.

— Je t'en prie, c'est oublié, lui dis-je sincèrement, tentant de réchauffer mes mains en les cachant dans mes manches.

— Tu ne méritais pas ça, j'avais vraiment envie de remplacer Marie. Lorsque j'ai appris qu'elle voulait recruter quelqu'un, j'étais tellement déçue. Quand je suis allée la voir, elle m'a dit que j'étais trop jeune et je te vois débarquer alors que tu as à peine trois ans de plus que moi, enchaîne-t-elle presque en colère.

— Je comprends, c'est frustrant.

— Tu es trop gentille, Allie. Nous t'avons fait vivre un enfer. Ils savaient tous que je voulais le poste, alors par amitié, ils ont décidé de saboter ton arrivée. Ils l'ont fait avec les deux qui sont venues avant toi aussi. Éva est restée une semaine alors que Judith n'a tenu que quatre jours. Quand nous t'avons vue débarquer, une Française, en plus, on pensait que tu ne resterais pas la semaine, et puis tu es restée. Nous t'avons ignorée, mais ça semblait te rendre indifférente. Nous nous sommes dit que, contrairement aux autres, Marie allait bientôt partir et que tu ne tiendrais pas seule, mais finalement ça n'a rien changé. Ensuite quand Elizabeth a volé cette chouette, tu l'as défendue au risque de perdre ta place. Je n'aurais jamais eu le courage de le faire.

— Tu sais, je ne suis pas venue ici pour me faire des amis. Votre attitude m'a blessée, au début, et puis j'ai décidé de ne pas y prêter attention, de n'échanger avec vous que pour les directives ou autres informations relatives au travail. Je t'avoue que les quatre premiers mois ont été difficiles pour moi : entre votre attitude froide, ce vieux château sombre et les humeurs glaciales de Monsieur, j'ai hésité à partir plus d'une fois. Je ne suis pas meilleure que toi. Concernant Elizabeth, je n'ai fait que croire en mes valeurs et les défendre, tout le monde a le droit à l'erreur. Tu sais, je crois que Marie ne voulait pas réellement dire trop jeune, je pense qu'il s'agit plus d'un manque de maturité, mais depuis que je te connais, je t'ai vue changer, évoluer. Je pense que tu serais très bien pour ce poste.

— Merci. Ce que j'aime bien aussi depuis que tu es là, et le reste de l'équipe l'a remarqué aussi, d'ailleurs…

Elle me regarde avec un air presque embarrassé. Je l'écoute, curieuse.

— Depuis que tu es ici, Monsieur a changé.

— Oui, c'est vrai qu'il prend plus de temps avec vous.

— Oui, en effet, mais ce n'est pas de ça dont je parle. Il est plus, comment dire, plus joyeux. Nous savons qu'il est passé par des choses difficiles, on connaît tous son histoire ici. Alors, le voir heureux, ça nous fait plaisir.

J'aimerais en savoir plus sur ce qu'elle est en train de me confier, lorsqu'Ian, le cuisinier, nous rejoint. Nous changeons de sujet et son départ en congés pour deux semaines, le lendemain, ne me donne pas l'occasion de comprendre le message que Claire essayait de me faire passer.

Malgré le désert au château, les jours filent vite et mes vacances seront très bientôt là. Monsieur est rentré hier ; son teint bronzé fait ressortir ses yeux bleus si magnétiques. D'après James, son chauffeur, Monsieur était avec une femme à la descente de l'avion. Je n'ai pu m'empêcher de ressentir une once de jalousie en entendant cette nouvelle, mais elle peut être n'importe qui. Tandis que Charles porte ses valises, j'aperçois une ombre que je connais bien en train de monter les marches de la maison.

— Bonjour, Monsieur.

— Bonjour, Allie.

— Avez-vous passé de bonnes vacances, Monsieur ?

— Oui, merci.

Il s'éloigne jusqu'à son bureau sans un mot de plus. Vers 18 heures, je reçois un message.

— Allie, je vous propose de remettre le rapport des quinze derniers jours à demain, je dois travailler.

— Très bien, Monsieur.

Durant les deux premiers jours, Monsieur reste distant mais cordial. Le rapport du jour se fait de nouveau dans son bureau. Malgré une météo clémente, nous ne nous retrouvons plus sur la terrasse pour boire un thé, plus de promenade ou jogging dans le jardin. Notre relation est de nouveau très professionnelle. Je suis soulagée, enfin je crois.

Je vais partir samedi matin, plus que deux petits jours. Je ne me suis pas ennuyée, mais un retour en France me fera du bien, car je n'ai pas vu mes parents depuis longtemps. Je vais me coucher jeudi soir, sans parvenir à trouver le sommeil. Il est une heure du matin : je ne dors pas. Malgré la résolution prise il y a quelques semaines, de ne plus me promener la nuit, je descends pour me rendre à mon bureau. Je m'éclaire avec la torche de mon téléphone et regarde par-dessus mon épaule en permanence. Je retrouve enfin mon bureau, laisse la porte entrouverte, puis ouvre mes e-mails afin de vérifier l'heure de départ de mon bateau. Ma boîte se met à jour lorsque soudainement j'aperçois un e-mail d'Anthony.

Allie,

J'espère que tu vas bien. J'ai eu si souvent envie de t'écrire sans jamais oser le faire.

Il y a eu quelques changements dans ma vie dernièrement. Je ne suis plus avec Anna et j'ai déménagé, l'appartement me rappelait trop de souvenirs avec toi.

Je dois t'avouer que tu me manques beaucoup. Je pense souvent à toi, j'espère que ça ne te dérange pas que je t'envoie cet e-mail. J'ai croisé tes parents il y a quelques jours, ils m'ont dit que tu revenais à la fin de la semaine pour les vacances. J'aimerais beaucoup te revoir. Mes sentiments pour toi sont toujours très présents. Peut-être que toi aussi, tu ressens encore quelque chose pour moi.

Je suis probablement en plein rêve, mais si tu acceptais de me donner une seconde chance, j'en serais ravi. Bien sûr, tu pourrais garder ton job, je viendrais parfois te rendre visite là-bas, nous pourrions recommencer doucement.

J'espère que tu vas accepter de me voir, réponds-moi vite s'il te plaît, je suis pressé de te lire.

Je t'embrasse.

Anthony

Je relis l'e-mail, une fois, deux fois. Je n'y crois pas, plus de six mois sans nouvelles. C'est tellement inattendu.

Je suis plongée dans mes pensées lorsque Monsieur apparaît dans l'entrebâillement de la porte.

— Allie ?

Je sursaute au son de sa voix et me lève d'un bond à la vue de son ombre. Je ne l'ai pas entendu approcher.

— Restez assise, je ne voulais pas vous faire peur. Tout va bien ? Vous semblez préoccupée.

— Oui, merci Monsieur.

Je réponds encore bouleversée.

— Vous en êtes sûre ? Vous avez reçu une mauvaise nouvelle ?

— Euh, non. Juste un e-mail un peu surprenant, dis-je en reprenant mes esprits.

— Je suis désolé pour l'intrusion, mais votre porte était ouverte et vous sembliez bouleversée : je me suis permis d'entrer.

— Ne vous inquiétez pas, juste un ex qui refait surface.

— Anthony ?

Je le regarde, surprise : il se souvient de son prénom.

— Oui, Monsieur.

— Que vous a-t-il écrit ? Pardon, je suis trop curieux.

Je souris.

— Ce n'est rien, Monsieur. Il souhaite que je lui laisse une seconde chance. Il veut me voir la semaine prochaine.

— Vous lui avez répondu quoi ? s'intéresse-t-il.

— Je n'ai pas encore répondu, Monsieur.

— Vous devriez. À sa place, je serais impatient de vous lire, murmure-t-il.

— Je ne sais pas quoi lui répondre, je n'ai jamais envisagé cette situation. Je dois avouer que je suis prise au dépourvu.

— Allie, je sais ce qu'il vous faut ! s'enthousiasme-t-il.

Il s'approche et me tend la main. Je suis surprise et encore plus lorsque je lui donne la mienne. Je le suis, nous parcourons le couloir en direction du salon. Il ouvre le mini bar de son grand-père pour en sortir une bouteille de champagne. Il attrape deux coupes, les pose sur la table puis m'invite à m'asseoir. Je m'installe sur le canapé.

— Il est 2 heures du matin, Monsieur. Êtes-vous certain que cela soit une bonne idée ?

— Détendez-vous. Juste une coupe. Il faut vous changer les idées.

Il débouche la bouteille et nous sert.

— Très bien, je crois que je n'ai pas le choix !

Il me regarde, je lui souris. Il s'assied également. Il soulève les deux verres avant de m'en tendre un.

— À nos amours déchus.

— Nos amours ?

J'espère en apprendre davantage sur sa vie personnelle, sans succès.

— Les vôtres et les miennes, séparément, j'entends. *Cheers*[24] !

---

[24] Santé

Il fait tinter nos coupes, son regard plongé dans le mien. Je bois une gorgée. Pendant l'heure qui suit, il remplit nos verres à mesure que nous discutons. Il me pose des questions, me demande si j'ai encore des sentiments pour Anthony. Soudain, il se lève, tend sa main à nouveau vers moi.

— Je mangerais bien quelque chose, pas vous ?

— Pourquoi pas.

— Très bien, alors suivez-moi !

Nous entrons dans la cuisine.

— Allie, j'ai échangé avec les cuisiniers il y a quelque temps déjà. Je leur ai demandé s'ils avaient pu apprendre quelques-unes de vos recettes. Ils ont bien ri. A priori, vous n'êtes pas une cuisinière hors pair.

— Je vous l'accorde, Monsieur.

— Pourtant, ce soir, je dépends de vous. Pourriez-vous nous préparer quelque chose ? me demande-t-il presque en me suppliant, la tête penchée sur le côté.

— Que voulez-vous, Monsieur ?

— Je ne sais pas, surprenez-moi.

J'ouvre le réfrigérateur, fais semblant de regarder ce qui s'y trouve, ouvre quelques placards, réfléchis.

— Avez-vous déjà mangé des œufs à la coque, Monsieur ?

— Non, je ne crois pas. Qu'est-ce que des œufs à la coque ? répond-il avec ce petit accent britannique si craquant.

— Très bien, vous allez m'aider !

— Ne comptez pas trop sur moi, je ne cuisine jamais, avoue-t-il légèrement embarrassé.

— Il faut bien commencer un jour. Je vais vous apprendre ce plat, c'est un peu compliqué, mais très bon.

— Que dois-je faire ?

— Première étape, allumez le poste de radio, je ne cuisine qu'en musique. Deuxième étape, préchauffez le four à 180 degrés, dis-je sur un ton légèrement directif.

Il passe derrière moi, dans l'espace étroit entre la gazinière et le plan de travail. Son corps me frôle, il met la musique puis revient sur ses pas, me frôle à nouveau, s'approche du four avant de se tourner vers moi, déboussolé.

— Allie, je ne sais pas comment m'y prendre.

Cet air de petit garçon égaré m'attendrit. Je le rejoins et lui montre.

— Appuyez ici, tournez la molette jusqu'à 180, très bien. Ensuite, appuyez là, voilà c'est parfait.

Il me sourit, comme fier de lui.

— Que puis-je faire d'autre ? questionne-t-il, avide d'apprendre.

Je sors une casserole, y verse de l'eau, la mets à chauffer sur la plaque puis vais chercher quatre œufs ainsi que le beurre dans le réfrigérateur.

— Vous pouvez nous servir un peu de champagne, Monsieur.

— Très bien, j'aime cette répartition des tâches.

À la radio, la version d'UB40[25] de *I got you Babe* résonne. Le champagne me rend légère, je chantonne, souriante.

— I got you, I won't let go, I got you to love me so…[26]

Il m'observe en sirotant sa coupe. Je bois quelques gorgées de la mienne. L'eau est en ébullition, je mets les œufs avant de programmer la minuterie sur quatre. Je sors du pain de mie, y étale du beurre puis coupe les tranches en plusieurs morceaux. Je prends des coquetiers que je pose au centre de deux assiettes. Je les entoure de pain tels les pétales d'une fleur. La minuterie sonne, je sors les œufs, en pose un dans chaque coquetier, puis les ouvre sur le dessus. J'ajoute une pincée de sel.

— Voilà Monsieur, c'est prêt ! Vous pouvez éteindre le four.

— Quoi ? Déjà ? demande-t-il, surpris.

— Oui, Monsieur !

— Vous m'avez fait allumer le four pour rien ?

— Oui, Monsieur.

— Vous vous moquez de moi, si je comprends bien ?

— Pardonnez-moi, je plaisantais.

Il me sourit. Je trempe un morceau de pain dans l'un des œufs et le lui tends.

— Goûtez !

[25] Groupe de musique britannique

[26] Je t'ai, je ne te lâcherai pas, tu es celui qui m'aime tant

Il prend le morceau en posant ses doigts sur les miens. Il goûte, je l'observe.

— Pas mal.

— Pas mal ? C'est votre verdict ? Vous ne pensez pas que c'est digne d'un restaurant étoilé ?

— Allie, je ne voudrais pas vous vexer, mais c'est de la nourriture pour enfant.

— C'est pour cela que je vous l'ai préparée ce soir, Monsieur. Vous êtes un grand enfant, n'est-ce pas ?

Il me pousse légèrement de son coude. Nous restons d'abord debout à manger nos œufs pendant quelques minutes avant d'aller nous installer à la table des employés en plaisantant.

— Je ne suis pas resté aussi longtemps dans cette pièce depuis des mois, voire des années, me confie-t-il.

— Vraiment ?

— Oui, je suis servi à mon bureau ou dans l'autre salle à manger. Je n'ai aucune raison de venir ici. Finalement, je n'utilise que quelques pièces de cette grande maison, principalement dans l'aile ouest.

— Comme La Bête dans La Belle et la Bête, dis-je sans réfléchir.

— Merci pour la comparaison, sourit-il, narquois.

— Excusez-moi, je ne l'entendais pas de cette façon.

— Vous êtes toute pardonnée, je sais que je ne suis pas un ange et pas toujours très facile à vivre, mais La Bête, vous faites fort, rit-il, abasourdi.

Je souris, penaude. Je pourrais tenter de rattraper ma gaffe, mais je ne ferais qu'empirer les choses. Je sais qu'il a compris que je n'ai pas mentionné cette histoire par hasard. Il s'empare de la bouteille pour nous resservir un verre. Je devrais refuser, l'alcool m'empêche de maîtriser mes paroles, mais mon verre est déjà plein. Après un silence, il poursuit, l'air sombre.

— Vous ne pouvez pas dire ça.

Une appréhension m'envahit. J'espérais qu'il change de sujet, mais malheureusement, j'ai tapé trop fort pour qu'il puisse s'y résoudre.

— Pour que ce soit vrai, il faudrait un sortilège, une rose et un château hanté par d'étranges personnages. Mon château n'est pas hanté.

— Vous en êtes sûr ? Je suis peut-être folle, mais il m'arrive de remonter tard dans ma chambre ou de descendre aux cuisines la nuit et j'ai parfois eu l'impression d'être suivie. Vous n'allez pas me croire, mais je pense avoir croisé un fantôme ou je ne sais quoi dans le couloir, il y a quelques semaines.

Il rit aux éclats. Son rire est contagieux même s'il est évident qu'il se moque de moi après cette confidence timide. Je sais que ce n'est pas méchant.

— C'est vraiment ce que vous pensez ? Que mon château est hanté ? s'inquiète-t-il plus sérieusement.

— Je ne sais pas, c'est une impression. Alors comment expliquez-vous cette expérience que j'ai faite en juin ? J'étais devant votre bureau lorsque soudainement j'ai vu une lumière apparaître derrière moi. J'ai fait un bond, je me suis retournée et je vous assure qu'il y avait quelqu'un avec moi dans le couloir. J'ai senti son souffle sur ma joue et surtout, il m'a rendu le téléphone que j'avais fait tomber.

Je lui raconte en y mettant toute ma force de conviction. J'aimerais enfin que quelqu'un me croie.

— La question principale est : que faisiez-vous devant mon bureau, la nuit ?

— J'avais entendu un bruit dans la salle de réception, je suis allée voir, lui dis-je, peu convaincante.

— Donc vous pensez que c'est un fantôme que vous avez croisé ce soir-là ?

— Oui, enfin, je crois. Qu'est-ce que ça pouvait être d'autre ?

— Je ne sais pas, Allie, un rêve peut-être. Il n'y a pas de fantôme, ici.

Son regard me transperce : j'aimerais lire dans ses pensées. L'heure avance, nos assiettes ainsi que la bouteille sont vides. Nous discutons de tout et de rien. Son regard est charmeur et le champagne me fait rire. Nous passons un bon moment.

— Allie, vous devriez rentrer chez vous dès demain. Allez vous coucher, vous prendrez la route à votre réveil.

— En êtes-vous sûr, Monsieur ? Vous n'aurez pas besoin de moi demain ?

— Non, je ne crois pas et j'ai déjà assez abusé de votre temps cette nuit.

— Ce fut un plaisir, Monsieur.

— Partagé, Allie.

Je me lève, range la cuisine. Il est resté assis, il m'observe. Je m'approche de lui alors que j'ai terminé.

— Je vous souhaite une bonne nuit, Monsieur.

— Merci, Allie. Reposez-vous bien.

4 h 30, je quitte la pièce, avance jusqu'à l'escalier. Il me semble entendre un bruit derrière moi. Je me retourne, mais ne vois rien : le fantôme du domaine, certainement. J'hésite à faire demi-tour pour aller chercher Monsieur, resté dans la cuisine, afin d'éclaircir ce mystère avec lui, mais je me ravise. Je monte et vais me coucher.

Le jour se lève : 9 heures, je n'ai pas beaucoup dormi. J'ai mal à la tête. Je descends prendre un petit-déjeuner copieux. Je repense à notre nuit, j'ai l'impression que ce n'était qu'un rêve. Je laisse un mot sur le tableau pour prévenir chacun de mes collègues de mon départ avancé d'un jour. Trente minutes plus tard, ma valise est prête. Je m'approche du bureau de Monsieur. J'attends sa réponse, mais il doit être encore couché. Je pars sans le voir.

Deux heures plus tard, je suis sur la route. Ma ligne directe avec Monsieur émet un léger bip. Lorsque je m'arrête pour faire une pause, j'ouvre son message.

— Je vous souhaite de bonnes vacances, Allie. J'ai passé une excellente nuit en votre compagnie. Merci d'avoir cuisiné ce plat 5 étoiles, juste pour moi. Dorian

Son message me fait sourire.

— Je vous en prie, merci de m'avoir changé les idées. À très bientôt, Monsieur. Allie

Septembre : premier baiser

— Bonjour, Monsieur. Je suis de retour, souhaitez-vous me voir ?

Je suis au domaine depuis à peine quelques minutes. Je n'ai pas encore croisé Claire, je suis montée directement défaire ma valise tout en envoyant le message à Monsieur. Je passe la porte de ma chambre alors que mon téléphone vibre déjà.

— Bonjour, Allie, vous êtes revenue ! Oui, venez me voir, s'il vous plaît.

Je finis de ranger quelques affaires, me dirige vers la porte de ma chambre avant de me raviser. Je vais dans la salle de bain, me recoiffe, me rafraîchis puis me maquille légèrement. Je change aussi de tee-shirt. Je choisis le bleu qui fait ressortir mes yeux. Me voici devant la porte du bureau. Je suis anxieuse et impatiente.

— Entrez, Allie.

— Bonjour, Monsieur.

— Bonjour. Comment allez-vous ?

— Bien, Monsieur. Merci et vous ?

— Je vais bien. Vous nous avez manqué, c'est très bien que vous soyez de retour. Nous devrions faire un point sur la semaine écoulée, propose-t-il, détendu.

— Bien sûr, Monsieur.

— Mais pas maintenant, vous devez être fatiguée de la route. Allez vous reposer, mangez un peu. Si cela vous convient, nous pourrions peut-être aller faire le tour du jardin après votre repas. Nous prendrions le temps pour discuter de ce qu'il s'est passé pendant que vous étiez en France ?

— Très bien, Monsieur. Quelle heure vous conviendrait ?

— Disons vers 19 heures, sur la terrasse.

— Parfait, Monsieur.

Je quitte son bureau. J'espère qu'il n'y a pas eu de problème. Il semble avoir un point important à faire.

Je retrouve mes collègues, nous échangeons quelques nouvelles. Quasiment tout le monde est revenu de vacances au fil des dernières semaines.

19 heures, je me rends sur la terrasse. Il est là, debout, comme avant, face au jardin. Et comme avant, il se retourne, me sourit alors que nous avançons. Il me raconte rapidement que tout s'est très bien passé, me transmet quelques informations que j'ai déjà entendues lors du dîner avec mes collègues et très vite, il change de sujet.

— Avez-vous vu Anthony ?

Je suis surprise de cette question. S'intéresse-t-il vraiment à ma vie sentimentale ?

— Oui, Monsieur, je l'ai revu.

— Très bien, très bien. Il doit être ravi que vous lui donniez une seconde chance.

— Je n'ai rien décidé pour l'instant. Nous avons discuté très calmement de nous, de notre ancienne relation, des bons comme des mauvais moments. Mais je ne suis pas certaine qu'il soit celui qu'il me faut.

— Comment pourriez-vous savoir s'il est le bon ? demande-t-il avec une réelle curiosité.

— Je ne sais pas, j'aimerais trouver la boule de cristal, qui pourrait me donner les réponses. Et vous, Monsieur, pensez-vous que nous savons lorsque nous avons trouvé la bonne personne ?

— Je pensais avoir trouvé cette bonne personne, mais elle est loin maintenant. Je crois que la bonne personne est simplement celle avec qui vous souhaitez faire des projets. Et puis, la vie vous fait faire des choix, préférer un chemin plutôt qu'un autre. Avec un peu de chance, mais surtout de persévérance, vous restez tous les deux sur la même longueur d'onde, au fil du temps.

— Vous avez certainement raison. L'homme de ma vie le restera si nous avançons dans la même direction. C'est un travail de tous les jours, dis-je sérieusement.

— Vous êtes jeune, Allie. Vous avez le temps de vous poser toutes ces questions.

— Oui, je suppose, mais je ne veux justement pas perdre mon temps dans une relation qui ne mène nulle part, et risquer de souffrir encore.

— Vous espérez déjà que le prochain sera le bon ?

Il pivote légèrement vers moi, ses yeux me fixent.

— Pourquoi pas ? Si ça pouvait m'empêcher de souffrir inutilement pour quelqu'un qui n'en vaut pas la peine.

— Même avec la bonne personne, vous pourrez être amenée à souffrir. La vie à deux, ce n'est pas que ciel bleu, mais si vous parvenez à surmonter les orages, ça vaut le coup. Enfin, je pense.

Nous poursuivons notre marche. Le soleil se couche progressivement, les lumières du jardin s'allument. Nous voilà devant l'entrée : galant, il m'ouvre la porte. Nous nous souhaitons une bonne soirée en nous quittant dans le hall. Je sens qu'il m'observe à mesure que je m'éloigne vers mon bureau.

Je le retrouve chaque jour sur la terrasse. Nous avons repris nos bonnes habitudes. Un tour du jardin en marchant, pour s'échauffer en faisant le point sur la journée, et un en courant. Nos conversations tournent de moins en moins autour de la maison, et de plus en plus autour de ma vie sentimentale, de mes études, de mon enfance ou de comment je m'imagine dans quelques années. J'ai souvent l'impression de passer des tests psychologiques pour un entretien d'embauche ou de répondre à un questionnaire pour m'inscrire sur un site de rencontre. L'intérêt que me porte Monsieur n'est pas pour me déplaire. D'ailleurs, je réponds sans vraiment tenter de comprendre pourquoi il s'intéresse autant à ma vie. Je suppose qu'il se sent seul et que je suis sa compagnie quotidienne la plus amicale. Je me plie donc au jeu des questions-réponses. « J'avais un chien, je l'avais appelé Bob, je ne sais même pas pourquoi ! ». « Adam a été mon premier chagrin d'amour, j'avais huit ans, il a déménagé, c'était la fin du monde, enfin durant peut-être quinze jours ou trois semaines. Ensuite Romain est venu me voir pour m'avouer que Laurent me trouvait jolie et hop, déjà j'essayais mon prénom avec son nom de famille. Je ne m'en souviens même plus d'ailleurs. » « Mon prénom ? En réalité, c'est Alice. C'est ma meilleure amie qui, le jour de notre rencontre, m'a surnommée Allie. Plus personne ne m'appelle Alice maintenant. » « Dieu ? Je ne sais pas, peut-être. En fait, non, je n'y crois pas, et vous ? » À chaque jour, son lot de nouvelles questions. Et chaque jour, infatigable, j'y réponds presque par pitié pour ce loup solitaire, réduit à se lier d'amitié avec sa gouvernante.

Nos promenades font défiler le temps au château. Sans que je m'en aperçoive, nous voici déjà fin septembre. Dans quelques jours, Monsieur organise à nouveau un gala. Celui d'avril célèbre certainement le printemps, comme celui de septembre le début de l'automne. Je trouve cela étrange de ne fêter que deux saisons sur quatre. Lorsque je lui pose la question, sa réponse reste vague. Je suppose qu'il n'y a pas de raison particulière.

Notre soirée est prévue pour le samedi 28 septembre et comme pour la précédente, je m'affaire à tout préparer. Dorénavant, j'ai l'habitude même si cette soirée demande plus de préparation. La pause de l'été nous a fait du bien : pas de dîners, de soirées, de réceptions, et les amis de Monsieur, qui profitent de leurs vacances. Monsieur est plus détendu. Il m'a informée que son activité professionnelle marchait au ralenti tous les ans en août et septembre. C'est certainement pour cette raison que nous prenons le temps de nous promener puis de courir ensemble à nouveau tous les soirs depuis plusieurs semaines. J'apprécie ce moment de la journée. J'avoue que je vais parfois me recoiffer et me remaquiller. J'aime quand il me sourit. Je comprends maintenant la remarque de Claire le premier jour. Monsieur est charmant, quand il est de bonne humeur en tout cas.

Comme pour les soirées précédentes je vais, sur les ordres de Monsieur, rejoindre ma vendeuse préférée. Dès mon entrée, elle m'installe dans la cabine d'essayage en m'indiquant qu'elle a la robe parfaite pour moi : rose pâle, elle est longue, proche du corps et à bustier. Je trouve que cette coupe me va particulièrement bien. Le bas de la robe se soulève à chacun de mes pas. Elle aussi cache quelques surprises : entre les tissus, ma jambe gauche se dévoile. La vendeuse me conseille d'y ajouter les accessoires de la robe gris perle que j'avais achetée précédemment.

28 septembre, je me prépare légèrement en retard. Un souci en cuisine m'a causé quelques frayeurs, mais à chaque problème sa solution. Je me maquille rapidement et opte pour un trait de crayon gris avec un fard à paupières rose pâle. J'ai toujours trouvé que ces deux couleurs se mariaient parfaitement. Mon téléphone vibre.

— Vous brillez par votre absence. Vos invités vous réclament.

— Excusez-moi, Monsieur, je me dépêche. Vous ne leur suffisez plus ?

— C'est assez vexant, mais je crois que c'est vous qu'ils viennent voir ce soir. Quelle robe avez-vous choisie ?

— Une robe rose qui saura, je pense, vous satisfaire. Arrêtez de m'écrire, je vais être encore plus en retard.

— Ne me donnez pas d'ordre.

Je ne réponds pas. Je sens qu'il plaisante, enfin j'espère. Une fois sur la terrasse, j'aperçois Monsieur en pleine discussion avec les Williamson qui m'accueillent à bras ouverts.

— Nous pensions que vous étiez partie et qu'il n'osait pas nous l'annoncer ! s'exclame madame Williamson chaleureusement.

— Non, je suis toujours là, fidèle au poste !

— Tant mieux, bien que j'imagine que ça ne soit pas facile tous les jours. Dorian a un sale caractère ! insiste monsieur Williamson.

— Vous trouvez ? Je dois avouer qu'il a ses humeurs. Mais avec moi, il est plutôt charmant.

Monsieur me jette un regard froid alors que je le fixe en terminant ma phrase.

— Il ne vous mérite pas. Je vais vous chercher une coupe, ne bougez pas.

Monsieur Williamson est parti avant que je n'aie le temps de protester. Je me fais servir par les convives que je dois servir. C'est le monde à l'envers. Je prends la coupe en lui adressant un grand merci et sans réfléchir, pose mon bras libre sur celui de Monsieur. Il paraît surpris, mais ne bouge pas.

L'apéritif est convivial, les parasols chauffants nous sauvent des quelques degrés manquants. Je discute avec chacun des invités qui sont pour la plupart ceux déjà présents en avril dernier. Tous me complimentent sur l'organisation de ces deux événements. Tandis que je m'éclipse pour quelques vérifications en cuisine, je me souviens de cette première soirée, des regards de Monsieur, qui me déstabilisaient tant, des nombreuses tentatives échouées pour l'éviter, et de cette chaise à ses côtés sur laquelle je jouais la parfaite épouse. En marchant devant le salon, je pense à ses bras qui me ramenaient dans ma chambre, son parfum. Je croise son regard tandis que je fais un pas sur la terrasse pour me joindre à nouveau aux invités. Il passe à proximité de moi et comme si nous étions réellement un couple, glisse sa main dans mon dos, en me demandant discrètement si tout est en place.

— Oui, tout est prêt pour la suite, Monsieur.

— Parfait, ne m'appelez pas Monsieur à proximité de nos invités. Même s'ils ne parlent pas français, ce mot est connu de tous.

— Excusez-moi, c'est l'habitude.

— Vous êtes toute pardonnée. Allie, si j'oubliais de vous le dire plus tard, vous êtes resplendissante ce soir.

— Merci.

Je n'ai pas le temps de rougir qu'il s'éloigne déjà.

Alors qu'une bonne heure est passée depuis l'arrivée des premiers invités, le vent qui s'est levé progressivement joue avec ma robe. J'observe le ciel, de gros nuages gris s'approchent. Par précaution, je demande à Charles de convier nos hôtes dans la salle à manger. Claire et moi rentrons les quelques tables du buffet juste à temps avant que l'orage n'éclate. Nous nous pressons à l'intérieur puis elle part rapidement dans les cuisines pour ne pas faire attendre le service de nos convives, pendant que je termine de ranger ici. Les premières gouttes de pluie sont venues démonter mon brushing et apporter de la transparence au bas de ma robe. Je rentre dans le grand salon, ferme la baie vitrée. Je contemple le ciel qui s'est assombri rapidement lorsque j'aperçois son reflet dans la vitre. Monsieur se tient derrière moi, j'observe son ombre qui s'approche. Je sens sa présence de plus en plus proche, jusqu'à ce que son souffle chaud frôle ma nuque. Je reste immobile alors que mon cœur accélère sans raison. Monsieur me prend la main délicatement pour m'entraîner avec lui.

— Vos invités vous attendent.

— Je sais, Monsieur, mais je dois travailler, je ne peux pas être uniquement votre compagne fictive, dis-je presque comme un reproche.

Nous avons traversé la pièce, main dans la main. Une fois près de la porte, il s'avance pour l'ouvrir, s'arrête soudainement en se tournant vers moi.

— La pluie vous va à ravir.

— Je suis décoiffée et dois certainement me remaquiller, mais merci, Monsieur.

— Non, réellement : elle ajoute une fraîcheur à votre visage, comme une perle de rosée sur une fleur, une jolie fleur.

De ses doigts, il soulève délicatement une mèche tombée sur ma joue, s'approche doucement. Nos visages sont face à face, à seulement quelques centimètres l'un de l'autre.

Mes yeux ne peuvent s'empêcher de faire plusieurs fois le chemin entre ses yeux et ses lèvres. Le regard de Monsieur m'hypnotise à mesure que ce dernier avance.

— Dommage, murmure-t-il.

Je trouve la force de parler. Alors que les rapides battements de mon cœur me coupent presque le souffle, je balbutie quelques mots.

— Qu'est-ce qui est dommage ?

— Que vous ne soyez pas que ma compagne.

Soudain, sans que j'aie le temps de réagir, il m'embrasse. Son baiser est langoureux et intense. Mon cœur, surpris, rate un battement. Monsieur m'entraîne brusquement vers le mur, me pousse de son corps puis pose sa main contre la tapisserie derrière moi. Désorienté, mon corps reste debout grâce au sien, me maintenant contre le mur. Je n'ai pas d'issue et m'abandonne à son baiser. Ses lèvres posées sur les miennes laissent sa langue se faufiler entre mes lèvres puis venir caresser ma langue. D'abord immobile, comme paralysée, je réponds enfin à ses avances. Mon corps brûlant d'envie, je glisse mes deux mains dans ses cheveux. Il m'emprisonne entre le mur et son corps qu'il appuie fermement contre le mien. Mes mains oppressantes l'obligent à poursuivre ce baiser fougueux. Sa main droite quitte la tapisserie pour rejoindre mon épaule, elle glisse doucement vers mes hanches et son pouce frôle ma poitrine au passage. La voilà sur ma jambe, à travers les voilures de ma robe ; il effleure ma peau de ses doigts. Une fois à mon genou, il soulève ma jambe. J'enlace ma cheville entre ses deux jambes afin de la maintenir en hauteur, alors que sa main remonte de mon genou jusqu'en haut de ma cuisse. Il hésite à peine avant de continuer. Guidés par la dentelle de mon tanga, ses doigts descendent sur la peau de ma fesse. Ils s'immiscent entre mes deux cuisses en caressant le peu de tissu qui les sépare de mon sexe. Ma tête est submergée par l'excitation, mon cœur fond littéralement alors que mon corps tout en entier hurle de désir. Une chaleur indescriptible m'envahit. Nos corps, l'un contre l'autre, se désirent, d'un appétit aussi puissant qu'incontrôlable. Mon esprit tente d'atteindre le sien pour lui supplier de glisser ses doigts sous le tissu, d'ôter le peu de barrières qu'il reste entre son corps et le mien. Mais à mon grand désespoir, il remonte ses doigts vers ma hanche, descend sa seconde main restée sur le mur et la dépose sur ma joue. Elle caresse sensuellement ma peau le long de mon cou. Ses lèvres quittent les miennes avant de suivre le même chemin. Il écarte légèrement son visage, mais si peu, que son souffle me caresse encore la peau. Ses deux mains sont maintenant sur mes hanches. Étourdie, j'ouvre doucement les yeux puis plonge mon regard dans le sien. Il chuchote alors comme un voleur qui ne veut pas qu'on le découvre.

— Nos invités nous attendent. Allez vous remaquiller, ensuite vous me rejoindrez à table.

Je pars en hâte, mon cœur palpite, je respire à peine : je n'ai jamais connu une telle excitation. Je manque de percuter monsieur Williamson dans le couloir avant de monter l'escalier, les jambes tremblantes. Mon téléphone vibre.

— Pardonnez-moi, ça ne se reproduira plus.

J'hésite à lui répondre « dommage » ou « en effet, vous ne respectez pas notre accord ». Je suis moi-même complètement perdue. J'ai adoré ce baiser, j'aimerais qu'il recommence, mais Monsieur est mon patron et ça ne doit plus arriver. Je ne réponds pas.

Je me suis remaquillée et recoiffée rapidement. Je décide de ne pas sécher ma robe, comme une provocation. Lorsque je rejoins la salle de réception en m'excusant auprès des convives. Monsieur, galant, se lève pour m'installer à ses côtés. À plusieurs reprises durant le repas, nos mains se frôlent, se touchent, mais aucun ne s'éloigne : comme insensibles et pourtant si attisés par la peau de l'autre. La soirée se termine et nous voilà seuls dans l'entrée.

— Cette soirée était très réussie, félicitations pour l'organisation. Allez vous coucher maintenant. Bonne nuit, Allie.

Le ton de sa voix est différent. Il semble me donner un ordre comme il en a l'habitude, mais pour la première fois, sans le penser vraiment. Avant de monter, je lui souris timidement sans oser lui répondre. Je sais qu'encore une fois, il me regarde m'éloigner dans la pénombre de l'étage.

Dimanche, je me lève, embuée par la soirée de la veille. Mes paupières sont lourdes, mes pensées aussi. Je descends, il n'y a pas un bruit. Je prends mon petit-déjeuner. Fatiguée de la semaine, je décide de retourner me coucher. Je regarde mon téléphone resté sur la table de chevet. Un message clignote, je l'ouvre.

— Je suis en déplacement en Grèce, je serai de retour dans une semaine.

Décidément, il aime partir à la dernière minute, les lendemains de fête.

— Vos patrons se vexent de ne pas être invités à vos soirées pour vous faire partir dès le lendemain, à chaque fois ?

— C'est moi, le patron.

— Alors, prenez un bras droit qui puisse prendre votre place ou changez vos dates de soirées.

Pas de réponse et aucun message avant six jours.

— Je rentre demain vers 17 heures. On se voit lundi pour le rapport de la semaine, dans mon bureau.

— Très bien, j'y serai, Monsieur.

Le message est clair. Je ne peux pourtant pas m'empêcher d'être pressée qu'il rentre.

Lundi soir, il pleut. Je suis devant son bureau, il m'invite à entrer. Je suis debout, je m'approche de quelques pas. Il regarde ses dossiers, je n'ose m'asseoir. Il lève les yeux, esquisse un léger sourire, je commence mon résumé de la semaine écoulée. Rapide et concise, je vais à l'essentiel. À peine mon dernier mot prononcé, il me congédie cordialement. L'Iceberg est de retour.

Les jours et les semaines qui suivent redeviennent comme avant. Avant le thé sur la terrasse, avant août, avant les promenades, avant les questions-réponses, avant le baiser, mais le sourire en plus. Je fais mon rapport tous les soirs dans son bureau. Il arrête de travailler quelques minutes, s'adosse à son fauteuil, croise les bras, m'écoute puis me remercie en souriant. Nos relations sont cordiales, d'un employeur à son employée. Mon téléphone est resté muet depuis son retour. J'ai compris le message.

Octobre : premiers maux

Un soir, vers la fin octobre, Monsieur me demande de rester. Nos échanges sont si limités depuis notre baiser, il y a plusieurs semaines maintenant, que je suis surprise et piquée de curiosité.

— Allie, j'ai un service à vous demander, un service professionnel.

— Oui, Monsieur.

— Comme vous le savez, j'ai un dîner au restaurant samedi prochain avec mes directeurs. Ils seront avec leurs épouses. J'aimerais que vous m'accompagniez en tant que gouvernante. Vous parlerez peu, votre présence suffit. Seriez-vous d'accord ?

— Oui, Monsieur.

Je réponds sans réfléchir, déçue de ce service très professionnel en effet.

— Très bien, il vous faudra une autre robe.

— Bien sûr, Monsieur, je m'en occupe.

Les jours ont passé, tous aussi mornes les uns que les autres. L'automne est définitivement installé tirant son rideau de pluie sur les derniers rayons de soleil. Je poursuis mon jogging quotidien, seule. Je rentre souvent trempée et gelée à cause de ce temps maussade. Parfois, une larme vient se mêler à la pluie sur ma joue. Ma solitude revient et avec elle, les doutes sur ma raison d'être ici, encore ici. Laure enchaîne les petits boulots depuis la fin de ses études. Elle n'a plus beaucoup de temps à me consacrer. Nos échanges de messages sont limités à cause du surcoût des communications depuis l'étranger, et comme elle travaille souvent tard le soir, elle n'est quasiment jamais sur Skype en fin de journée. Monsieur ne me porte plus aucun intérêt depuis notre baiser langoureux. Il a dû penser pouvoir abuser de mes services avant de se raviser au dernier moment. Peut-être a-t-il compris que le droit de cuissage était aboli depuis longtemps. Je fais parfois des rêves chargés d'érotisme avec Monsieur. Je suis toujours quelque peu déboussolée à mon réveil. Je ne comprends pas d'où vient cette attirance, je ne comprends pas non plus pourquoi ce jour-là j'ai succombé à son baiser et pourquoi j'étais si désespérée qu'il s'arrête. Après tout, il n'est pas si attirant que ça, toujours de mauvaise humeur, froid, triste, à l'image de son vieux bureau sombre. Heureusement, Claire est là. Je passe de plus en plus de temps avec mes collègues le soir, dans notre salle de repos, à regarder la télé ou juste à discuter, partageant, dorénavant, tous mes repas avec eux.

Le soir du dîner, ma robe suspendue au cintre attend que je me prépare. Cette fois-ci, j'ai opté pour une robe noire courte, moulante, avec de longues manches en dentelle fine. Je laisse mes cheveux lâchés. Je ne les ai pas coupés depuis mon arrivée, ils s'arrêtent au milieu de mon dos maintenant. Je fais un brushing. Je choisis de petites boucles d'oreilles ainsi qu'un pendentif. J'enfile ma robe et mets des escarpins noirs. Je n'ai pas de veste, mais nous partons avec la limousine qui nous déposera devant le restaurant. Je ne resterai que très peu à l'extérieur. Je suis satisfaite de mon reflet dans le miroir. Malgré moi, j'espère qu'il me trouvera jolie.

Monsieur m'invite à m'installer dans la voiture. L'ambiance entre nous est cordiale, légèrement tendue. Je me sens comme Julia Roberts dans *Pretty Woman*[27], lorsque Richard Gere l'emmène au restaurant rencontrer son concurrent. J'espère qu'il n'y aura pas d'escargots au menu. Cette pensée me fait sourire. Après tout, ma situation n'est pas très différente. Je suis également payée pour être là sans oublier qu'il me paye même mes vêtements. D'ailleurs, il me semble que la robe que j'ai choisie ressemble à celle de l'actrice. Je me promets de revoir ce film prochainement. Vingt minutes plus tard, nous voilà devant le restaurant. Une pluie fine s'abat sur nos fenêtres. Je sors puis m'abrite rapidement sous le porche. Je ne veux pas défaire mon brushing à cause de quelques gouttes.

Nous nous installons à table. Monsieur me présente comme sa gouvernante, pas d'erreur possible. Nous sommes six : Richard et sa femme Jessica, John et sa femme Catherine, Monsieur et moi-même. Quelques minutes après notre installation, le garçon vient prendre notre commande.

— Bonsoir, je m'appelle Matthew, je suis à votre service ce soir. Avez-vous choisi votre apéritif ? demande-t-il avec douceur, un sourire élégant aux lèvres.

[27] Film américain réalisé par Garry Marshall

— Non pas encore, répond sèchement Richard.

— Très bien, je vais revenir dans quelques minutes, prenez votre temps.

Il s'éloigne toujours très souriant.

— Où est le patron ? S'il vous plaît ? appelle Richard.

— Oui monsieur ? Que puis-je pour vous ? demande un homme d'un certain âge et qui semble être le propriétaire du restaurant.

— Pouvez-vous changer notre serveur ? Il est hors de question que nous soyons servis par un incompétent. Avec la note que nous allons vous laisser, c'est un minimum ! s'insurge Richard.

— Bien entendu, monsieur. Je m'en charge de ce pas, veuillez m'excuser si mon serveur vous a importunés. Cela ne se reproduira plus.

— La demoiselle, là-bas, me paraît très bien, poursuit Richard d'un ton sec.

— Très bien, monsieur, elle va s'occuper de vous tout de suite, acquiesce le patron, soulagé.

Je l'observe s'éloigner pour annoncer à la serveuse sa nouvelle affectation. Il part ensuite adresser quelques mots au pauvre serveur qui me semblait pourtant très bien. Le propriétaire n'est pas très tendre et le serveur, apparemment vexé, part débarrasser une table.

Alors que les épouses Catherine et Jessica ont le nez dans leur menu, Richard s'adresse à John et à Monsieur.

— Quitte à être servis, autant l'être de manière agréable, mimant de ses mains une poitrine généreuse. En plus, c'est quoi ces hommes qui font des métiers de femmes ? Encore un qui croit être à la mode en mettant des fringues de filles le soir pour aller voir ses copines poilues.

Personne ne répond. J'observe Monsieur qui fait comme s'il n'avait rien entendu. Pas un geste, aucune réaction.

Durant le repas, les hommes et Monsieur parlent affaires pendant que je parle chiffons avec les épouses. Elles me complimentent sur ma robe, m'obligeant à retourner poliment les compliments, légèrement ennuyée. Nous sommes à une table ronde. Monsieur et moi sommes face à face et je suis entourée des deux épouses. Les deux couples sont cordiaux avec moi, mais je ne fais pas partie de leur clan et je le sens bien. Le sujet dévie sur la politique, je souris patiemment : « votre présence suffit ». Vers la fin du repas, Richard, le directeur financier, change de sujet. Il semble s'adresser à moi.

— J'ai entendu dire que Paris était sale en plus de sentir mauvais. En réalité, la France est un pays qui semble moderne, riche et développé, mais les Français sont loin d'être comme nous. Les gens, là-bas, n'ont pas tous l'eau courante, les toilettes sont dans les cours à l'extérieur, quand il y en a. Du coup, ils ne se lavent presque jamais.

— Ce n'est pas étonnant que leurs villes sentent mauvais ! s'exclame Jessica en riant d'un rire aussi fort que ridicule.

— Leur cuisine est soi-disant gastronomique, mais qui voudrait manger dans un restaurant où le chef ne s'est pas lavé depuis une semaine ? enchaîne Richard.

— Vous avez raison, mon cher, s'esclaffe Jessica.

Richard rit de sa propre blague, les autres convives hochent la tête. Je croise le regard impassible de Monsieur.

— Allie, vous avez eu de la chance d'être embauchée par Dorian. Vous voilà enfin dans un monde de personnes civilisées ! Non, mais sérieusement, vous vous rendez compte que tout est fait pour que le reste du monde voie la France comme l'une des premières puissances mondiales ? Mais en réalité, vous ne pouvez pas vous promener dans Paris sans être en permanence accosté par des pauvres qui vous réclament de l'argent. Nos amis sont partis en vacances là-bas. Ils nous ont raconté que les gens tentaient de voler des valises dans les gares, que des femmes se faisaient agresser dans la rue en plein jour devant tout le monde. J'ai aussi souvent entendu dire que les Français étaient mal polis et qu'ils n'aimaient pas les touristes. Il est difficile de trouver un Français qui parle anglais ! Pas étonnant qu'ils soient si renfermés sur eux-mêmes. Non, mais croyez-moi, nos amis sont revenus très déçus et profondément choqués. Et puis franchement, la tour Eiffel, ce n'est qu'un morceau de ferraille. Je ne comprends pas ce que tout le monde trouve à ce soi-disant objet d'art.

— Oui, c'est vrai, et ça ne sert à rien ! rajoute Jessica, avec toujours ce même rire nasillard.

— Vous avez beaucoup de chance d'être ici, Allie, n'est-ce pas ?

Sa question est rhétorique, mais je ne le comprends que trop tard. Je prends la parole pour la première fois depuis trente minutes environ, en laissant mes mots dépasser mes pensées.

— Peut-être devriez-vous commencer par découvrir un pays avant de le critiquer comme vous le faites ? Pouvez-vous me citer une autre ville de France que Paris ? Un fleuve, une région, peut-être ? Le nom du président actuel ? Parlez-vous français ? Connaissez-vous nos coutumes ? Avez-vous visité des maisons françaises pour vous permettre d'avancer que nous n'avons pas l'eau courante ? Connaissez-vous seulement d'autres Français que moi ? Je vais vous dire, Richard, je me sens chanceuse d'avoir été embauchée par Monsieur parce que j'y ai rencontré des gens charmants, prêts à comprendre leurs erreurs. Ma salle de bain est certes plus grande que celle qui m'attend en France, mais je l'utilise chaque jour comme je le fais depuis toujours. Par contre, ce soir, je ne me considère pas comme chanceuse. En effet, manger avec une personne aussi étroite d'esprit n'est pas réellement une chance.

C'est le moment que choisit la serveuse pour nous proposer les desserts. Je me lève en prenant à nouveau la parole.

— Rien pour moi, je vous remercie, j'ai l'appétit coupé. Monsieur, je vous attends dans la limousine. Je vous souhaite une bonne soirée, pensez quand même à consulter votre médecin dès demain : on ne sait jamais, je pourrais vous avoir transmis une maladie comme la lèpre ou la tuberculose !

Les tables autour de nous se sont tues. Monsieur me foudroie du regard. Je cherche un trou de souris où me cacher, mais il est trop tard pour faire marche arrière. Je suis contrainte de m'éloigner dans le plus grand silence.

En rejoignant la sortie, je croise le pauvre serveur du début du repas, ouvre mon sac puis lui tends un billet de vingt livres. Je l'ai observé toute la soirée : il a été réduit à distribuer les menus et débarrasser les tables. Aucun pourboire pour lui ce soir, il n'a servi aucune table. Vu le type de restaurant et les clients du jour, il a certainement perdu une belle somme.

— Je m'excuse de ne pouvoir vous donner davantage et je suis désolée que vous ayez fait les frais des préférences de cet homme pour les fortes poitrines. Votre compétence n'a jamais été remise en cause. Bonne soirée, dis-je en croisant le regard du patron qui s'est approché avec précipitation en voyant que je m'adressais à son serveur.

Les deux hommes me suivent du regard comme je quitte le restaurant. James est surpris de me voir revenir seule. Je n'attends que quelques minutes dans la voiture, Monsieur me rejoint déjà. Il semble que mon laïus ait écourté le repas. Le retour me paraît durer une éternité. Monsieur est muet. L'ambiance est lourde. La pluie tombe dehors, j'ai froid. Je n'ose ni bouger ni parler. Il sort de la voiture en laissant la portière ouverte derrière lui. James vient m'aider avec un air interrogateur. Je me précipite à l'intérieur de la maison. J'ai à peine franchi la porte qu'il se retourne le regard noir.

— Pourquoi vous êtes-vous vengée de moi ?! hurle-t-il.

— Pardon, Monsieur ?

— Vous savez très bien de quoi je parle. Vous deviez vous taire ! Est-ce si difficile ?! Qu'est-ce qui vous a pris ?

— Je n'ai fait que me défendre face à des propos non fondés et purement racistes. Mais a priori, je n'ai pas le droit de m'exprimer ici ni même d'être considérée, d'ailleurs.

— Ne commencez pas ! C'est vous qui pensiez que ce n'était pas une bonne idée de vous présenter comme ma compagne. Pourtant, vous semblez apprécier le champagne et les petits fours. D'ailleurs, dans ces cas-là, vous évitez les faux pas intentionnels !

— Que votre ami m'attaque n'était pas intentionnel, Monsieur ! Je ne suis pas responsable de vos fréquentations.

— Ne jouez pas sur les mots ! Vous savez vous faire apprécier lorsqu'il le faut et même séduire, mais puisque je ne vous porte plus d'intérêt, vous vous vengez ! J'ai bien compris votre petit jeu !

J'aperçois James, il a garé la voiture et tente de rentrer dans le hall. Au son élevé de nos voix, il semble changer d'avis, referme discrètement la porte, contraint de rester sur le perron, sous la pluie.

— Vous plaisantez, j'espère ! Je n'ai jamais tenté de séduire qui que ce soit dans cette maison ! Ce n'est pas moi qui vous ai demandé de vous faire passer pour mon compagnon, je n'ai pas non plus profité du fait que vous dormiez pour vous caresser le dos et je ne vous ai pas non plus embrassé il y a de ça à peine quelques semaines !

Ma voix a raisonné plus fort que je ne le souhaitais. Si mes collègues n'avaient que quelques doutes jusque-là, ils sont maintenant parfaitement au courant de ce qu'il s'est passé entre nous. Je n'avais encore jamais confronté Monsieur sur mes incertitudes concernant la soirée d'avril : m'avait-il caressé le dos ou avais-je rêvé ? Mais en pleine colère, mes mots sont sortis très vite de ma bouche sans que je ne puisse les contrôler.

— Allez vous coucher. Je vous ai assez vue pour ce soir, rétorque-t-il froidement.

— Rassurez-vous, c'est réciproque !

— Allie !

Je m'éloigne sans le laisser finir sa phrase. Je me fais gronder telle une petite fille : file dans ta chambre ! Mais s'il pensait que j'allais laisser cet homme désagréable critiquer mon pays et la Française que je suis, il se trompe ! Arrivée dans ma chambre, je m'aperçois qu'il n'a pas été étonné de mon allusion à ses caresses d'avril. Ce n'était donc pas un rêve.

Le lundi suivant, je me présente la tête basse devant la grande porte du bureau de Monsieur. Je suis surprise de ne pas avoir été licenciée ce week-end ; peut-être attendait-il de le faire aujourd'hui ? Je fais mon rapport juste avant qu'il ne m'explique qu'il a dû envoyer un e-mail d'excuses, en mon nom, pour mon attitude lors du repas. Il n'aborde pas le sujet du licenciement. Je repars, mon menton frôle le sol, je ne sais plus où me mettre.

Mardi soir, je suis prête à me prendre une nouvelle remontrance. Je relève la tête comme pour me donner des forces. Il est de nouveau cordial. Il opte pour la dernière position en date : adossé au fauteuil, bras croisés, souriant.

Mercredi, je ne sais plus à quoi m'attendre, encore une nouvelle saute d'humeur, peut-être. J'entre, je fais mon rapport, je pars.

— Allie ?

— Oui, Monsieur ?

— À mon grand étonnement, John et Catherine vous ont beaucoup appréciée. Ils se sont même excusés de l'attitude que Richard et Jessica ont eue au restaurant. Selon eux, vous êtes piquante, charmante et pleine de caractère. D'ailleurs, pour votre information, Richard est un de mes employés, pas un ami. Je n'ai jamais dit que je cautionnais ses propos. Il n'est pas le plus appréciable de mes collègues, mais il est très compétent dans son domaine. Je souhaitais que vous le sachiez.

— Je comprends, Monsieur.

L'ambiance lourde des derniers jours s'envole en quelques secondes.

— Ce sera tout, Allie.

— Très bien, Monsieur, bonne soirée à vous.

— Merci, Allie, également.

Je quitte la pièce, surprenant un léger sourire sur ses lèvres.

Novembre : premier galop

Le mois de novembre passe doucement. Monsieur reste égal à lui-même, d'humeur plutôt cordiale la plupart du temps. Comme tous les ans, une chasse à courre aura lieu sur le domaine, le samedi 30 novembre. En fin de journée, nous recevrons les épouses et les enfants lors d'un grand repas. À une semaine du jour J, Monsieur m'interpelle.

— Allie ?

— Oui, Monsieur ?

— Savez-vous monter à cheval ?

— Un peu, dis-je timidement.

— Un peu ?

— Je ne suis pas très à l'aise sur un cheval.

— J'aimerais vous faire découvrir la chasse à courre. Souhaiteriez-vous vous joindre à nous dimanche ?

— Je ne suis pas certaine d'apprécier, Monsieur. Je dois vous avouer que je n'aime pas vraiment la chasse.

— Je vois, dommage. Vous auriez découvert l'étendue du domaine et pu observer les animaux sauvages. Peut-être pourrions-nous simplement aller nous promener en forêt, qu'en pensez-vous ?

— Pourquoi pas, Monsieur, mais vous devrez me guider et me rappeler les bases pour manier le cheval.

— Il vous guidera, ne vous inquiétez pas. Ils sont doux en plus d'être habitués à cette promenade, vous n'aurez rien à faire. Vous pourriez contempler les couleurs orangées magnifiques qu'offre l'automne à cette période. Vous seriez partante ? demande-t-il un sourire dans les yeux que je n'avais pas vu depuis longtemps.

— Très bien, Monsieur, avec plaisir.

— Parfait, nous irons vendredi.

Me voici à cheval depuis une trentaine de minutes. Je commence à prendre mes marques et à faire confiance à l'animal. Nous avançons sur un sentier aménagé par les passages réguliers des deux pur-sang. Nous baissons la tête face à certaines branches, en observant le monde qui nous entoure. Monsieur se retourne légèrement en pointant du doigt une biche au loin, puis une autre, et encore une autre. Nous approchons d'une clairière où nous admirons tout le troupeau. Elles nous regardent de loin, elles se méfient, immobiles. J'apprécie ce moment de communion avec la nature. Les minutes défilent tranquillement alors que le jour s'abaisse doucement. Soudain, le vent se lève et quelques gouttes commencent à tomber. La forêt s'assombrit assez vite, les bruits s'intensifient alors que les gouttes et le vent frôlent les feuilles. Je me crispe à mesure que la pénombre descend sur le paysage. Je ne peux m'empêcher de regarder régulièrement par-dessus mon épaule, telle une bête traquée. Je frissonne sous mon manteau. Nous approchons de l'extrémité du bois et j'aperçois enfin les lueurs de la maison. Je suis soulagée, car ce changement d'ambiance ne me rassure pas vraiment. Nous parcourons les derniers mètres, entourés d'arbres alors que je discerne enfin les écuries. Je sens Miss Wendy s'agiter. Son arrière-train part sur le côté, elle recule, avance à nouveau et se cabre. Surprise, je lâche la bride puis m'échoue au sol en un quart de seconde. Ma tête heurte un rocher alors que je laisse échapper un cri de douleur. J'ouvre les yeux, Monsieur se tient au-dessus de moi.

— Allie, parlez-moi !

Le ton de sa voix est intense, inquiet. Je reprends mes esprits, je regarde autour de moi : il fait nuit, je suis sur le sol. La mémoire me revient : le cheval, la chute. Je sens une douleur vive au niveau de ma tête et dans mon bras. Non, en fait, j'ai mal partout.

— Allie, ne bougez pas ! Comment vous sentez-vous ? Parlez-moi !

Il insiste, encore plus inquiet. Grâce aux lueurs des lampadaires du jardin, qui éclairent à peine son visage, je distingue ses yeux, ses sourcils froncés, quelques rides légères sur son front. Je ne peux m'empêcher de me laisser surprendre par son charme. Il me parle à nouveau d'une voix pressante. Je sors de mes pensées pour le rassurer.

— Je vais bien, merci Monsieur.

— Bon sang, Allie, vous m'avez fait peur !

— Je vais bien, je vous assure.

— Ne bougez surtout pas, je vais appeler du secours. Surtout restez allongée, vous ne devez pas bouger.

Il se redresse puis commence à s'éloigner.

— Non, ne me laissez pas, s'il vous plaît !

Je le supplie, une ancienne peur enfantine m'envahit. Il se retourne, surpris, s'agenouille près de moi en me prenant la main.

— Allie, je dois aller prévenir les secours, vous devez aller à l'hôpital.

J'acquiesce, des larmes emplissent mes yeux. Je tente de les retenir, je ne veux pas qu'il me voie pleurer. Il me sourit, retire sa veste pour la déposer délicatement sur moi, avant de s'éloigner à nouveau. Je perçois les pas de son cheval partir au galop. J'ai froid. Allongée sur le sol à la lisière de la forêt, je ne suis vraiment pas rassurée. J'entends toutes sortes de bruits et vois des ombres partout. Le temps s'est encore gâté, la pluie s'est intensifiée, le vent souffle sans relâche. L'attente me paraît interminable. Je sens les gouttes couler le long de mon visage. Je suis trempée et gelée, mon corps tout entier commence à grelotter. Je pense à Laure avec sa théorie de me retrouver enterrée au fond du jardin. Je m'agrippe à la veste de Monsieur comme un bébé à son doudou. À mon grand soulagement, une voiture s'approche. Monsieur, Charles et James sont très vite à mes côtés.

— Claire a prévenu les pompiers, ils sont en chemin, ils ne vont pas tarder. Je vous ai apporté une couverture, me rassure Monsieur, une douceur dans la voix.

Il la dépose délicatement sur moi, mais j'ai déjà trop froid pour en sentir l'effet. Je le remercie avec un sourire crispé.

— Votre jument ? Vous l'avez retrouvée ? Est-ce qu'elle va bien ?

— Ne vous inquiétez pas Allie, tout va bien. Miss Wendy s'est réfugiée près des écuries. Quelqu'un est en train de s'occuper des chevaux.

Les pompiers se présentent, guidés par Claire. Ils échangent quelques phrases avec Monsieur qui tente d'expliquer l'accident.

L'un d'eux s'approche de moi. Il s'accroupit puis me demande en anglais si je ressens des douleurs.

— Ma tête me lance, mon bras et ma jambe gauches aussi.

— Très bien, Allie, je vais vous examiner rapidement, ensuite nous allons vous emmener. Vous tremblez ?

— Oui, j'ai très froid.

— Je vais faire vite. Nous allons vous mettre rapidement au chaud.

Tandis que le pompier m'ausculte, ses collègues préparent la civière. Ils m'installent délicatement dessus après avoir entouré mon cou d'une sorte de collerette désagréable. Ils me recouvrent d'une couverture de survie puis m'emportent sur les quelques mètres qui séparent leur camion du lieu de ma chute. Je suis enfin protégée de la pluie et du vent. Claire leur tend un petit sac d'affaires qu'elle a pris dans ma chambre, au cas où je devrais rester à l'hôpital cette nuit. Je la remercie, elle me sourit avec une tendresse réconfortante.

L'un des pompiers reste avec moi. Alors que les autres referment la porte du camion, j'entends des voix à l'extérieur puis nous démarrons pour nous rendre à l'hôpital.

Je suis prise en charge immédiatement, le personnel est adorable. Ils m'emmènent faire différents examens : un scanner de la tête, ainsi que des radios du bras et de la jambe. Ces examens terminés, je suis amenée dans une chambre. L'infirmière m'aide à m'installer sur le fauteuil en attendant le médecin qui arrive très rapidement.

— Rassurez-vous, tout va bien. Vous avez une très légère commotion à la tête, qu'il faudra surveiller, mais a priori, rien d'inquiétant. Vous avez également une entorse au poignet et à la cheville. Des antidouleurs avec des attelles vont vous être prescrits pour quelques jours, mais tout rentrera rapidement dans l'ordre. Vous allez pouvoir retourner chez vous dès ce soir. Par contre, si vous sentez le moindre symptôme : vomissements, nausées, perte d'équilibre, trouble de la vision, il faut revenir ici sans attendre. D'accord ?

— Très bien, merci docteur.

— Je vous en prie, quelqu'un vous ramène ?

— Je vais les appeler.

— Parfait, je reviens avec les documents dont vous avez besoin et l'ordonnance, ensuite vous pourrez rentrer vous reposer.

Je prends mon sac posé à mes pieds et alors que je vais attraper mon téléphone, l'infirmière apparaît.

— Après réflexion, vous allez rester avec nous cette nuit. C'est plus prudent. Je vais vous apporter de l'eau. Est-ce que vous souhaitez manger ?

— Mais le médecin a déclaré que je pouvais rentrer. En plus, j'ai un événement à gérer demain !

Je proteste, incrédule de ce revirement de situation.

— Oui, mais il a changé d'avis. Comme je vous le disais, c'est plus prudent. Pour votre événement, je suis certaine que quelqu'un va s'en occuper. Une soupe vous conviendrait ?

— Oui très bien, merci.

Il semble inutile d'insister, je n'aurai pas gain de cause.

— Je viendrai vous voir plusieurs fois cette nuit pour m'assurer que tout va bien.

Je ne comprends pas très bien, mais je n'ai pas le choix. Lorsque l'infirmière sort de la chambre, je jette un œil à mes affaires. Claire a eu la bonne idée de mettre une brosse à cheveux dans mon sac. Elle y a glissé mon jogging noir ainsi qu'un tee-shirt en guise de pyjama. Elle me connaît bien. Elle a aussi mis un gros pull ample. Je me démêle la tignasse mouillée et emmêlée par le vent. Je me hisse hors du fauteuil pour me changer, mes habits sont encore humides et j'ai froid. Une fois au sec, quelqu'un m'apporte un bol de bouillon avec du pain accompagné d'une compote de pommes. Le bouillon me réconforte et me réchauffe. Je me sens mieux. À la fin du repas, je vais me préparer dans la petite salle de bain. Je boite et mon bras me lance, mais heureusement ce n'est rien de grave. Cette journée m'a fatiguée, je m'installe dans le lit avec mon téléphone. J'ai un message de Claire.

— J'espère que tout va bien, repose-toi, à très vite.

— Je vais bien, merci, plus de peur que de mal. Je rentre demain, j'espère suffisamment tôt pour le repas du soir. Je compte sur toi pour accueillir les messieurs le matin. Bonne soirée et merci pour mes affaires.

— On s'occupe de tout, ne t'inquiète pas. Repose-toi. As-tu trouvé les friandises ?

— Non ??!! Je vais les chercher tout de suite ! Merci.

J'attrape mon sac, Claire y a caché quelques bonbons et chocolats. Elle est adorable. Je me régale comme une enfant qui se serait perdue dans un grand centre commercial et qui aurait retrouvé sa maman. Cette pensée me fait réaliser que je n'ai pas prévenu mes parents. Je décide d'attendre demain. Tout va bien, je ne veux pas qu'ils s'inquiètent. Je pense à Miss Wendy. Je me demande ce qui lui a fait peur. Peut-être qu'elle sentait mon appréhension qui montait à mesure que le soir tombait.

Je finis par m'endormir dans cette petite chambre d'hôpital. Quelques courtes heures plus tard, je suis réveillée par une main qui me touche. J'ouvre les yeux, une voix douce me parle.

— Je viens vérifier que tout va bien. Comment vous sentez-vous ? me demande l'infirmière.

— Ça va.

— Pas de nausées, de vomissements ?

— Non, ça va.

— Est-ce que vous avez mal ?

— C'est supportable.

— Bon très bien, je ne vous dérange pas plus longtemps, rendormez-vous. Je reviendrai demain matin.

— Très bien, merci.

— Il a eu peur, je crois, ajoute-t-elle.

— Qui ça ?

Je n'ai pas la moindre idée de qui elle parle.

— Votre époux, il s'inquiète pour vous. Ça se voit qu'il tient énormément à vous.

Elle fait un signe de tête en direction du fauteuil. J'y découvre Monsieur, endormi.

— C'est vraiment quelqu'un de généreux. On l'aime beaucoup ici.

— Il vient souvent ?

Je me réveille doucement, consciente que je peux apprendre des choses sur lui.

— Une fois par an, en général au moment de Noël, pour faire ses dons. Il est toujours souriant, agréable, il dit bonjour à tous ceux qu'il croise, discute avec le personnel et même avec certains patients. D'ailleurs, si l'hôpital a des besoins exceptionnels, on peut toujours compter sur lui. Vous savez, il a préféré attendre dans le couloir que vous dormiez, avant d'entrer, pour vous laisser vous reposer. Vous êtes vraiment tombée sur une perle.

Je n'ai pas quitté des yeux ce corps qui sommeille alors qu'elle me parlait. Je détourne le regard pour faire face à l'infirmière qui me sourit. Je reste dans mes pensées pendant qu'elle s'en va.

— Je vous laisse, bonne nuit.

— Merci.

Il est 2 heures du matin, Monsieur dort sur le fauteuil : même dans cette situation, il garde son élégance. Je ne l'ai pas entendu arriver, je ne sais pas depuis quand il est entré, mais a priori il est à l'hôpital depuis quelques heures déjà.

Je tente difficilement de retrouver le sommeil. Mon bras me lance. Je vois les lumières et j'entends les bruits à l'extérieur de ma chambre. Morphée a tout de même raison de moi et je tombe dans ses bras.

6 heures du matin, je suis réveillée par des bruits dans le couloir. Les infirmières font le tour des patients. Je vois que Monsieur commence à bouger. Machinalement, je me recoiffe.

— Bonjour, Monsieur.

Je chuchote presque tandis qu'il s'étire avant d'ouvrir les yeux. Il ressemble à un bébé qui se réveille, innocent, adorable.

— Bonjour, Allie, dit-il d'une voix légèrement rauque avant de se racler la gorge. Comment allez-vous ce matin ? Des douleurs, des vertiges ?

— Non, ça va très bien, merci. C'est tout à fait supportable.

— Vous nous avez fait très peur, vous savez ?

— Je n'ai jamais été une excellente cavalière !

Je ris, il sourit. Son regard s'apaise à mesure qu'il se détend. L'infirmière arrive et il se lève immédiatement.

— Je vous laisse un instant.

Il s'éclipse aussitôt ces mots prononcés. Elle m'examine une nouvelle fois, me repose les mêmes questions, me confirme ma sortie aujourd'hui puis s'en va. Monsieur l'interpelle. Instantanément, elle change d'attitude, elle touche ses cheveux, lui adresse un grand sourire et finit même par poser sa main sur le bras de Monsieur. Une fois partie, il se tourne vers ma porte restée ouverte et toque avant d'entrer doucement.

— Puis-je ?

— Bien sûr, Monsieur.

— Elle pense que vous allez très bien. Vous allez pouvoir sortir aujourd'hui.

— Je devais déjà sortir hier, mais ils ont changé d'avis.

J'aborde le sujet, de plus en plus suspicieuse sur le fait qu'il en soit responsable.

— Je dois vous avouer que j'ai demandé à ce que vous restiez. Je préférais vous savoir ici, entre de bonnes mains. J'espère que ça n'a pas été trop pénible pour vous ?

— Non, rassurez-vous, mais je suis une grande fille. Je suis coriace et je sais prendre soin de moi.

Je finis ma phrase sur un air entendu. Il baisse légèrement le regard, un petit sourire coupable aux lèvres.

— Excusez-moi si j'ai été un peu trop protecteur avec vous.

— Il n'y a pas de mal. Le rôle de papa inquiet vous va bien, mais un seul papa me suffit.

— C'est comme cela que vous me voyez ? Comme un père ?

— Non, je vous vois comme mon patron. En tout cas, en tant que moniteur d'équitation, je ne vous embaucherais pas !

Je détends l'atmosphère. Je ne suis pas d'humeur à avoir une discussion trop sérieuse et encore moins sur notre relation. C'est le moment que choisit une dame pour nous apporter notre petit-déjeuner. Dès qu'elle aperçoit Monsieur, elle se redresse, nous présente les plateaux en nous expliquant que l'hôpital tient à nous faire plaisir avec ces deux repas. Nous avons chacun droit à un thé chaud, deux croissants, du pain grillé, de la confiture de fraises et une autre à l'abricot, ainsi qu'un grand verre de jus d'orange. La jolie présentation est digne d'un hôtel. Monsieur remercie la dame chaleureusement. Celle-ci s'éclipse, complètement charmée.

— James sera là dans une heure pour nous ramener à la maison.

— C'est parfait, nous arriverons à temps pour accueillir vos amis pour la chasse et je pourrai vérifier la mise en place du repas de ce soir.

— Ne vous souciez pas de ça, j'ai demandé à Claire de tout annuler.

— Ah bon ? Elle ne m'a rien dit !

— Oui, je lui ai demandé de ne pas le faire. Vous aviez besoin de penser à vous. Bon appétit.

— Merci, à vous également, Monsieur.

Il a tout annulé par ma faute. Je m'en veux, en plus d'être un peu déçue. J'avais passé tellement de temps à tout organiser. Prête à rétorquer qu'il est dommage d'avoir tout arrêté, je suis stoppée dans ma lancée lorsque le médecin entre.

— Bonjour, monsieur Galary, comment allez-vous ?

— Très bien et vous, docteur ?

— Bien, bien merci. Je rapporte les documents pour la sortie de votre épouse. Vous pouvez la ramener chez vous sans vous inquiéter, elle va très bien. Mais si vous avez le moindre doute, n'hésitez pas, vous êtes ici chez vous.

Je cherche le regard de Monsieur qui, vraisemblablement, évite le mien.

— Merci, docteur.

— Très bien, bon rétablissement, madame. À bientôt, monsieur Galary.

— À bientôt, docteur.

Une fois le médecin parti, Monsieur s'éclaircit la voix, se lève en laissant son plateau à moitié plein.

— Je vous attends dans le hall, prenez votre temps.

Il quitte tout de suite la pièce, ne me laissant pas le temps de répondre. Je finis tranquillement mon petit-déjeuner puis file sous la douche bien chaude. Je tente en vain de ne pas trop bouger pour ne pas réveiller les douleurs. Je m'habille difficilement avant de rejoindre Monsieur au rez-de-chaussée. Je l'observe, plongé dans ses pensées, les yeux rivés vers l'extérieur, les mains dans les poches de son costume légèrement froissé. Je m'approche et le suis alors qu'il avance vers la porte. James est là, il m'ouvre galamment la portière en prenant de mes nouvelles. Je le remercie chaleureusement. Monsieur semble hésiter et monte, malgré tout, à l'arrière à mes côtés. J'attends que James ait rejoint la route pour me tourner vers Monsieur. Mon regard se fait insistant, mais j'attends qu'il comprenne mes pensées. Il me donne finalement une explication.

— J'ai dû dire que vous étiez mon épouse pour qu'ils me donnent des informations sur votre état de santé et qu'ils me laissent rester avec vous. Je m'excuse si cela vous a mise mal à l'aise.

— Très bien, merci pour cet éclaircissement, je comprends. J'aurais seulement aimé être prévenue afin de ne pas me retrouver dans une position délicate face au personnel soignant.

— C'est vrai, j'ai été maladroit, avoue-t-il, gêné.

Son regard me fixe, m'obligeant à détourner le mien. Je ne parviens pas encore à le déchiffrer et son charisme m'intimide. Je finis par lui pardonner dans un murmure.

— Vous êtes tout excusé, Monsieur.

Décembre : premiers pas

Il est 9 heures, je suis encore au lit. Nous sommes dimanche. Je suis rentrée hier de l'hôpital. J'ouvre les yeux, m'étire doucement pour ne pas réveiller les douleurs. Je me prépare puis descends l'escalier avec précaution. Je rejoins les cuisines pour profiter d'un bon petit-déjeuner. Ce mois s'annonce chargé, car il faut organiser le Nouvel An. Monsieur ne reçoit personne pour Noël et je serai moi-même de retour en France pour quelques jours. Tout doit donc être prêt avant mon départ. Je vais me reposer aujourd'hui et commencerai sérieusement à tout préparer demain. Je remonte dans ma chambre, attrape un bon livre en m'installant sur le lit. Programme de la journée : farniente !

Il est 15 heures, je sors de mon sommeil en sursaut lorsque quelqu'un frappe à la porte. Je pense à Claire.

— Entre.

— Bonjour, Allie.

— Monsieur ?! dis-je, déconcertée de le voir entrer dans ma chambre.

D'un bond, je m'assieds en ravivant les douleurs malgré moi. J'aperçois mon livre corné sur la couette. Je me suis endormie. Je passe la main sur mon visage, je rougis en sentant les marques de l'oreiller.

— Excusez-moi, je ne voulais pas vous déranger. Personne ne vous a vue depuis le petit-déjeuner, je m'inquiétais. Je vous ai apporté un petit quelque chose à manger.

— Merci Monsieur, c'est très gentil à vous, il ne fallait pas vous donner cette peine.

— Je ne vous dérange pas plus longtemps. Reposez-vous bien.

Il pose le plateau sur la table puis s'approche de la porte, mais ne part pas. Il fixe le sol, muet, tandis que je l'observe. Au bout de quelques instants, il quitte ma chambre.

— Je vous laisse.

Je n'ai pas le temps de répondre qu'il a déjà fermé la porte. Malgré cette interruption quelque peu surprenante, ma journée se poursuit tranquillement. Je descends dîner et retrouve la plupart de mes collègues. Ils sont tous rentrés de leur week-end, prêts à commencer une nouvelle semaine. Chacun est adorable, demandant de mes nouvelles, m'apportant mon repas à table. Je suis choyée toute la soirée.

Lundi matin, je me lève comme d'habitude, déterminée à organiser un Nouvel An digne de ce nom et que tout soit prêt afin que je puisse profiter de mes vacances de Noël, sans stress. Je rejoins mon bureau en boitant pour y trouver, à ma grande surprise, Monsieur accompagné de Charles et Claire, en pleine réflexion.

— Nous allons vous installer dans le petit salon, le temps de votre convalescence. Vous allez rester davantage dans votre bureau, alors autant qu'il soit agréable d'y être.

Je pense à son propre bureau, le vieux musée aussi sombre que triste, et ne peux m'empêcher de sourire.

— Je suis très bien ici, ne vous tracassez pas.

— J'insiste.

À peine a-t-il répondu que mes affaires sont transportées pour que le petit salon devienne mon bureau provisoire.

— Voilà, vous pourrez poser votre jambe sur le canapé pendant que vous travaillez. Claire sera vos yeux et vos oreilles. En fin de journée, je viendrai moi-même à votre rencontre pour le résumé de la journée.

J'ai envie de répondre « oui, Chef ! », mais bien sûr, je m'abstiens. Je prends possession des lieux, coordonne les tâches des équipes depuis ma nouvelle salle de contrôle. Je me sens comme un PDG dans son bureau : le canapé, le minibar.

Claire vient régulièrement faire un point. J'ai récupéré le dossier du Nouvel An, toutes les invitations avaient été envoyées. Je vérifie les réponses reçues dernièrement pour confirmer le nombre d'invités au traiteur. Je fais appel à plus d'employés de l'extérieur que d'habitude. Lors du Nouvel An, une grande majorité du personnel de Monsieur fait partie, non officiellement, des invités. Chacun doit veiller au bon déroulement de la soirée tout en prenant du bon temps, avec modération bien sûr. Mes collègues m'ont raconté que la soirée était très conviviale et que Monsieur était assez détendu. Il semblerait que chaque année la soirée continue même lorsque les invités sont partis se coucher. Exceptionnellement, rangement et ménage se font ultérieurement à l'inverse des autres événements.

Il est 13 heures, je reprends mon travail après un déjeuner léger. J'arrive dans mon bureau provisoire où j'y trouve Monsieur, debout, les yeux rivés sur mes dossiers.

— Je peux vous aider, Monsieur ?

— Non, je vérifie que tout sera prêt pour le 31. Comment allez-vous ?

— Bien, merci Monsieur.

— Je vous ai apporté un petit quelque chose pour égayer un peu la pièce.

J'ouvre le paquet qu'il me tend et y découvre une magnifique rose rouge sous cloche, comme suspendue dans les airs, avec quelques pétales qui ornent le socle. Je lève les yeux dans sa direction, surprise de ce cadeau. Un clin d'œil à notre discussion du mois d'août sur sa ressemblance avec La Bête.

— Merci, Monsieur. Elle est très belle.

— J'ai pensé qu'elle serait très bien, posée sur l'une des étagères de la bibliothèque, vous ne trouvez pas ?

— Oui, c'est parfait.

— Maintenant que vous avez vos quartiers dans l'aile ouest, il m'a semblé qu'il manquait quelque chose pour être davantage dans le ton.

— C'est vraiment adorable de votre part, mais j'espère que cette image ne vous a pas vexé, Monsieur.

— Il m'en faut plus, rassurez-vous, Allie. Bon, très bien, je ne vous dérange pas plus longtemps.

Je ne sais pas quoi penser de ce cadeau et reste quelques minutes dans mes pensées.

Vers 15 heures, Monsieur frappe à la porte.

— Je ne vous dérange pas ?

— Non, Monsieur, vous êtes chez vous, dis-je, souriante.

— Je venais me servir un petit verre de whisky, vous en voulez un ?

— Non, merci Monsieur.

— Autre chose ? Bourbon ? Champagne ?

— Non vraiment, c'est très gentil Monsieur, mais je suis à l'eau.

Il s'installe sur le fauteuil proche du canapé puis commence à déguster son verre. Son regard est plongé au fond de celui-ci et je peine à me concentrer.

— Vous avez tort, Allie, il est excellent.

— Je n'en doute pas, Monsieur, mais il est 15 heures.

— Il n'y a pas d'heure pour un bon verre. Vous devez me prendre pour un alcoolique, en réalité je sors d'une visioconférence houleuse. J'avais besoin d'un petit remontant.

— Je ne vous juge pas, Monsieur.

Je tente de me concentrer sur mes dossiers.

— Merci, Allie.

Il finit son verre puis quitte la pièce. Je vais pouvoir reprendre mon travail. Vers 17 heures, il frappe à nouveau.

— Entrez !

— Allie, pouvez-vous venir m'ouvrir ?

— Bien sûr, Monsieur.

J'ouvre la porte et le découvre avec un plateau dans les mains. Monsieur m'apporte le thé.

— Excusez-moi, je ne voulais pas vous faire lever, mais la poignée est coriace.

— Je vous en prie, Monsieur. Je peux marcher, vous savez.

— Je viens pour que vous puissiez me faire le rapport de la journée. J'ai pensé qu'un peu de thé vous ferait du bien à défaut du whisky.

Nous échangeons un sourire. Je suis surprise de le voir s'installer à mes côtés sur le canapé. Je lui donne les détails des tâches accomplies par le personnel aujourd'hui ainsi que l'avancée de l'organisation du Nouvel An. Alors que j'ai terminé, il ne semble pas pressé de partir.

— Mangez quelques gâteaux, vous devez reprendre des forces après ce qui vous est arrivé.

— Merci, Monsieur, ils sont très bons.

— J'ai demandé aux cuisiniers de les faire expressément pour vous. C'est une recette française de sablés. J'ai pensé que cela vous ferait plaisir.

— Je vous en remercie, Monsieur, c'est une délicate attention.

— Avez-vous eu des nouvelles de vos parents ? Ils ne s'inquiètent pas trop ?

— Oh, non. En fait, je ne les ai pas contactés.

— Vous devriez peut-être.

— Vous savez, c'est juste une petite entorse, ça va déjà mieux. Je leur dirai à Noël, je pense qu'il est inutile de les inquiéter pour si peu.

— C'est votre décision.

Nous discutons de choses et d'autres, il me pose des questions sur le Nouvel An puis finalement repart. Je regarde ma montre : il est resté une heure.

Décembre avance, je serai bientôt de retour en France. Chaque jour, je détaille l'avancée de l'organisation du Nouvel An à Monsieur. La maison sera prête. J'ai eu les confirmations des invités, du traiteur, des employés extérieurs ainsi que de l'orchestre. J'ai fait appel à une décoratrice pour la salle de réception. Elle aura tout installé avant mon départ. Il ne nous restera plus que la table à dresser.

Depuis mon retour de l'hôpital, Monsieur est aux petits soins. Il vient très souvent me voir, m'apporte le thé, matin comme après-midi, discute avec moi à l'issue de mon résumé quotidien de la journée. Je le soupçonne de se sentir coupable de ma chute.

Mon départ approche. Quasiment tout le personnel prend une semaine de vacances pour Noël, à l'exception des gardes qui se relaient un an sur deux.

Nous sommes dimanche matin. Le château est vide, mes collègues sont déjà rentrés chez eux. Tout est très calme, il n'y a pas un bruit, je n'ai croisé personne au petit-déjeuner. Il n'y a pas non plus de décoration, et seulement un petit sapin artificiel avec quelques guirlandes dans la salle de repos des employés. Je suis prête à partir même s'il me reste encore un peu de temps avant de prendre la route, direction Douvres. Je vérifie ma valise puis descends aux cuisines me préparer un sandwich. Je vais certainement partir en avance, mais plus rien ne me retient ici. Je suis sur le pas de la porte en train d'y déposer mes affaires lorsque Monsieur apparaît.

— Allie, vous partez déjà ?

— Je ne vais pas tarder Monsieur, mais j'ai encore un peu de temps à vous accorder si besoin.

— Oui, s'il vous plaît. J'aimerais vérifier quelques détails avec vous pour l'organisation du Nouvel An.

— Tout est prêt, Monsieur, mais bien sûr, je suis à vous tout de suite.

Je le suis dans son bureau. Il m'invite à entrer puis ferme la porte derrière nous, bien que nous soyons seuls au château.

— Est-ce que vous avez obtenu toutes les réponses ?

— Bien sûr. Comme je vous le disais l'autre jour, nous serons quarante-deux invités ainsi que vingt membres du personnel.

— Très bien, très bien. Le traiteur vous a confirmé ses services ?

— Tout à fait, il sera là vers 16 heures pour tout préparer. Il aura accès à la cuisine, il nous servira des amuse-bouches lors de l'apéritif, des huîtres ainsi que du poisson en entrée, suivi de saumon ou filet mignon de veau au risotto et enfin une farandole de desserts. Il m'a confirmé la présence de six serveurs et il a deux extras prêts à prendre la relève s'il devait y avoir des absents. Le champagne sera servi à volonté.

— Parfait. Et pour la musique ?

— J'ai prévu un orchestre, Monsieur, réputé et conseillé par monsieur Williamson. Les musiciens jouent à la fois des musiques actuelles, mais également des valeurs sûres adaptées à l'auditoire de la soirée. J'ai vu avec eux la playlist en détail pour leur donner des pistes de morceaux à jouer ou non. S'ils avaient un souci, j'ai pris l'initiative de louer un minimum de matériel qui est déjà installé, et James, qui aime lui-même animer des soirées, est prêt à les remplacer.

— Parfait. Et la décoration ? La table n'est pas dressée ?

— Comme je vous l'ai déjà précisé, Monsieur, toute la décoration est en place, excepté le dressage de la table. Pour éviter qu'il n'y ait de la poussière dans les assiettes, nous dresserons la table la veille. La décoratrice sera présente pour nous guider. L'installation sera faite dans la salle à manger pour que la salle de réception soit dégagée et que vos convives puissent danser s'ils le souhaitent. J'ai prévu des sièges afin qu'ils puissent s'asseoir ainsi que quelques tables hautes pour poser leurs verres, tout en aménageant un espace convivial pour l'apéritif. Ne vous inquiétez pas, Monsieur, tout est prêt.

Je finis mes derniers mots lentement en appuyant sur chacun d'entre eux. Il semble stressé ou lointain. Je ne parviens pas à cerner ce qu'il ressent alors qu'il me pose des questions auxquelles j'ai déjà répondu au fur et à mesure du mois de décembre.

— Très bien, Allie, merci. Je vous laisse partir.

Jusque-là, il était assis sur son bureau, les bras croisés alors que je me tenais debout devant lui. À la fin de sa phrase, il se lève et part s'asseoir sur son fauteuil. Il semble vieilli, sombre, triste. Je lui dis au revoir puis sors de la pièce, un pincement au cœur. Je passe rapidement aux cuisines, me fais enfin un sandwich pour la route ; j'attrape ma valise restée dans l'entrée avant de quitter rapidement la maison. Je n'ai plus de temps à perdre si je veux être certaine d'avoir mon bateau. Je rejoins le garage, charge ma voiture de ma petite valise, m'installe au volant et démarre. Je roule vers les grilles en tournant machinalement la tête en direction du château. J'aperçois son ombre derrière la vitre de l'entrée. Brusquement, j'arrête ma voiture, en sors et avance d'un pas décidé vers la porte. J'ouvre, il est presque à son bureau, il a dû s'éloigner en me voyant revenir.

— Venez avec moi, Monsieur ?

Mes mots résonnent à la fois comme une invitation et comme une question.

— Pardon ?

Il s'approche doucement, les mains dans les poches, puis pose son épaule contre le mur à quelques mètres de moi.

— Je disais, venez avec moi : vous fêterez Noël avec ma famille. Ce sera modeste, nous n'avons pas votre salle de réception, mais ce sont des gens charmants, qui vous accueilleront avec plaisir. Si je vous aide à préparer vos affaires, nous aurons le bateau sans souci.

Il baisse la tête, le regard profond.

— Je vous remercie, Allie, mais je ne peux pas, je suis pris pour Noël.

Je sais qu'il ment, mais je n'insiste pas. Je l'observe un instant. Il semble tenter de cacher sa solitude, bien que je ne sois pas dupe. Dans un élan, je m'approche de lui et le serre dans mes bras, comme pour consoler un enfant oublié à Noël. Il ne réagit pas. Je dépose un baiser sur sa joue puis repars sans un mot.

La route est interminable, j'ai le cœur lourd, j'ai la sensation de l'avoir abandonné. J'arrive enfin à Douvres. Sur le quai, je prends ma ligne directe vers le domaine et lui écris un message.

— À très bientôt, je pense à vous.

J'hésite et presse *send*[28].

La réponse ne se fait pas attendre.

— Merci, Allie, pour tout.

---

[28] Terme anglais signifiant *envoyer*

Quel bonheur de retrouver ma famille, de fêter Noël ensemble, de passer du temps avec chacun. Je profite de ma semaine de vacances avant de repartir le dimanche matin très tôt. Une longue route m'attend.

Me voilà enfin au domaine. Le mauvais temps a rallongé mon voyage. Le bateau avait du retard et j'ai eu beaucoup d'embouteillages sur la route. Il est tard, la maison est endormie, je monte me coucher rapidement sans prendre la peine de dîner.

Lundi matin, le Nouvel An est demain. La décoratrice se présente à 9 heures. Tout s'enchaîne, la journée passe vite, je ne croise Monsieur que pour le rapport du soir. Il est au téléphone, un souci professionnel important. Discrètement, il me demande si tout est prêt. D'un signe de tête, j'acquiesce puis dépose un cadeau sur son bureau. Ce sera tout pour notre entretien du jour. Je pars rapidement alors que sa conversation s'envenime. Quelques minutes plus tard, je reçois un message.

— Merci, Allie, excellent choix. Mes insomnies vont être exquises avec ce savoureux whisky.

J'ai demandé conseil à mon père afin de lui offrir une excellente bouteille. Je ne pouvais pas revenir les mains vides face au visage triste de la semaine passée. J'y ai écrit un petit message sur l'étiquette « un peu de compagnie pour vos longues nuits ». Je vais me coucher tôt, la journée de demain s'annonce longue et chargée.

Nous sommes le 31, tout est en place, nous sommes tous prêts à terminer ensemble cette année 2013 et à en commencer une nouvelle. Quoi qu'il arrive, nous sommes disposés à nous laisser glisser vers l'inconnu que nous réserve 2014.

1er janvier 2014 : nouvelle année

Je me réveille doucement, j'ai mal à la tête. Le champagne, sûrement, ou plutôt l'abus de champagne. J'ouvre un œil, je ne suis pas dans ma chambre. Un bras m'enlace. Je suis nue et dans la chambre de Monsieur. Je m'immobilise. Je me répète de garder mon calme. Je tente de me souvenir. La soirée, minuit, la photo, il m'embrasse. Le balcon, sa veste sur mes épaules, les invités qui partent, il m'offre une dernière coupe, le petit salon.

— Cette robe est ma préférée, j'avais hâte de vous voir la porter.

— Pardon ?

Je suis surprise de sa remarque.

— Oui, je l'avoue, j'ai triché. Je suis allé à la boutique pour leur demander de diriger vos choix vers les tenues que je préférais : la grise, la rose et celle-ci. Ma préférée entre toutes. La transparence vous rend très séduisante.

— Je comprends mieux certaines phrases de la vendeuse ainsi que les vôtres, d'ailleurs. J'ai eu parfois des doutes.

— Vous auriez dû vous y fier.

L'heure est aux confidences. J'enchaîne, persuadée que je peux obtenir d'autres réponses.

— Comment saviez-vous que je ne dormais pas lorsque vous m'avez trouvée sur le canapé, en avril ?

— Votre respiration n'était pas régulière. Vous dormiez certainement, mais je pense que je vous ai réveillée en entrant dans le salon. Je le savais, mais je n'ai pas pu résister, votre peau semblait si douce. Vous me pardonnez ?

— Depuis tout ce temps, vous me le demandez seulement maintenant ?

Il m'avoue, après tout ce temps, avoir caressé ma peau pendant mon sommeil. Je devrais ressentir de la gêne ou être choquée, mais non, je suis simplement amusée.

— Et vous ? Vous ne vous êtes pas excusée, rebondit-il.

— À quel propos ?

— D'avoir fouillé dans mon bureau.

— Je me doutais que vous le saviez avec votre phrase sur ma curiosité littéraire ! Comment l'avez-vous su ?

— Certaines pièces de la maison sont équipées de caméras de sécurité, vous êtes au courant ?

— Oui, Monsieur.

— Pour mon bureau, ce sont plus des caméras de surveillance, pour les employés trop indiscrets.

— Vous m'espionnez donc !

— Non, pas vous, je suis méfiant c'est tout. Je n'ai même pas pu savoir qui avait volé la chouette de ma mère. On ne connaît jamais vraiment les personnes. Certaines ferment bien leur porte à clef la nuit.

Il me fixe avec un sourire charmeur.

— Là aussi, vous avez installé une caméra de surveillance en face de la porte de ma chambre ?

— Non, ce soir-là, j'étais dans le couloir. J'ai vu votre lumière s'allumer une fois que j'avais quitté votre chambre. J'ai attendu et vous avez fermé la porte à clef avant d'éteindre la lumière.

— Que faisiez-vous encore dans le couloir ?

— Je ne sais pas, je suis resté là quelques minutes. J'espérais peut-être que vous m'inviteriez à entrer.

— Je ne suis pas ce genre de personne ! dis-je, indignée.

— Je me suis mal exprimé. Vous êtes très attirante, Allie. Il est difficile pour un homme de résister. Vous êtes jeune, jolie, intelligente.

— Merci.

Je rougis.

— Je le pense. Lorsque je vous ai vue la première fois dans mon bureau, j'ai trouvé votre timidité ainsi que votre maladresse, très rafraîchissantes. Cette fraîcheur vous va très bien et elle me fait du bien. Cette maison avait besoin de quelqu'un comme vous, Allie.

— Vous me flattez ! C'est le Nouvel An qui vous fait devenir aussi loquace et plein de compliments ?

— Peut-être. J'ai encore passé une excellente soirée en votre compagnie, Allie.

Je baisse les yeux en rougissant encore davantage. Tous ces compliments, c'est inattendu, voire même légèrement déplacé de la part de mon patron, mais cette soirée tout entière a été déplacée. Il m'a embrassée à minuit certes pour notre jeu de rôle, mais il aurait pu s'arrêter là. Nous sommes toujours debout, nos verres quasiment pleins. Il s'assied sur le canapé et m'invite à le rejoindre. Nous nous faisons presque face.

— Vous êtes arrivée ici il y a combien de temps ?

— Dix mois, Monsieur.

— Déjà dix mois, le temps passe vite avec vous. Et alors, je vous ai dit ce que je pensais de vous. Que pensez-vous de moi, demande-t-il, son regard plongé dans le mien.

— C'est indiscret.

— En quoi est-ce indiscret ? Il s'agit de moi, j'ai le droit de savoir, non ? Je sais que certaines de mes employées me trouvent charmant. Qu'en pensez-vous ?

— Ce n'est pas le terme que j'aurais utilisé.

— Dites-moi Allie, n'ayez pas peur.

— Très bien, je vous ai donné un petit surnom.

— Ah ! Lequel ? Le prince charmant ?

— Non, pas vraiment, je vous appelle « l'Iceberg ».

— L'Iceberg ?

Il détourne son regard qui me fixait, rieur, depuis quelques minutes. Il est vexé ou fâché. Je pose ma main sur son bras, comme pour le rassurer avant de m'expliquer.

— Oui, je vous trouvais parfois très glacial au début. Certains jours, vous étiez souriant, presque agréable et d'autres, vous redeveniez très froid.

— Vous m'aviez fait part de cela et j'ai changé, il me semble.

Le ton de sa voix tente de rester aimable, mais je vois bien qu'il est vexé.

— Oui, vous avez changé. C'est vrai que maintenant, je comprends qu'elles vous trouvent charmant, particulièrement ce soir.

Il plonge à nouveau ses yeux dans les miens. Je me sens, une fois de plus, complètement déstabilisée. Il est très fort à ce jeu et je me sens impuissante. Il pose sa main sur ma joue.

— J'espère que toi aussi, tu me trouves parfois charmant, Allie, murmure-t-il.

Il me tutoie, cette fois-ci nous sommes seuls, il n'y a pas de rôle à jouer. Mon cœur s'accélère, son regard se pose un instant sur mes lèvres, puis me fixe à nouveau. Une fois, deux fois, je n'ose plus bouger, mes pensées s'emmêlent. Je sais qu'il veut m'embrasser, moi, Allie, sa gouvernante, et non sa soi-disant épouse parfaite. Je sais maintenant que j'attends ça depuis notre premier baiser en septembre.

Il approche doucement son visage sans me quitter des yeux, jusqu'à la dernière seconde. Il les ferme enfin juste avant de m'embrasser d'un baiser long et intense, comme une douce tornade sur mes lèvres. Le temps s'est arrêté. Il pose, l'espace d'un instant, son front contre le mien, nos yeux sont toujours fermés. Puis, sans dire un mot, il dépose sur la table basse sa coupe qu'il gardait encore dans la main. Il prend la mienne puis vient la placer à côté de la première. Il se tourne vers moi et m'embrasse à nouveau, encore plus intensément. Sa main droite a glissé dans mes cheveux, elle tient avec une légère fermeté mon visage contre le sien. Il est hors de question qu'il s'échappe cette fois-ci. J'ai tellement envie de cet instant, tellement envie de sa peau, tellement envie de lui. Je ne parviens pas à comprendre comment ni quand j'en suis arrivée là, mais mon être tout entier le réclame. Lui, cet homme agaçant, changeant d'humeur, froid, autoritaire. Je suis totalement magnétisée, charmée, ensorcelée.

Jusque-là immobile, impressionnée, j'entoure finalement sa nuque de mes mains pour l'attirer vers moi avec fermeté. Il se laisse guider peu à peu, docile. Je m'allonge progressivement sur le canapé, soumise à ses désirs. Je caresse son corps de mes mains en commençant par son dos. Je relève mes jambes et entoure ses hanches. Nous nous embrassons, son corps contre le mien. Je ne veux pas qu'il s'arrête, j'ai peur qu'il s'en aille comme la dernière fois en septembre lorsque, contre le mur, il tenait ma jambe en m'embrassant langoureusement. Il se redresse, nos regards se croisent. Il retire sa cravate. Il a opté pour la même que lors de notre premier échange de messages. Je place mes mains sur le devant de sa chemise. Sans réfléchir, mes doigts retirent un premier bouton. Je lève les yeux vers les siens, son regard est paisible, il me sourit. Je frissonne, je suis troublée par l'homme devant moi, mais totalement envoutée. Je ne peux plus m'arrêter, mon corps ne me répond plus, indomptable, j'ai succombé à l'envie. D'un bond, il se relève, me prend la main, ramasse sa cravate ainsi que sa veste, me fait signe de prendre les verres en attrapant une bouteille au passage.

— Nous ne pouvons pas rester ici, chuchote-t-il calmement.

Il m'entraîne à travers le couloir. La maison est silencieuse, aucune lumière n'est allumée. Il avance dans la pénombre, sans chercher son chemin. Je le suis. À chaque pas que nous faisons, nous entendons le cliquetis des deux coupes qui s'entrechoquent alors que quelques gouttes de champagne coulent sur mes doigts. Nous sommes devant son bureau, il entrouvre la porte puis la referme, il se tourne vers moi. Je distingue son air sévère malgré le peu de lueurs.

— Allie, vous ne pouvez pas entrer dans mon bureau sans ma permission.

Je l'observe, je discerne un léger sourire. Je lâche sa main, viens poser mes doigts sur son visage et l'embrasse avec fougue.

— Très bien, ça ira pour cette fois, me souffle-t-il à l'oreille.

Il entre, je le suis. Il m'attire vers la droite, sa chambre. J'ai, normalement, ordre d'y entrer uniquement lorsque Monsieur, Dorian, n'est pas présent. J'enfreins la règle d'or, le cœur palpitant de désir.

Il ouvre la porte, pose la bouteille sur une petite table, ainsi que sa veste et sa cravate. Il avance vers une étagère, en sort une bougie qu'il allume. Monsieur est un romantique. Je souris. Il s'approche de moi, me dépose un baiser sur la joue, me prend les verres des mains, ils sont presque vides. Il les remplit puis m'en tend un. Notre balade nocturne a laissé quelques gouttes de cet excellent champagne sur les moquettes. Nous trinquons, silencieux, et buvons chacun quelques gorgées, noyés dans le regard l'un de l'autre. Ces quelques secondes, loin de sa peau, me paraissent une éternité. Je décide de prendre les devants. Je pose rapidement mon verre en m'approchant, je glisse mes mains à travers le tissu de sa chemise entrouverte, j'embrasse son cou, je sens son odeur si enivrante. Je recule d'un pas et attrape son verre que je place sur la table. Puis, je déboutonne entièrement sa chemise, retire ses boutons de manchettes du bout de mes doigts. Je déshabille ensuite ses épaules, ses bras, son torse. Sa chemise est au sol, il tente de la ramasser, je l'en empêche. Je passe mes mains une nouvelle fois sur sa peau. Je sens au toucher les lignes de ses muscles légèrement dessinés. La bougie éclaire son torse : il est musclé, ni trop ni trop peu. Il tente de retirer ma robe, mais je ne lui en laisse pas le temps et défais la ceinture puis la fermeture éclair de son pantalon. Il retire ses chaussures. En quelques secondes, le voilà en boxer noir face à moi. Je fais glisser mes escarpins sur ma peau et pose mes pieds en demi-pointe directement sur la moquette. J'esquisse un sourire avant de me tourner. Dos à lui, je décale ma chevelure. Inutile de parler, nous nous comprenons, nous sommes dans cet instant d'adrénaline intense où plus rien n'a d'importance. Il ouvre la fermeture éclair jusqu'au bas de mes reins. Il fait glisser ses mains sur mes hanches, conservant la robe quelques instants de plus sur ma peau. Je sens sa chaleur contre moi alors que le tissu s'échoue sur le sol. Il redescend ses doigts sur ma guêpière, le long de mon corps, jusqu'à ma taille. Doucement, je lui fais face. Il caresse le tissu recouvrant mon ventre, mes hanches, mes seins. Il m'attire vers lui, me soulève, comme lors de la première soirée. Je suis dans ses bras, ma tête sur son épaule, mais cette fois-ci nous sommes presque nus et il ne me laissera pas seule sur mon lit. Il me dépose délicatement sur le sien avant de me rejoindre, contraint par mes bras. Pendant quelques minutes, nos mains se touchent, nos lèvres s'embrassent. Puis il se redresse et retire un à un mes bas. Il fait descendre le premier lentement le long de ma jambe puis le second, me prend les mains pour m'attirer vers lui. Je me redresse, il s'assied à mes côtés, caresse de sa main mon cou, mon dos, puis dégrafe progressivement ma guêpière. Il la retire enfin. Je m'approche de ses lèvres et l'embrasse, mes deux mains sur son visage. Je m'allonge le forçant à me suivre, bien décidée à répondre aux désirs de mon corps brûlant. Son torse contre le mien, nos peaux se touchent, nous ne faisons presque plus qu'un. Mes mains le caressent, mes jambes l'entourent. Ses mains descendent jusqu'au dernier tissu qui orne mon corps. Il le touche, soulève délicatement la couture de son index et commence à le faire glisser le long de mes jambes. Je suis enfin nue, son corps s'approche du mien. Je le hais si fort de me rendre si fragile, presque vulnérable. Soudain, il s'arrête, pose son front contre mon épaule.

— Je ne peux pas, Allie. Excuse-moi, murmure-t-il.

Je n'ai pas le temps de réagir qu'il est déjà assis sur le bord de son lit. Je viens coller ma peau contre celle de son dos. Je passe mes bras autour de lui et dépose mes lèvres dans son cou.

— Qu'y a-t-il ?

Je reprends difficilement mes esprits, incrédule.

— Ce n'est pas toi, c'est moi. Je ne peux pas.

Son regard est plongé dans le vide. À la lueur de la bougie, ses yeux brillent. Il ne m'a pas repoussée, je reste contre lui. Je le sens différent, ému, perdu. J'ai peur qu'il me demande de partir.

— D'accord, ce n'est pas grave. Tu veux que je m'en aille ? dis-je à contrecœur.

— Non, reste, s'il te plaît.

Il se retourne, les yeux tristes, et m'embrasse tendrement. Il se lève, va éteindre la bougie puis me rejoint. Nous nous endormons nus, l'un contre l'autre, son bras autour de moi.

Et me voilà quelques heures plus tard, la tête lourde. Le réveil affiche 11 heures. Je ne peux pas rester là. Je me hisse délicatement hors de son lit, revêts ma robe et mes chaussures. Je laisse ma guêpière posée sur la table à côté de ma coupe de champagne. Un petit souvenir de notre soirée, si par malheur l'alcool l'avait rendu amnésique.

Je sors de la pièce, il dort encore. Je quitte sa chambre, puis son bureau. J'ouvre discrètement la porte, vérifie le couloir. Il n'y a personne. Je retourne dans la salle de réception, récupère ma pochette ainsi que mon téléphone, oubliés là hier soir tandis que Dorian occupait toutes mes pensées. Je me dirige vers l'escalier et retrouve bientôt ma chambre. Heureusement, je ne croise personne. Je me déshabille avant de me glisser sous la couette. Je décide de lui envoyer un SMS.

— Il est 11 h. Pour plus de discrétion, je suis retournée dans ma chambre. Je vais dormir encore un peu. Tu sais comment me joindre et où me trouver si besoin. Ne pars pas.

Je pose le téléphone sur la table de chevet. Je ferme les yeux, ma peau sent son odeur. Je n'arrive pas à croire ce qu'il s'est passé. J'espère qu'il n'aura pas disparu à mon réveil comme il sait si bien le faire d'habitude.

14 h 30, je me réveille difficilement. Encore embuée, je me lève pour aussitôt regarder mon téléphone : pas de message. Je vais dans la salle de bain pour me faire couler un bain, je démaquille mon visage avant d'entrer dans l'eau bien chaude. Je me détends plus de trente minutes et finalement ressors. Je me sens mieux. Je vais m'habiller puis descendre chercher à manger. Je regarde à nouveau mon téléphone.

— J'espère que tu as bien dormi. Je suis désolé pour hier soir. J'ai passé un excellent moment à tes côtés. Je vais faire quelques longueurs.

— Puis-je te rejoindre ?

Pas de réponse, son message date d'il y a plus de quinze minutes. Il y est certainement déjà. J'avale quelques biscuits qui traînaient dans ma chambre, mets mon maillot de bain et par-dessus, un jeans avec un tee-shirt. Je descends et me dirige vers la piscine couverte de Monsieur. J'entends du bruit dans les cuisines, mais ne croise toujours personne. J'ouvre la porte. Je viens rarement ici. Monsieur, Dorian, est le seul utilisateur. L'homme de main change l'eau régulièrement et les femmes de ménage s'occupent du sol ainsi que des vestiaires. J'ai la tâche de venir vérifier une fois par mois que tout est propre. Je passe devant les vitres d'où je vois Dorian nageant le crawl, au centre du bassin. J'entre dans les vestiaires pour retirer mes habits. Il nage vers le bord opposé, il lui est impossible de me voir.

Je descends l'échelle du bassin pour rentrer dans l'eau, vêtue de mon bikini noir. Je l'attends près du bord, j'ai pied. J'ai peur de sa réaction. Les lendemains de soirée sont souvent glacials et après cette nuit, je ne sais vraiment pas à quoi m'attendre, d'autant plus que je n'ai pas le droit d'être ici. Il fait demi-tour, il ne me voit pas encore. Vers le milieu du bassin, il semble m'apercevoir. Il lève légèrement la tête, mais continue de nager dans la même direction puis, à quelques mètres du bord, il dévie et s'approche de moi. Une fois à ma hauteur, il se redresse, pose ses pieds au fond de l'eau, retire ses lunettes, les pose sur le bord puis me prend dans ses bras. L'Iceberg a définitivement fondu. Nous restons quelques instants sans bouger. Il recule son visage de mon cou puis m'embrasse. Ses lèvres sentent le chlore. Il me soulève et je passe mes jambes autour de sa taille.

— Ce soir, je t'invite au restaurant, annonce-t-il, joyeux.

— D'accord. Où allons-nous ?

— Je ne sais pas. J'aimerais que tu choisisses. Nous prendrons ta voiture.

— Très bien, alors le jeans et le tee-shirt seront de rigueur, cher Monsieur.

— Au moins, tu ne vas pas me coûter cher.

Nous restons d'abord l'un contre l'autre. Je tente de le faire céder sous mes baisers, mais il semble y être insensible. Puis nous jouons comme deux adolescents. Je l'arrose de toutes mes forces comme pour me décharger de la frustration immense que je ressens depuis quelques heures. Une fois sortis de la piscine, il m'entraîne vers les douches. Toujours vêtus de nos maillots, il étale le gel douche sur ma peau pendant que je me lave les cheveux. Ce qui était au départ très fonctionnel, se transforme rapidement en caresses, ses mains sur mon corps et les miennes sur le sien. Mais une fois de plus, je reste frustrée lorsqu'il me tend une serviette. Je la mets autour de moi. Il se retourne, retire son maillot avant d'enrouler sa serviette autour de ses hanches. Il me regarde, amusé par ma gêne.

— Si tu veux te sécher, tu devrais faire de même.

Bien enroulée dans ma serviette, je retire, non sans mal, mon bikini. Nous avançons main dans la main vers les vestiaires. Je m'habille dos à lui. Je sais qu'il m'observe. Je suis nue et mal à l'aise. Je n'ai pas pensé à apporter de sous-vêtements de rechange et je n'ai pas d'autres choix que de m'habiller sans.

— Tu aurais dû le faire plus souvent, en avril, par exemple. J'avais adoré cette robe, pleine de surprises. Tu étais ravissante, très sexy.

— Tu ne serais jamais sorti de ma chambre.

— Il y a des chances, oui. Enfin, sauf si tu me l'avais demandé.

— J'aurais appelé les gardes !

— Tu veux parler de mes employés ? Ils ne t'auraient pas aidée, je suis chez moi.

Nous quittons furtivement la piscine, complices, et alors que nous nous séparons, Dorian me dit de sortir ma voiture du garage à 18 heures. Il sera dans le jardin. Je le prendrai discrètement au passage.

Je remonte dans ma chambre, il est 17 heures. Je sens encore le chlore. Je reprends une douche rapide, mais beaucoup plus efficace. Je mets des sous-vêtements, sèche mes cheveux, me coiffe et me maquille. Je passe à nouveau mon pantalon avant d'enfiler un débardeur accompagné d'un pull noir aux manches longues, arborant un joli décolleté. Je mets un manteau, puis quitte ma chambre pour rejoindre ma voiture. Je m'installe au volant. Mon cœur bat très vite, c'est mon premier rendez-vous galant avec Monsieur. Dorian et moi avons passé la nuit ensemble, mais le stress est toujours présent. Je démarre en me parlant à voix haute : « Ne sois pas stupide, il t'a déjà vue nue ».

— Oui et tu es très jolie.

Je sursaute. Dorian est sur la banquette arrière, tel un fugitif.

— Que fais-tu là ?

— Il n'y avait personne dans le garage, je suis entré en t'attendant. Avance, j'aimerais venir m'asseoir à tes côtés.

Je roule, je sors du domaine et fais quelques centaines de mètres. Les gardes ne peuvent plus me voir. Je me gare. Il descend pour venir s'installer rapidement à l'avant. Il fait nuit, nous pouvons nous détendre. Si nous croisons des employés revenant à la maison, personne ne devrait nous reconnaître. Il a suivi mes instructions. Il est en jeans avec un pull ainsi qu'une veste de costume : élégant mais détendu. Je conduis environ cinq miles. Je me gare devant un *pub*. Nous entrons pour nous installer au fond, dans un coin sombre et peu fréquenté.

— Tu connais ce *pub* ?

— Oui, je m'y suis arrêtée pour manger et me préparer avant notre premier entretien. J'ai aimé l'ambiance, j'ai pensé que si j'avais le job, je reviendrais.

Nous parlons français. Ainsi notre conversation reste privée, ce qui donne une dimension encore plus excitante à cette sortie secrète. Nous discutons d'abord de la maison, du personnel. Puis il aborde un sujet plus personnel.

— Est-ce que tu es guérie, Allie ?

Je réfléchis un instant et comprends qu'il fait référence à mon ex-petit ami.

— Je crois. Tu sais, la vie m'a amenée ici. J'étais amoureuse, je faisais des études, mais je n'étais pas à ma place. J'ai quitté Anthony, car même si je l'aimais, il me rendait malheureuse. Ce n'était pas conscient, il ne le faisait pas exprès, mais il n'était pas la bonne personne. Comme je te l'ai dit cet été, il fait partie de ces hommes que j'appelle « toxiques ». Comme un poison, une drogue. Ils vous enivrent, vous saoulent, vous hypnotisent, mais ils ne sont pas bons pour vous. Anthony était comme ça. J'étais accro. Venir ici, c'était comme une cure.

— Tu crois que partir est la seule solution ?

— Je ne sais pas, c'était ma solution.

— En fait, tu as fui.

— Peut-être, mais si fuir c'était reprendre ma liberté, ça en valait la peine. Et cette année est une très bonne expérience pour moi, autant professionnellement qu'humainement. Même si je dois supporter un patron aussi irascible que lunatique !

— Merci ! Moi aussi, je te dois une explication, pour cette nuit.

— Tu n'es pas obligé.

— J'ai passé une soirée merveilleuse et pas seulement à partir du moment où nous étions seuls. Je t'ai déjà raconté la mort de mes parents. Ce soir-là, nous avons fait un détour pour que je retrouve Carole. Elle était ma compagne, elle travaillait à Londres. Issue d'une famille aisée, nous nous étions rencontrés à l'université. Elle avait un an de plus que moi et était déjà diplômée. Elle m'avait annoncé qu'elle ne pouvait pas venir, son patron ne lui avait pas donné de congés. Elle ne s'y attendait pas. Je suis arrivé chez elle à l'improviste. Quand je suis entré dans son appartement, je les ai surpris, elle et Edward, mon frère. Il travaillait à Londres aussi, je savais qu'ils se voyaient parfois. Quand j'y allais le week-end, nous sortions tous les trois. Elle était très appréciée de ma famille. C'était la femme de ma vie, j'étais fou d'elle et j'attendais d'être diplômé pour la demander en mariage. J'avais la bague sur moi à cet instant.

Il marque une pause.

— Ce jour-là, j'ai tout perdu : mes parents, mon frère ainsi que celle que j'aimais. Je n'ai jamais cessé de l'aimer. J'ai eu des aventures après elle, avec des femmes sans importance. Elles étaient jolies, mais peu intéressantes et pour certaines, très intéressées par ma fortune. Mon personnel est tout ce qu'il me reste. Je m'attache à eux comme je me suis attaché à toi, Allie, mais tu es différente, j'ai eu beaucoup d'affection et d'attirance pour toi, dès le premier jour. Je ne pense pas que tu sois là pour mon argent et je ne veux pas te perdre. Moi aussi, j'ai fait comme toi, j'ai fui. Je t'ai fuie à chaque fois que je ne pouvais plus penser à autre chose qu'à toi, mais à mon retour, tu es plus belle et plus inoubliable qu'avant. Tu t'es dévoilée au fur et à mesure. Tu t'affirmes, tu me défies. Parfois, tu es même autoritaire avec moi, ce qui m'amuse malgré tout. Je craque un peu plus chaque jour. Malheureusement, je sais qu'à chaque pas que je fais vers toi, je te perds un peu plus.

— Je n'ai pas l'intention de partir.

— Pas maintenant, Allie. Mais je ne parle pas de ça. Nous ne serons jamais un couple, ça ne fonctionnera pas entre nous. C'est impossible. Tu es jeune, tu as toute la vie devant toi. À 24 ans, on ne veut pas d'un vieux célibataire de 40 ans.

— Tu as 40 ans ?

— Oui. Tu es surprise ? Tu me croyais plus jeune ou plus vieux ?

— Peut-être 45 ou 46 ans. C'est ton côté triste, ça te vieillit. Tu t'illumines quand tu souris.

— Je n'ai pas souvent l'occasion de sourire, sauf depuis ton arrivée. Eh oui, à 40 ans bientôt, je suis un gentleman célibataire, sans enfant. J'ai une belle fortune, je ne pense pas être laid et pourtant…

— Tu es presque un prince charmant sans princesse.

— Presque ! Merci ! Qu'est-ce qui fait que je ne suis pas un prince charmant, d'après toi ?

— Tu es plutôt La Bête, de La Belle et la Bête, que le prince charmant ! Tu changes souvent d'humeur, on ne sait jamais ce que tu penses. Tu es autoritaire, froid, parfois désagréable, tu embrasses une fille et t'enfuis le lendemain. Tu veux que je continue ?

— OK, j'ai compris. Décidément, tu m'as toujours vu comme le monstre. Vas-y doucement quand même, je suis toujours ton patron. Et tu vois, je ne suis pas fait pour toi.

— Je suis la seule à pouvoir en décider. Mais par contre, je ne suis peut-être pas faite pour toi. En tout cas, c'est ce que tu sembles croire. Tu sais que Belle tombe amoureuse de La Bête à la fin.

— Je ne sais pas, ça ne se sait pas ces choses-là. Je ne veux pas te perdre Allie : ni hier allongée dans mes bras, ni aujourd'hui dans ce *pub*, ni demain à gérer la maison. Mais je ne peux pas avoir ces trois Allie-là sans en faire souffrir au moins une.

— Tu ne le sauras que si tu essaies. En tout cas, depuis hier soir je suis certaine d'une chose : j'aime être dans tes bras, peu importe notre différence d'âge, peu importe ta fortune, ma pauvre petite citadine d'occasion et mes robes payées par mon patron. Je me sens bien, en sécurité. J'angoisse toujours quand je te vois, mais c'est une sensation qui me stimule. J'aimerais m'endormir tous les soirs avec toi. Alors, si Carole est toujours trop présente, je serai patiente, jusqu'à ce que tu sois guéri d'elle. Tes plaies sont profondes, je peux t'aider à les refermer.

— Je ne suis pas certain de pouvoir essayer avec toi, Allie. Tôt ou tard, tu partiras avec quelqu'un qui te ressemble. Tu laisseras le vieux grincheux seul dans son grand manoir.

— Pour l'instant, je suis là et je ne compte pas m'en aller. Je vais nous chercher deux bières. Ne t'inquiète pas, je serai de retour dans quelques minutes à peine, dis-je, moqueuse.

Je l'observe depuis le comptoir : il est pensif, le regard vague, l'air triste. Il m'a fait, malgré tout, une très belle déclaration. Je sens maintenant toute sa fragilité sous sa carapace autoritaire. La face cachée de l'Iceberg n'est que peur, tristesse et sentiment d'abandon. Un psychanalyste s'en donnerait à cœur joie. Je retourne à notre table, je lui tends sa pinte puis fais résonner les deux verres qui s'entrechoquent.

— À une nouvelle soirée en ta compagnie, Dorian. J'espère qu'il y en aura beaucoup d'autres encore.

C'est la première fois que je l'appelle par son prénom. Je vois à son regard qu'il en est amusé. La suite de la soirée se passe bien. Nous abordons des sujets plus légers puis finissons par partir. Nous passons les gardes, lui, caché à l'arrière. Je rejoins la maison la première pour aller l'attendre à son bureau comme convenu. J'entre sans sa permission, je sais qu'il va réagir, j'aime le taquiner en prenant le peu de pouvoir qu'il me laisse. J'entends ses pas. Il s'arrête, certainement surpris de ne pas me trouver devant la porte. Alors qu'il l'ouvre, il me voit presque assise sur son bureau.

— Je ne t'avais pas donné la consigne d'entrer.

— Je sais. J'aime te mettre en colère. Je te défie, tu m'as dit toi-même que tu aimais ça !

Il s'approche, fronce les sourcils et me fixe d'un regard noir. Je ne sais pas s'il plaisante ou s'il est vraiment en colère. La soirée a été forte en émotion, je suis peut-être allée trop loin. Arrivé devant moi, il m'attrape le bras, le sert un peu fort, je grimace lorsqu'en une seconde, il m'embrasse. Rapidement, il retire sa veste et mon pull, me caresse la nuque puis m'enlace un instant. Il ne va pas plus loin, comme une fois de plus, coupé dans son élan. Malgré la frustration, je profite de cet instant en espérant que cette soirée se poursuive.

— Qu'y a-t-il dans cette pièce cachée au fond de ton bureau ?

Je tente d'en savoir plus, curieuse.

— Je suis étonné que tu ne m'aies pas posé la question plus tôt. Viens, je vais te montrer, je ne suis plus à une confidence près.

Nous entrons dans cette chambre. Nous passons du bureau sombre à une moquette beige, une tapisserie claire, avec sur les murs des étagères sur lesquelles sont posés des souvenirs, des photos. Un lit d'enfant occupe un des angles de cette pièce. Je ne comprends pas. Devant mon air interrogateur, il m'explique.

— Je n'ai pas d'horribles secrets à cacher comme tu l'as peut-être pensé. Ma chambre actuelle est celle de mes parents. Cette chambre était la mienne quand j'étais enfant. Mon père voulait m'avoir à ses côtés lorsqu'il travaillait tard le soir. Il pouvait venir me voir si je pleurais. Lorsque je suis devenu adolescent, j'ai changé de chambre. J'occupais la tienne. Je m'étais installé le plus loin possible de mes parents. Quand ils sont partis, j'ai mis tous les souvenirs importants dans cette pièce pour qu'ils ne s'abîment pas, que personne ne les touche.

Je regarde chaque objet avec attention. Sa vie, sa vraie vie, est là devant mes yeux. J'entre dans ses secrets en me sentant privilégiée. Je reste encore quelques instants puis nous quittons cette pièce, ce mausolée d'une vie qui semble n'avoir jamais existé.

— Demain, nous sommes lundi. Il vaut mieux que tu dormes dans ta chambre. Je te verrai dans la journée.

— D'accord. Ne t'enfuis pas cette fois-ci.

— Promis, répond-il le regard bas.

Il m'embrasse, ouvre la porte du bureau et me laisse partir. Une fois dans mon lit, mon téléphone vibre.

— Bonne nuit, Allie.

— Bonne nuit, Dorian.

5 h 15, le réveil est difficile encore ce matin. Je me lève. Il va falloir ranger et nettoyer tout le désordre du Nouvel An. Je vais dans la salle de bain, prends ma douche. Je suis en peignoir lorsque j'entends frapper à ma porte. Claire vient certainement me demander les directives du jour, je lui crie d'entrer.

— Je suis dans la salle de bain, entre Claire.

J'ai à peine terminé ma phrase que je l'aperçois, debout, adossé à la porte. Il est habillé d'un costume, rasé, coiffé, avec ce regard triste que je connais si bien. Mon cœur s'emballe.

— Bonjour, Allie.

— Bonjour.

Je crève d'envie d'aller l'embrasser, mais je me retiens en posant les mains sur les vasques du lavabo comme pour me soutenir en prévision d'un mauvais moment à passer.

— Je voulais te voir, je dois partir.

— Tu m'avais promis.

— C'est pour les affaires, ça n'a rien à voir avec toi, ça n'était pas prévu. J'ai un problème à régler.

— Où vas-tu ?

— Aux États-Unis.

— Combien de temps ?

— Je ne sais pas, trois semaines, peut-être plus.

— Tu plaisantes ?

— Non, Allie, excuse-moi, mais je ne peux pas faire autrement. Je t'enverrai des messages et je t'appellerai.

— Tu pars dans combien de temps ?

— Juste le temps de te prévenir et je pars.

— Je vois. Dorian, ne m'oublie pas.

— C'est impossible, Allie.

Il m'embrasse sur le front, se retourne puis s'en va. Je sais que quelque chose est cassé, parti. Je m'assieds sur le lit en laissant échapper une larme.

Février : nouveau départ

Je descends aux cuisines. Certains employés sont là. Alors que je m'installe avec eux, ils commencent à chantonner la Marche nuptiale[29]. Je baisse la tête, je ne comprends pas pourquoi je me mets dans un état pareil, mais j'ai du mal à contenir mes larmes. Claire le remarque et fait taire les autres. Je bois mon lait chaud, me lève puis quitte la table. Je n'ai plus faim.

— Allez, viens t'asseoir, Allie, on plaisantait, rigole Ian.

— Je sais, je n'ai pas faim, c'est tout.

J'esquisse tant bien que mal un sourire avant de partir rapidement dans ma chambre. Claire m'a suivie. Je suis assise sur mon lit, elle frappe à la porte.

— Entrez.

— Que se passe-t-il, Allie ?

— Je ne sais pas, je n'ai juste pas le moral ce matin.

— Monsieur est parti tout à l'heure. Ça doit être dur pour toi. Vous étiez si mignons avant-hier.

---

[29] Musique composée par Félix Mendelssohn pour l'œuvre de William Shakespeare *Le Songe d'une nuit d'été,* particulièrement prisée lors des mariages

— Ce n'était qu'un jeu de rôle, tu le sais très bien.

— Ça n'en avait pas l'air, Allie. Et je pense qu'il est aussi malheureux que toi en ce moment.

— Tu crois que c'est mal ?

— Non, je crois que vous avez des sentiments l'un pour l'autre. Et que ce jeu de rôle, comme tu l'appelles, n'est pas arrivé par hasard. Maintenant, c'est à vous de décider ce qui est possible ou pas.

— Il ne veut pas de moi. Il joue le mari idéal devant tout le monde et hier soir, il m'a dit qu'il ne voulait pas de moi.

— Tu es certaine de ça ?

— Il m'a dit que nous ne serions jamais un couple. Je pense que c'est assez clair ! J'ai failli coucher avec lui et le lendemain, il s'en va en m'embrassant sur le front.

— Attends, quoi ? Le soir du réveillon ?

Elle s'assied à mes côtés sur le lit.

— Oui, nous avons dormi ensemble dans son lit, l'un contre l'autre, à moitié nus.

— Vous en êtes peut-être arrivés là parce que vous aviez trop bu. Ça ne s'est pas fait, ce qui est plutôt une bonne chose dans ces conditions. Vous êtes attirés l'un vers l'autre et avec le temps vous verrez si vous pouvez être ensemble. Je sais que ce n'est pas facile, mais essaie de l'oublier pendant son absence. Tu comprends ce que j'entends par là ? Bien sûr, tu es chez lui, tu travailles pour lui, mais pense à lui comme ton patron, pas comme l'homme dont tu es amoureuse.

— Je ne suis pas amoureuse de lui, dis-je sur la défensive.

— J'ai du mal à te croire, mais si tu ne l'es pas, ça ne sera que plus facile. Profite de son absence, pars quelques jours en France, sors avec nous un samedi soir. Occupe-toi l'esprit, tu verras, ça ira mieux. Si tu as besoin d'en parler, je suis là.

— Merci, Claire.

Elle se lève puis quitte la chambre. Je finis de me préparer, sèche mes larmes et descends travailler. Le soir, un texto apparaît sur mon téléphone.

— Je suis arrivé. Je pense à toi.

— La maison est vide sans toi, reviens vite.

Pas de réponse. Je plonge sous ma couette et tente de penser à autre chose, en vain. Ma nuit est longue, je ne parviens pas à le sortir de ma tête. Le réveil sonne, je n'ai pas fermé l'œil.

Il est 5 h 15. Dorian n'est pas là. Je suis en charge de la maison. Comme lors des périodes d'absences précédentes, le personnel et moi-même reprenons un rythme plus léger. Je décide également de ne plus déposer de rapport sur son bureau comme Monsieur le souhaite habituellement. D'une part, parce que je ne veux plus entrer dans son bureau pour l'instant. J'y ai trop de souvenirs devenus maintenant douloureux. D'autre part, je ne vois pas l'intérêt de lui confirmer que nous avons fait le ménage trois semaines de suite et que tout s'est bien passé. Il y a aussi certainement une troisième raison. En rentrant, il verra sur ses caméras de « surveillance » que je n'y suis pas entrée une seule fois, même pas pour vérifier la propreté des lieux. Il pourra, à nouveau, dire que je le défie.

Les jours se suivent et se ressemblent. Je reçois quelques messages sans importance.

— Est-ce que tout va bien à la maison ?

— Oui et toi, comment vas-tu ?

— Bien, merci.

— Tu me manques.

Le décalage horaire rend souvent les conversations compliquées. Je vois les messages en me levant. La plupart du temps ses réponses et les miennes sont espacées de plusieurs heures. Plus les jours avancent, plus nos échanges se raréfient. Ils sont de plus en plus banals aussi. Il tient sa promesse tant bien que mal.

Le premier samedi, je sors avec mes collègues. Nous allons au *pub*. Heureusement, ils n'ont pas choisi celui où nous étions allés avec Dorian. Je me fais même draguer par un jeune homme. Je profite de ma soirée ainsi que des compliments de cet inconnu. Claire me regarde en souriant. Elle m'encourage à passer à autre chose. Son soutien discret me fait du bien depuis le départ de Dorian.

Je décide de rentrer en France vendredi prochain et d'y rester jusqu'à mardi. Je n'ai pas le droit d'après le règlement, mais Monsieur n'est pas là, et j'en ai besoin. Il me dira ce qu'il veut quand je reviendrai ou plutôt quand il reviendra. Sur les conseils avisés de Claire, je ne prends pas mon téléphone, ma ligne directe avec Dorian. De toute façon, il est parti depuis à peine quinze jours. Pourtant je ne reçois quasiment plus de messages. Je lui en enverrai un vendredi et un autre mardi en rentrant.

Nous sommes vendredi. Je suis prête, pas de message ce matin. Finalement, je décide de ne pas lui en envoyer non plus. Je prends ma valise avant de descendre. La dernière fois que je suis montée dans ma voiture, Dorian était là, caché sur ma banquette arrière. Je démarre la boule au ventre, dépasse les gardes et regarde s'éloigner la maison dans mon rétroviseur comme si je quittais ce lieu pour toujours.

Mardi soir, il est 23 heures, heure locale. Après une longue route, me voilà de retour dans cette chambre qui est la mienne depuis presque un an. Je rallume mon téléphone, il vibre.

— Je prolonge mon séjour d'une semaine.

Son message date de dimanche. Il n'y a pas de question, pas de « comment vas-tu ? ». Je n'ai pas répondu depuis deux jours, ça ne semble pas l'inquiéter. Je ne réponds pas.

Mercredi matin, j'annonce à mes collègues présents au petit-déjeuner que Monsieur ne rentrera que dans deux semaines et je laisse un mot sur le tableau d'affichage. Notre vie continue, avec ou sans le maître des lieux.

Fin janvier, nous sommes dimanche, je n'ai pas eu de message depuis quinze jours. Je n'ai pas non plus répondu au dernier.

— Je serai de retour mercredi en fin de journée. J'enverrai les heures de vol à James pour qu'il me récupère.

— Très bien.

J'hésite à écrire « Monsieur ».

Mercredi soir, je suis dans ma chambre. Je n'ai pas l'intention d'aller l'accueillir. Il parviendra bien à me faire savoir s'il veut quelque chose. Après tout, il sait où me trouver en plus de connaître mon numéro. Il ne s'en sert d'ailleurs plus que pour le fonctionnel.

Il est minuit. Il n'est pas venu, il ne m'a pas envoyé de message. Je sais qu'il est là et ça me tue de ne pas descendre l'embrasser. Claire a peut-être raison : j'ai des sentiments pour Dorian. Malheureusement, un mois n'a pas été suffisant pour l'oublier.

Jeudi, je ne l'ai pas croisé de la journée. Je suis devant son bureau, à l'heure habituelle. Je pense à notre baiser, juste là, le champagne qui coule de ma main sur le sol. Il m'autorise à entrer. Il a l'air sombre, comme son bureau. Le regard froid, les sourcils froncés, il s'adresse enfin à moi.

— Bonjour, Allie.

— Bonjour, Dorian.

— Allie, tu n'as déposé aucun rapport sur mon bureau pendant mon absence.

— Non.

— Pourquoi ?

— C'était inutile, tu n'étais pas là.

— Tu n'es pas venue vérifier le travail des femmes de ménage non plus.

— Non, je leur fais confiance.

— Est-ce qu'il y a d'autres choses que je devrais savoir ?

— Peut-être, demande à tes caméras.

— Allie, ce n'est pas un jeu. Tu ne peux pas décider de vérifier le travail à ta guise. Tu ne peux pas laisser ton équipe cinq jours pour rentrer chez toi. Tu as un règlement à suivre. Tu gères la maison, mais tu ne décides pas.

— Je vois que tu es bien renseigné. Encore un système d'espionnage ?

— Tu ne peux pas me parler sur ce ton, je suis toujours ton patron !

Il s'est levé, les poings fermés sur son bureau, il hausse la voix.

— Arrête de te conduire comme une adolescente, j'ai autre chose à faire que de gérer tes humeurs de petite fille. Alors dorénavant, tu reliras ton contrat ainsi que le règlement que Marie t'a donné et tu t'y tiendras à la lettre. C'est clair ?

— Très clair, MONSIEUR !

Je pars, furieuse, des larmes coulent sur mes joues. Je croise le regard de Claire dans le couloir. Je pense qu'elle a entendu ou plutôt écouté notre conversation. Elle ne comprend pas le français, mais les cris devaient donner le ton. Je monte l'escalier en courant, m'enferme dans ma chambre, m'allonge sur le lit et pleure toutes les larmes retenues depuis des semaines. Quelques minutes plus tard, je parviens à me calmer. Il a sorti ce qu'il avait sur le cœur, mais pas moi. Il a raison. Il est mon patron et je dois respecter les règles. Mais je ne veux pas en rester là. Moi aussi je dois lui dire ce que je pense. Je me sentirai mieux et je pourrai redevenir sa gouvernante ni plus ni moins. Je me lève sans réfléchir. Mes yeux sont rouges, mon mascara a coulé, mais je n'y touche pas. Je descends d'un pas décidé et arrive devant la porte de son bureau. J'enfreins la règle d'or en entrant sans sa permission. Il lève la tête, il est au téléphone.

— I'll call you back[30].

— Dorian, si tu voulais que je respecte tes petites règles, il fallait en respecter une très simple : ne pas te servir de moi telle une chose que l'on prend et que l'on jette. Je ne suis pas ton jouet et je ne suis pas non plus la plus immature des deux. Regarde-toi ! Incapable d'être gentil ou agréable plusieurs jours de suite. Incapable de m'envoyer un message pour me demander si je vais bien, alors que deux jours avant j'étais dans ton lit. Si tu ne veux plus de moi, dis-le ! Appelle-moi depuis les États-Unis, romps avec moi, comme un homme. Tu te comportes comme un lâche incapable d'assumer ses sentiments. Tu joues avec moi, tu joues avec tes amis, tu leur mens, car tu as trop peur de ce qu'ils pensent de toi et tu te mens à toi-même. Ça fait presque vingt ans que ton frère est parti avec Carole, vingt ans ! Grandis un peu, si tu as raté ta vie amoureuse, ce n'est pas à cause d'eux, mais parce que tu refuses d'avancer. La dernière fois, au *pub*, tu m'as confié que tu ne voulais pas me perdre, mais ouvre les yeux, tu me jettes dehors, c'est tout ce que tu es en train de faire. Parce que TES « humeurs d'adolescentes » commencent réellement à me fatiguer. Je

---

[30] Je te rappelle

suis écœurée, tu n'as que la tête du prince charmant. En réalité même un crapaud est plus sympathique que toi.

Je pars en claquant la porte. Il m'a regardée droit dans les yeux pendant tout mon monologue, impassible. Je rejoins ma chambre, essoufflée. Je n'ai plus d'autres choix après ce que je viens de lui dire : je dois m'en aller. Je fais rapidement ma valise, laisse les robes dans l'armoire et jette mon téléphone professionnel sur le lit. Je me précipite jusqu'au garage, je ne veux croiser personne. Je préviendrai Claire plus tard par message. Je démarre, dépasse les gardes qui m'observent, surpris. Il fait nuit, ils n'ont pas dû voir mes yeux rouges, j'accélère. Deux miles plus loin, je m'arrête sur le bord de la route et m'effondre en larmes. Je suis venue ici pour oublier un homme, je repars pour en oublier un autre. Je me sens stupide et j'ai mal au cœur, cette douleur que l'on ressent lorsque l'on perd quelqu'un. Je respire difficilement entre deux sanglots lorsqu'une ombre apparaît à ma vitre. Je sursaute. Je lève les yeux, il se tient debout dans le noir, sous la pluie. Il ouvre ma portière puis s'accroupit à côté de moi.

— Allie, tu ne peux pas partir. Je ne veux pas te perdre. Je me suis conduit comme un idiot, je le reconnais, mais toi et moi, ça ne fonctionnera pas. Tu as vu dans quel état tu es aujourd'hui ? Imagine le mal que je peux te faire en si peu de temps. Reste au domaine, nous avons besoin de toi. J'ai besoin de toi. Promis, je ne jouerai plus avec toi, tu seras ma gouvernante et tu n'auras pas d'autre rôle même pendant les soirées. Tu avais raison, c'était une mauvaise idée. Je trouverai une solution pour arranger ça. C'est tout ce que je peux te proposer, mais je ne veux pas que tu partes.

L'eau coule sur son visage.

— Allie, s'il te plaît ?

— Je ne sais pas. C'est dur pour moi.

— Je sais, je suis comme toi, c'est dur pour moi aussi, mais c'est à nous de mûrir un peu. Nous ne sommes pas bons l'un pour l'autre. Nous sommes toxiques.

— Je ne pourrai plus t'appeler Monsieur ni faire semblant que rien ne s'est passé.

— Très bien, nous continuerons à nous tutoyer. Tu es ma gouvernante, nous avons une relation professionnelle de confiance, ce n'est pas impensable que nous nous tutoyions. Tu n'auras pas à faire semblant que rien ne s'est passé. Nous étions conscients de ce que nous faisions. Nous devons juste revenir à une relation plus professionnelle.

— Ça a l'air si simple.

— Mais ça l'est, Allie.

— Je ne peux pas balayer les sentiments que j'éprouve pour toi en quelques secondes. C'est impossible.

— Je ne te le demande pas. Ils disparaîtront au fur et à mesure. Tu sais, ce n'est qu'une habitude à perdre.

— Comment va-t-on passer les gardes ?

— Ce sont eux qui m'ont prévenu de ton départ. Nous vivons tous ensemble, ils ont été témoins de ce qui se passait entre toi et moi. Je pensais pouvoir garder cela secret, mais a priori, je n'y suis pas parvenu.

— Surtout quand tu m'embrasses à minuit devant tout le monde.

Il sourit.

— Alors, tu rentres avec moi ?

Je fais semblant de réfléchir.

— Allie, s'il te plaît, rentre avec moi. Je suis déjà quasiment à genoux, que veux-tu de plus ?

J'ai envie de lui répondre que je le veux lui, mais je m'abstiens.

— D'accord. Mais Dorian, ne me fais plus souffrir.

— Promis.

Nos deux voitures se suivent. Il est derrière moi, comme pour être certain que je ne change pas d'avis. Nous passons la porte d'entrée ensemble. Charles nous observe, j'aperçois Claire également dans la pénombre du couloir.

— Allie, j'aimerais que tu m'accompagnes dans mon bureau, s'il te plaît.

Je le suis. Il m'ouvre la porte, m'invite à entrer.

— Assieds-toi. Je voulais te prévenir. Mon passage n'était que furtif, je dois repartir lundi. Je te laisse gérer la maison. Je vais m'absenter au moins quinze jours. J'informerai James des modalités de mon retour. J'ai constaté que les souplesses que tu avais prises depuis ton arrivée et encore ce mois-ci, n'avaient pas altéré la qualité de l'entretien, mais aussi que le personnel semblait plus détendu et moins fatigué. Je te laisse donc gérer à ta guise. Ne prends pas trop de libertés non plus. Je te tiendrai informée s'il y a des changements.

— D'accord, tu peux me faire confiance.

— Je sais, Allie.

Notre entretien terminé, je quitte le bureau.

— Allie ?

— Oui ?

— Merci.

Il me sourit timidement, conscient qu'il s'est dévoilé encore un peu plus ce soir.

Nous faisons de notre mieux durant les quelques jours nous séparant de son départ, mais les plaies sont toujours ouvertes, la cohabitation semble cependant possible. Il part, assis à l'arrière de la limousine. J'attrape mon téléphone.

— Bon voyage, Dorian.

— Merci, Allie. À très bientôt. *Take care*[31].

— I will[32].

Nous n'échangeons pas d'autre message pour les prochains jours. Je me sens plus légère que lors de son dernier voyage. Mes sentiments sont toujours là, mais je ne l'ai pas perdu, du moins pas totalement.

— Allie, changement de plan. Je reste encore deux semaines.

— Très bien, tout sera prêt pour ton retour.

Il me manque, je suis pressée qu'il rentre. Je sais que nous serons professionnels, mais le voir en tant que patron est mieux que de ne pas le voir du tout.

Ces quinze jours me paraissent une éternité. Nous sommes lundi, James est parti à l'aéroport. Je suis prête, maquillée, coiffée. J'aperçois la limousine, elle s'arrête

---

[31] Prends soin de toi

[32] Je le ferai

devant le grand escalier. Je me précipite vers la porte. Charles ouvre.

— Bonjour, Monsieur.

— Bonjour, Charles. Charles voici Suzanne et Enzo. Ils vont rester avec nous quelque temps.

Qui ? J'aperçois un enfant, je lui donne environ trois ans. Il est accompagné d'une belle femme. Elle doit avoir entre 35 et 40 ans.

— Claire, pouvez-vous accompagner Suzanne et Enzo dans le salon, s'il vous plaît ? Suzanne vous donnera les instructions pour le repas du petit.

— Très bien, Monsieur.

— Allie, puis-je vous voir ? Je veux dire te voir, me demande-t-il en français.

Suzanne et Dorian échangent un regard. Il baisse les yeux.

Nous marchons silencieux jusqu'à son bureau. Il entre, je le suis.

— Bonjour, Allie. Comment vas-tu ?

— Bien merci, et toi ?

— Je vais bien, merci. Allie, Suzanne et son fils vont rester avec nous quelque temps.

Il reprend mot pour mot la phrase dite à Charles, comme s'il avait répété son texte.

— Très bien. Qui sont-ils ? Je n'ai pas vu de fiches à leur nom.

— Je les ai rencontrés dernièrement. Suzanne est Écossaise, mais elle voyage beaucoup pour son travail.

— D'accord. Vous êtes ensemble, c'est ça ?

— Allie, ce n'est pas si simple.

— Si, Dorian. Ça l'est. Vous êtes ensemble ou non ? C'est aussi simple que ça. Où va-t-elle dormir ?

— Avec moi.

Il baisse les yeux.

— Très bien. Où dois-je installer Enzo ?

— Pour l'instant, installe-le dans mon dressing, la pièce est grande. Nous devrions pouvoir mettre un petit lit au centre, répond-il, honteux.

— Très bien, je m'en occupe.

Je réponds aussi froidement que possible. Je quitte son bureau, la cicatrice encore fraîche s'est rouverte. Ma plaie est profonde et saigne, mon chemisier blanc est rouge sang et je suis la seule à le voir. Je n'avais pas prévu ça.

Mars : nouvelle venue

Tant bien que mal, je m'habitue à la présence de nos nouveaux invités. Je dois m'adresser à Suzanne en disant Madame. Enzo est un enfant-roi, écouté et jamais puni. Il fait ce qu'il veut. Les femmes de ménage le suivent à la trace. Pendant que Suzanne et Enzo prennent tranquillement possession des lieux, je fais bonne figure le jour et pleure le soir. Il y a quelques semaines à peine, j'étais dans ses bras. Cette Suzanne débarque d'on ne sait où, non seulement dans sa vie, mais aussi dans son lit et s'installe entre ses murs. Je ne suis qu'une idiote. Dorian a été clair : il me veut comme gouvernante. Je devrais être contente pour lui, il a peut-être enfin trouvé la bonne personne, même si je ne peux m'empêcher d'en douter. Après tout, nous n'avons échangé que quelques baisers lui et moi. Il ne me doit rien.

Je me sens de nouveau très seule depuis plusieurs semaines. Les conversations avec Dorian se réduisent au minimum puisque je le croise assez peu en-dehors de notre rendez-vous quotidien dans son bureau. Nous restons très professionnels et il me sourit chaque jour comme pour me dire « Pardonne-moi ». Nous sommes d'ailleurs souvent interrompus par Suzanne ou Enzo, qui arrivent à l'improviste. Claire est davantage sollicitée par Dorian qui communique principalement avec elle, dorénavant. Elle est également très demandée par Madame et son fils, qui s'en donnent à cœur joie pour la rendre folle. Je dois bien avouer que je fais le maximum pour ne pas les croiser. Je soupçonne d'ailleurs Claire de prendre sur elle pour m'éviter d'avoir affaire à eux, ce qui m'arrange parfaitement. Laure est occupée par son travail en France et je n'ai pas voulu lui parler de tout ça. Je ne suis pas très fière de toute cette situation, comme si j'avais fait quelque chose de mal.

Un dîner est organisé pour présenter Suzanne aux Williamson à peine trois semaines après son arrivée. Dorian et moi convenons bien sûr que je devrai rester discrète et laisser Claire en charge de l'accueil ainsi que du service. Les invités sont là, je ne me montre pas. Installée dans mon bureau, je relis les fiches que je connais maintenant par cœur. Je mets à jour mon profil sur différents sites de recherche d'emploi en France et tente, en vain, de rédiger un nouveau CV. Mon humeur est aussi maussade que le vent et la pluie qui tombe dehors. Mon téléphone professionnel, posé sur la table, ne vibre pas. Elles sont loin ces soirées où Dorian m'envoyait des messages. Perdue dans mes pensées, je sursaute lorsque quelqu'un frappe à ma porte. Je me lève pour aller ouvrir. Monsieur Williamson se tient devant moi.

— Ma douce Allie ! J'étais certain que vous n'étiez pas partie.

— Monsieur Williamson, que faites-vous là ?

— Vous le savez bien, je dîne avec Dorian et son nouveau passe-temps.

Je souris, amusée. Il fait quelques pas dans le couloir, je le suis.

— Je me doutais que vous seriez encore là. Vous n'êtes pas du genre à quitter le navire même lorsqu'il fait naufrage.

— Pourquoi dites-vous cela ?

— Oh pour rien, pour rien…

Il s'arrête devant les grands tableaux de famille.

— Vous savez Allie, sa froideur, son immaturité, son incapacité à aimer quelqu'un, ce n'est qu'une couverture. Notre Dorian vieillit et malheureusement, il fait des choix qui sont plus du ressort de la raison que des sentiments. Ce sont ces mêmes sentiments qui ont été comme enfermés dans l'un de ces tableaux lorsqu'il était plus jeune. Il faut juste trouver la lame qui transpercera la toile et les lui rendra.

— Vous devriez parler de tout ça avec Suzanne.

— Peut-être. Bon, je dois rejoindre mon épouse, le prince et sa dulcinée.

— Bonne soirée, monsieur Williamson.

Il fait quelques pas, s'arrête puis s'adresse à nouveau à moi.

— Allie, savez-vous comment s'appellent les demi-sœurs de Cendrillon en français ?

— Anastasie et Javotte.

— Anastasie, c'est beaucoup trop joli, Javotte me paraît plus adapté.

Il me regarde, rieur, j'esquisse un sourire. Je comprends son allusion et suis flattée de cette comparaison plus avantageuse pour moi que pour Suzanne.

— Ravi de vous avoir revue. J'espère vous croiser à l'anniversaire de Dorian.

— L'anniversaire de Dorian ?

— Oui, il prétend qu'il s'agit de la fête du printemps. Il n'aime pas que les gens connaissent la date de son anniversaire. Mais en réalité, tous les ans, il l'organise le week-end suivant le 27 avril.

— Je ne savais pas.

— Personne ne le sait, cette année il fête ses 40 ans. Bien entendu, cela reste entre nous – Il marque une pause en m'observant – Je le comprends. En robe comme en uniforme, vous êtes décidément très charmante. Bonne soirée, Allie.

— Merci, bonne soirée monsieur Williamson, dis-je, les joues rouges.

— Appelez-moi Hadrien !

Il s'éloigne sans se retourner. Je reste là, à contempler les tableaux de famille. Il y en a plusieurs de Dorian. Il est jeune, beau et souriant sur chacun d'entre eux. Au bout de quelques minutes, je rejoins doucement mon bureau. Je tente de comprendre ma conversation avec monsieur Williamson, Hadrien.

Nous sommes le dernier vendredi de mars, je suis avec Dorian dans son bureau.

— Allie, nous partons demain pour l'Écosse. Nous allons voir la famille de Suzanne. Nous resterons plusieurs semaines. Nous serons de retour avant notre soirée du 3 mai. Je te laisse l'organiser comme l'année dernière.

— Aucun problème, je m'en occupe.

— Allie, il y aura beaucoup de personnes à accueillir, ta présence sera nécessaire. Pense à porter ton uniforme cette fois-ci.

Il baisse la voix comme pour moins me blesser. Je hoche la tête avant de quitter la pièce sans un mot. Je suis vexée, cette soirée va être un calvaire. Ses amis vont rencontrer Suzanne et ils me verront dans mon uniforme.

Je les entends partir le lendemain, mais ne bouge pas. Je suis soulagée de leur départ, la situation n'a rien d'évident pour moi. J'envisage sérieusement de quitter les lieux. Je dois trouver un autre emploi rapidement. C'est décidé, je ne peux pas rester en espérant que Dorian parte régulièrement en voyage loin du domaine avec Suzanne. Je n'ai plus ma place ici, il m'a déjà remplacée dans son lit ainsi que dans le travail. Claire se voit confier de plus en plus de missions et elle saura très bien prendre le relais. Je m'attelle sérieusement à mes recherches. Impossible d'imaginer quitter les lieux sans un plan B. J'entends déjà les « On te l'avait bien dit ! » de mon entourage au grand complet. Ma dernière tâche sera certainement l'organisation de l'anniversaire de Dorian. Alors je m'y mets progressivement, un pincement au cœur. Il est définitivement très secret. Je repense à mon arrivée ici, le stress de l'organisation du gala, ma robe noire, ses yeux magnétiques, ses humeurs, sa main sur ma peau, son odeur lorsqu'il me portait jusqu'à ma chambre. C'est étrange comme cette année est passée vite et comme tant de choses ont changé.

Avril : grande nouvelle

Dimanche soir, il est presque minuit, impossible de dormir. Je descends chercher quelque chose à manger. Je prends une tranche de pain de mie, j'y mets un peu de pâte à tartiner puis repars. Je déambule sans but dans la maison. Tout est calme. Le fantôme est absent, lui aussi m'a abandonnée. Les lumières extérieures laissent suffisamment de lueurs pour que je me déplace sans problème dans la pénombre. Je m'assieds un instant sur le canapé du petit salon. En quelques secondes, les souvenirs reviennent : avril, il me caresse le dos, me prend dans ses bras ; le Nouvel An, ses lèvres sur les miennes, son corps appuyé contre le mien. J'aurais tellement aimé que nous devenions un couple, mais Dorian doit avoir raison. Nous ne sommes pas faits pour être ensemble. Je ne suis que sa gouvernante et seize ans nous séparent. L'idée de la présence de Suzanne devient de plus en plus difficile à supporter, je dois absolument partir d'ici. Cette pensée m'attriste. Je me suis attachée à ces lieux ainsi qu'à leurs habitants, tous, pas seulement Dorian. Je me relève le cœur lourd. Il est temps d'aller dormir. J'arrive dans le couloir et manque de le percuter. Il sursaute.

— Allie ? Tu m'as fait peur !

— Dorian, qu'est-ce que tu fais là ?

— J'avais du travail, je suis rentré plus tôt. Qu'est-ce que tu fais seule dans le noir ?

— Je n'arrive pas à dormir, dis-je coupable de mes pensées précédentes.

— Tu veux venir faire le tour du jardin avec moi ? En toute amitié, demande-t-il le regard plein de tendresse.

J'hésite. J'en meurs d'envie, bien sûr.

— Si tu veux, ça m'aidera peut-être à trouver le sommeil ensuite.

Nous marchons en silence. Seul le bruit de nos pas sur le gravier résonne. Il ne pleut pas, mais la nuit est sombre, la lune est cachée. Les lampadaires de la terrasse nous éclairent, tamisant de plus en plus leur lumière au fur et à mesure que nous avançons.

— Tu n'as pas peur ? s'inquiète-t-il.

— De toi ? Non !

— Non, d'être dehors la nuit.

Je repense à notre balade de novembre à la tombée du jour et à ma chute de cheval.

— Tu me défendras contre les monstres s'ils nous attaquent.

— Je ne sais pas, répond-il l'air sérieux.

Je lui donne un léger coup de coude. Il rit puis me prend la main.

— Allie, pourquoi l'amour est si complexe ?

— Je ne sais pas, je n'ai jamais été douée pour ça.

— Tu as déjà aimé pourtant. Pourquoi penses-tu que tu n'es pas douée ?

— Je n'ai aimé que des hommes toxiques, tu te souviens ?

— Tu en as aimé beaucoup ?

— Deux, je crois.

— Tu crois ?

— Oui, l'amour reste abstrait. Comment peut-on être certain que l'on aime quelqu'un d'amour ? Peut-être qu'un jour, quand je serai avec l'homme de ma vie, les sentiments que j'ai éprouvés jusqu'ici pour d'autres hommes me paraîtront dérisoires.

— Qui est le deuxième ? Le premier est Anthony, je suppose.

J'ai envie de le prendre dans mes bras, de l'embrasser, de lui dire qu'il est le second, mais je n'ose pas.

— Un homme qui n'a plus d'importance aujourd'hui. Et toi, combien de femmes as-tu aimées ?

— Je ne sais pas. Tu crois que l'on peut aimer deux personnes différemment ?

— J'en suis certaine.

— Comment sait-on que nous avons trouvé la bonne personne ?

— Je ne sais pas, Dorian. Tu es l'ancien, n'oublie pas, c'est à toi de m'apprendre ce genre de choses.

Silencieux, nous poursuivons notre balade avant de rentrer sans allumer les lumières, comme si la pénombre était la gardienne de cet instant suspendu. Nous nous quittons en bas de l'escalier. Il libère progressivement ma main, ses yeux plongés dans les miens, comme pour faire durer ce moment, cette pause hors du temps. Il a de nouveau l'air triste. Je monte dans ma chambre puis finalement m'endors.

Les jours passent alors que l'organisation de la fête du printemps avance. Dorian et moi sommes plus détendus en l'absence de Suzanne. Nous restons toujours très professionnels excepté lors de cette promenade nocturne où nous avions marché main dans la main.

Dix jours avant la soirée, Dorian m'annonce que nous serons plus que prévu.

— Suzanne pense qu'il serait bien d'inviter quelques membres de sa famille ainsi que quelques-uns de ses amis. Ce sera l'occasion pour moi de les rencontrer, m'informe-t-il non sans gêne.

— Combien seront-ils ?

Je prends un air détaché, comme insensible.

— Une trentaine, je pense.

— Ah d'accord. Je vais devoir changer mes commandes et le nombre de serveuses, dis-je factuelle.

— Certains resteront dormir, il faudra préparer les chambres. Merci pour ton aide.

— Je suis là pour ça.

Je réponds, trop professionnelle pour être sincère alors qu'il me regarde comme un petit garçon qui a fait une bêtise et qui tente désespérément de se faire pardonner. Je quitte son bureau, à destination du mien afin de faire les modifications nécessaires. Je me plonge dans mon travail comme pour oublier la douleur.

Suzanne arrive quatre jours plus tard. En terrain conquis, elle donne des ordres à chaque membre du personnel qu'elle croise, moi y compris. Le samedi, elle me fait appeler dans la chambre de Dorian, leur chambre.

Je n'y suis pas retournée depuis le Nouvel An et je ne suis pas ravie de devoir y aller pour la voir dans ce qui est devenu leur nid d'amour.

— Allie, détruisez ceci.

Autoritaire, elle me tend ma guêpière.

— Je l'ai trouvée dans un des tiroirs de Dorian. Une femme certainement très vulgaire a dû la porter pour le séduire. Cette maison étant sur le point de devenir ma résidence principale, il n'a plus besoin de cela.

— Très bien, Madame.

Je quitte les lieux. Elle y a ajouté des bougies, des photos, de nouveaux coussins. Je rejoins rapidement ma chambre et range la guêpière dans mon armoire, bien cachée au fond de ma valise. Avec tous ces événements, j'avais oublié qu'elle était dans sa chambre.

Le lendemain, nous sommes le 27, Dorian a 40 ans. Je ne suis pas censée le savoir, mais je veux trouver un moyen discret de lui souhaiter un joyeux anniversaire. Je décide de lui écrire un mot.

Dorian,

Ne sachant pas quoi offrir à un homme qui peut tout s'offrir, je me contente de t'écrire ce petit mot. Peu importe l'âge que nous avons tant que nous en faisons bon usage.

Tu sembles avoir trouvé la seule chose qui te manquait, l'Amour. Je souhaite que tous tes vœux se réalisent.

Tu es le Prince le plus Charmant que je connaisse, tu ne dois jamais en douter.

Un très joyeux anniversaire. Je t'embrasse.

Allie.

Ce n'est pas grand-chose, mais je veux qu'il ait un souvenir de moi. Pendant que Dorian dîne au restaurant avec Enzo et Suzanne, j'entre discrètement dans son bureau. Je ne sais pas où sont les caméras, mais j'espère qu'il me verra. J'avance doucement jusqu'à son bureau, je ne peux pas laisser mon message à la vue de tous. Je décide de le mettre dans le premier tiroir. Je l'ouvre, y dépose une enveloppe sur laquelle j'ai simplement écrit « Dorian ». Je referme le tiroir, laisse ma main glisser sur le bois du meuble puis sors de la pièce.

Il est 2 heures du matin, la sonnerie d'appel de mon téléphone retentit pour la première fois depuis un an. Je me réveille, décroche interloquée alors que j'entends sa voix.

— Allie ?

Encore endormie, je réponds, la voix embuée.

— Oui.

— Tu dormais ?

— Oui.

— Excuse-moi, rejoins-moi sur le toit, s'il te plaît.

— Mais Dorian, il est 2 heures du matin !

— S'il te plaît…

J'enfile un jeans et un pull, mon manteau, ainsi que mes Converse avant de monter sur le toit. Il est là, assis sur le bord.

— Que se passe-t-il ?

— J'ai eu ton mot.

— Un simple texto avec écrit « Merci » aurait suffi.

Il ne m'écoute pas.

— Suzanne ne doit pas savoir que l'on se voit.

— Je ne lui dirai pas, comme je ne lui ai pas avoué que la guêpière qu'elle me demandait de détruire, était la mienne.

— Elle a fait ça ?

— Oui, elle l'a trouvée dans ta chambre. Pourquoi tu m'as demandé de venir ici ?

— Comment as-tu su pour mon anniversaire ?

— Hadrien me l'a dit l'autre jour.

— Quand ?

— Lors de votre dernier dîner.

— Tu ne devais pas le voir.

— C'est Hadrien qui est venu me voir dans mon bureau. Il est très gentil avec moi. Tu m'as réveillée juste pour ça ?

Je m'agace légèrement malgré le plaisir de partager quelques secondes avec lui.

— Allie, je suis perdu.

— À quel sujet ?

— À ton sujet.

— Moi ?

— Je crois que je suis amoureux de toi.

Je suis bouche bée.

— Je pense à toi en permanence, je suis content quand je te croise, j'essaie de te regarder discrètement la journée, sans que tu t'en aperçoives. Je me lève toutes les nuits au cas où tu aurais une insomnie et descendrais l'escalier. Suzanne se doute de quelque chose, mais je ne pense pas qu'elle ait compris.

Je reste silencieuse.

— Dis quelque chose, Allie, s'il te plaît.

— Je ne sais pas quoi te dire.

— Est-ce qu'en janvier, si je t'avais demandé de vivre avec moi, tu aurais accepté ? Pas en tant que gouvernante, bien sûr.

— En tant que quoi ?

— Tu as compris, Allie, ne rends pas les choses plus difficiles.

— Non Dorian, je veux être certaine de bien comprendre ce que tu essaies de me dire. En tant que quoi ?

— En tant que mon amie, ma compagne.

Je baisse la tête en tentant de retirer le sourire qui s'affiche sur mon visage.

— Je crois.

— Tu crois ?

— Oui Dorian, je serais restée.

— Tu avais des sentiments pour moi ?

— Je les ai toujours.

Il s'approche, me prend les mains puis m'embrasse. Je reste pendue à ses lèvres, mon cœur s'emballe, mes jambes se dérobent. Quelques gouttes de pluie commencent à tomber sur nos visages, comme pour nous rappeler à l'ordre. Nous rentrons à l'abri dans ma chambre. Il s'assied sur le bord de mon lit. Je m'installe contre le dossier alors qu'il me rejoint. Je me blottis dans ses bras. Nous restons sans bouger un bon moment, silencieux, détendus, comme deux adolescents insouciants, ravis de partager cet instant secret, ignorant totalement les épreuves que la vie leur réserve.

— Je ne peux pas le lui annoncer avant la réception. J'attendrai que les derniers invités soient rentrés chez eux. La semaine prochaine, toi et moi, nous reprendrons tout à zéro. Je t'emmènerai dîner avec la limousine. Je te ramènerai jusqu'à la porte de ta chambre devant laquelle je t'embrasserai timidement pour te souhaiter bonne nuit.

— Je ne suis pas certaine que je te laisserai faire !

— Je te supplierai, s'il le faut. Je dois retourner me coucher, ne te sauve pas.

— C'est toujours toi qui pars. Tu m'embrasses et tu t'enfuis.

— Ça n'arrivera plus, promis. Allie ?

— Oui ?

— Hadrien t'a dit autre chose ?

— Oui, il voulait que je t'aide à retrouver tes sentiments.

Il sourit comme si cette phrase avait un réel sens pour lui.

Cette semaine me semble interminable. Je ne peux m'empêcher de sourire lorsque je pense à Dorian. Malgré tout, je supporte difficilement de savoir qu'ils sont là tous les deux, en couple sous ce même toit. J'évite au maximum de croiser Suzanne. Les nuits sont les pires. Je les sais couchés l'un contre l'autre et cette pensée m'est insupportable, surtout depuis que Dorian m'a avoué ses sentiments. Plus que quelques heures avant que Dorian et moi ne soyons enfin ensemble pour de bon.

Jour J, nous y sommes. Je suis sur la terrasse, vêtue de mon uniforme. Tout est en place. Dorian m'a évitée toute la matinée, se volatilisant à chaque fois que nous devions voir ensemble quelques derniers détails. Il y a une heure, il a tenté de me parler, mais Suzanne est arrivée, l'obligeant à changer de sujet. J'espère qu'il ne fait pas marche arrière, une fois de plus. Je tente de rester focalisée sur l'événement.

Charles accompagne les premiers invités. Suzanne et Dorian les accueillent comme il se doit. Je reste en arrière-plan, la tête baissée, comme concentrée sur ma tâche. J'espère que personne ne va me reconnaître. Quasiment une heure plus tard, je suis rassurée. Mon uniforme semble me rendre invisible, aucun invité ne m'a reconnue. J'aperçois Hadrien. Il s'approche de moi.

— Bonjour, Allie, comment allez-vous ?

— Bien, merci. Et vous ?

— Je vais bien. Vous m'avez dénoncé !

— Excusez-moi, mais je n'ai pas pu m'empêcher de le lui souhaiter.

— Tant mieux. Il a besoin de savoir qui sont ses vrais amis. Javotte n'est pas trop insupportable ?

— Qui ? Ah pardon, non, ça va.

— Vous pouvez me dire la vérité, vous savez. Je vais vous révéler ce que je pense de notre nouvelle amie. Elle est hautaine, prétentieuse et très certainement de ces femmes intéressées.

— Ne dites pas ça.

— Dorian est un idiot ! Vous êtes bien mieux qu'elle. Ne rougissez pas, il m'a expliqué votre petit jeu. Il aurait mieux fait d'arrêter de jouer et d'officialiser les choses ! Je vous laisse Allie, Javotte approche.

— Un problème Hadrien ?

— Non, tout va bien, très chère. Je saluais une amie. À très bientôt, Allie.

— Bonne soirée, Hadrien.

Suzanne me regarde, surprise.

— Vous appelez monsieur Williamson par son prénom, vous prenez vos aises !

— C'est lui qui me l'a demandé, Madame.

— Allie, je ne sais pas ce que vous manigancez, mais vous n'êtes pas chez vous ici. Dorian n'est pas votre mari, il est votre patron. Je commence à comprendre votre petit jeu. J'ai vu quelques photos des soirées précédentes. Je ne vous ai pas reconnue tout de suite avec vos belles robes et vos coiffures. Mais je trouve que vous êtes un peu trop proche de Dorian sur chacune d'entre elles. Sachez que la partie est terminée, inutile de préciser que je suis celle qui va la gagner. Vous n'êtes qu'une gouvernante, restez à votre place. Tenez, je vous confie le dîner d'Enzo. Occupez-vous de lui.

Dorian nous observe discrètement. Il baisse les yeux lorsque nos regards se croisent.

— Je ne suis pas baby-sitter, Madame.

Je m'indigne, très agacée.

— Vous vous en sortirez très bien.

Elle s'éloigne, me laissant Enzo dans une main et son repas dans l'autre. Elle attrape une coupe de champagne ainsi qu'une cuillère, puis attire l'attention de leurs amis. Elle se place au centre de la terrasse.

— Je suis ravie de vous accueillir ici aujourd'hui, en cette belle journée ! Je vous remercie pour tous vos compliments sur cette charmante fête. L'organisation a toujours été mon point fort.

Je rentre dans le grand salon, précédée d'Enzo. Il commence à courir dans la pièce. Je reste un instant à écouter, dissimulée derrière le rideau de la baie vitrée ouverte.

— Dorian et moi, nous vous avons invités aujourd'hui afin de vous annoncer une grande nouvelle ! Chéri ?

— Hum, oui. Suzanne et moi allons nous marier.

Les convives applaudissent, j'ai la nausée.

— La date est prévue pour le 14 février prochain et vous êtes tous conviés bien sûr ! Allez, trinquons à nos fiançailles ! Je vous laisse boire sans moi. Comme certains le savent déjà, dans mon état ça n'est pas raisonnable. Je ne voudrais pas alcooliser le futur héritier ! glousse-t-elle.

Je lâche l'assiette d'Enzo, la moquette vient amortir le choc. Hadrien s'approche de moi alors que les invités s'affairent autour des futurs mariés.

— Je suis vraiment désolé d'entendre ça et encore plus que vous ayez été témoin de cette scène. Vous devriez songer à quitter cette maison, Allie. Dorian a perdu la raison, oubliez-le. C'est mieux pour vous. Vous allez souffrir davantage si vous restez ici trop longtemps.

— Pourquoi m'a-t-il menti, Hadrien ? Il y a à peine une semaine, il voulait que nous reprenions tout à zéro. Pourquoi m'a-t-il menti ? À quoi joue-t-il ?

— Il se ment à lui-même et cette garce l'a ensorcelé. J'ai été ravi de faire votre connaissance. Allie, ne doutez pas de vos qualités, vous êtes quelqu'un de bien. Vous trouverez celui qui vous mérite.

— Merci, Hadrien. Excusez-moi, je dois aller en cuisine.

J'avance vers les cuisines, y laisse Enzo et le reste de son repas dans les mains d'une de mes collègues. Je croise

Claire, les bras chargés de plateaux. Elle me regarde, me sourit.

— C'est un salaud. Demain, on ira faire un tour toutes les deux, ça te changera les idées.

Je la remercie en avançant, déboussolée.

— Allie, excuse-moi ! Je voulais tout annuler, mais Suzanne pense que c'est la bonne chose à faire puisque nous venons d'apprendre qu'elle est enceinte, tu comprends.

Nous sommes dans son bureau. Dorian m'a subitement attrapé le bras pour m'obliger à le suivre. Je me débats en le frappant de toutes mes forces jusqu'à ce qu'il me lâche.

— Tu es un menteur, un salaud. Depuis quand tu la connais ? Tu m'as dit l'avoir rencontrée en voyage, lequel ?

— Quelle importance, Allie, s'il te plaît !

— C'est très important au contraire !

— En réalité, elle travaille pour moi. Nous nous sommes rapprochés avant que tu commences ici.

— Tu es avec elle depuis plus d'un an ?!

Je m'emporte, outrée.

— Non, ce n'était pas comme ça !

— C'est vers elle que tu fuyais à chaque fois ! Ce n'est pas à cause de Carole que tu n'as pas couché avec moi le soir du Nouvel An, c'est à cause d'elle ! Ce n'est pas que je ne suis pas assez bien pour être avec toi ou que nous ne sommes pas faits pour être ensemble, c'est que tu es déjà en couple !

— Allie, voyons.

— Tu es un salaud !

Suzanne entre dans le bureau. Dorian baisse les yeux. Je suis rouge de colère.

— Dorian chéri, tes invités te demandent, quand tu auras fini ta querelle d'adolescent !

Elle ne part pas. Honteux et vexé, il sort rapidement. Je reste seule avec Madame.

— Tu vois, j'ai toujours ce que je veux, peu importe les obstacles. Tu n'étais qu'une puce à écraser ! Comment as-tu pu croire que tu pourrais le séduire ou qu'il aurait un jour des sentiments pour toi ? Tu n'es qu'une pauvre boniche !

— Vous n'êtes qu'une garce prétentieuse et intéressée, vous ne m'arrivez même pas à la cheville !

Elle me gifle. Je me redresse, la fixe et pars. J'aperçois Dorian au bout du couloir. Il a entendu, il n'a pas bougé.

Me voilà dans ma chambre. Je fais ma valise à toute vitesse, laisse les robes achetées par Dorian dans l'armoire, me change puis quitte la pièce, ma guêpière à la main. Je rejoins son bureau, la dépose à côté de son ordinateur, accompagnée de mon téléphone. Je prends une feuille au hasard, déchire un morceau puis y écris : « À DÉTRUIRE ». Je change d'avis et vais déposer le tout sur son lit : elle se couche toujours avant lui. Madame va comprendre qu'un jour pas si lointain, la boniche était nue dans sa chambre avec son futur époux, dans ces mêmes draps dans lesquels elle dort.

Ma vengeance est puérile, mais elle me fait du bien. Je récupère ma valise restée cachée sous l'escalier et me dirige vers le garage. Les convives sont entrés manger dans la salle de réception, la terrasse est vide. Je passe les gardes, descends ma vitre pour leur adresser quelques mots.

— Nous avons eu un souci en cuisine pour le dessert, je reviens dans peu de temps.

Ils acquiescent. Au moins, ils ne préviendront pas Monsieur de mon départ. Une fois à Douvres, je dois attendre mon bateau. Je prends mon téléphone personnel. J'ai quatre messages de Claire. Inquiète de ne plus me voir au domaine, elle se demande où je suis et si tout va bien. Je lui réponds, émue.

— J'ai quitté le domaine, c'était la meilleure chose à faire. Merci pour tout, tu vas me manquer. Dis au revoir de ma part à tout le monde, ils comprendront, je pense. Inutile de prévenir les deux tourtereaux. Je les ai avertis à ma manière.

Je suis en France, enfin ! Je branche mes écouteurs pour appeler Laure.

— Allô ?

— Laure, c'est Allie !

— Je sais ma chérie, c'est écrit sur mon téléphone. Comment tu vas ?

— Je suis en France, longue histoire, je te raconterai. Je peux venir chez toi ?

— Bien sûr, mais pas sans quelques détails d'abord !

— L'autre soir sur le toit, il me dit qu'il est amoureux de moi, qu'il va la quitter et aujourd'hui, il annonce à une soixantaine de convives qu'il se marie avec Javotte et qu'en plus elle est enceinte.

— Attends, attends, récapitule ! Qui « il » ? La Bête ? Non, tu t'es tapé le *big boss*[33] ?

— Oui et non, c'est compliqué !

— T'es pas sérieuse ! Je croyais qu'il était atroce. On ne s'appelle pas pendant quelques semaines et voilà, tu es une briseuse de couple ! Mais tu ne m'avais pas dit qu'il était en couple !

— On ne peut plus sérieuse ! Je ne le savais pas. Bon allez, je te laisse, je conduis, je te raconterai tout en arrivant !

— OK, je t'attends. Je mets une bouteille de champagne au frais ! Il faut fêter ton retour, mais surtout leur souhaiter beaucoup de malheur !

— Ça marche. Le temps de traverser la France et me voilà !

---

[33] Grand patron

Mai : nouvelle étape

Les kilomètres défilent alors que les autoroutes françaises se suivent et se ressemblent. La morosité de la route enlise mes pensées sur ce qu'il s'est passé de l'autre côté de la Manche, il y a tout juste quelques heures. Je peine encore à y croire. Comment a-t-il pu jouer autant avec moi ? Je glisse la main sur ma joue en souvenir de cette gifle. Malheureusement, la douleur, qui fut de courte durée sur ma peau, ne le sera certainement pas dans mon cœur. Me voilà bien : j'ai arrêté mes études, quitté ma famille ainsi que mes amis, je suis partie plus d'un an loin de tout et de tous. Heureusement, j'ai réussi à oublier Anthony, mais me voici maintenant sans boulot, sans projet, sans objectif, avec une énorme boule au ventre, le cœur meurtri et la joue rouge.

Au bout de quelques heures de conduite, mes yeux fatigués deviennent lourds. Ma monture a également besoin de faire le plein. Un peu de repos nous fera du bien à toutes les deux. Il est déjà plus d'une heure du matin, alors je décide de m'arrêter pour dormir dans un hôtel.

J'entre dans ma chambre pour la nuit. J'y découvre un lit double, une table ainsi qu'une chaise, une bouilloire accompagnée de quelques sachets de thé. Je pose mes affaires, me prépare à aller dormir et je me réconforte avec ce doux breuvage. Je prends mon téléphone. J'ai un message de Claire.

— Es-tu bien arrivée ? Tu vas nous manquer ! Donne de tes nouvelles de temps en temps. Prends soin de toi. *xxx*[34]

— Je suis en France, tout va bien. Je vais me coucher, je pense fort à vous. Promis, je donnerai des nouvelles, à bientôt.

Et enfin, je préviens Laure de mon arrêt.

— Je dors à l'hôtel, je serai là demain en fin de journée. Bisous

Dorian occupe mon esprit alors que je tente, en vain, de m'endormir. Les heures défilent, mais rien n'y fait. Je m'énerve, m'indigne, me révolte contre ce qu'il m'a fait subir puis me calme avant de succomber aux larmes inévitables. Je lâche prise en laissant mes sentiments, aussi divers soient-ils, gouverner ma tête et mon cœur. Mon oreiller se noie dans une vague de larmes. Au petit matin, tandis que quelques lueurs se montrent à l'horizon, je sens la fatigue venir. Vers 5 heures je m'endors enfin. Quelques courtes heures plus tard, alors que les bruits des voisins me sortent de mon sommeil, je me hisse hors du lit, me prépare, puis vais profiter d'un petit-déjeuner copieux. J'évite du regard le personnel et mes voisins de table alors que mes yeux rouges témoignent de la mauvaise nuit passée.

---

[34] xxx : le « x » est fréquent à la fin des courriers ou SMS chez les Anglo-Saxons. Il signifie « Je t'embrasse. »

Dix heures plus tard, je suis chez Laure. Actuellement, elle habite une jolie ville de la Méditerranée. Elle m'accueille les bras ouverts. Nous parlons une bonne partie de la nuit, la bouteille de champagne comme alliée contre cet abominable prince. Finalement, je tombe de sommeil et rejoins mon lit.

Laure travaille dans un complexe hôtelier. Elle y est logée dans une des chambres de l'hôtel. Il y a deux lits simples. Je ne suis pas censée être là, mais je vais me faire discrète afin de pouvoir profiter de cette cachette aussi longtemps que possible.

Nous sortons dès que nous le pouvons. Elle me présente ses collègues et amis. Je tente de profiter de nos soirées malgré mon humeur. Son groupe d'amis est sympa. Ces derniers me changent les idées. Mes journées se limitent vite à des promenades jusqu'à la plage ; je bouquine allongée sur ma serviette, je cours, fais les magasins, la grasse matinée et la sieste l'après-midi. Je laisse le temps filer sans effort, de vraies vacances bien méritées.

— Allie ?

Allongée sur mon drap de plage, je me relève au son de mon prénom. C'est Léa, l'une des serveuses du bar de l'hôtel.

— Il me semblait bien que c'était toi, comment tu vas ?

— Bien, merci et toi ?

— Super. On joue au volley avec les collègues, tu veux venir ?

— Avec plaisir !

Je me joins à eux. Je ne suis pas une excellente joueuse, mais j'ai besoin de compagnie. Je dois avouer que je m'ennuie énormément à écouter le bruit des vagues comme seul passe-temps tout en regardant marcher les couples, main dans la main, sur le sable.

— Salut ! dis-je aux autres joueurs.

— Alors, on fait bronzette ? me demande Marius, un autre employé de l'hôtel, en me passant la balle.

— Oui, je m'occupe comme je peux !

— C'est dur les vacances ! Allez, à toi de jouer !

Je smashe la balle et le jeu commence. Nous jouons pendant une heure, nous courons, tombons, rions. Nous profitons de notre jeunesse, du soleil, et cette ambiance me fait du bien. Je passe un excellent moment jusqu'à ce que 15 heures sonnent. Il est temps pour eux de rejoindre leur poste.

— On te voit ce soir au bar, Allie ? s'inquiète Marius.

— Oui, bien sûr.

— OK, alors à ce soir, bon après-midi.

— Bon courage pour le boulot. À ce soir, Marius.

Léa s'approche de moi, sous prétexte de me faire la bise, et me glisse un mot à l'oreille.

— Tu lui as tapé dans l'œil.

— Tu crois ?

— Carrément, il nous parle tout le temps de toi depuis ta première soirée ici.

— C'est gentil, mais je n'ai pas la tête à ça.

— Oh, tu sais, on est tous ici pour quelques mois, après chacun rentre chez soi. Une histoire de vacances n'a jamais fait de mal à personne. Au contraire c'est un bon moyen d'oublier ton jules.

Léa s'éloigne en me laissant dans mes pensées. Je n'ai parlé de Dorian qu'à Laure, mais je suppose que ma réponse lui a fait comprendre que mon cœur est en deuil. Depuis une semaine que je suis ici, je me suis fait accoster plusieurs fois en allant à la plage notamment. C'est vrai que c'est agréable de se sentir attirante, mais Dorian occupe encore toute la place. Je quitte la plage sans but, mon sourire oublié sur le terrain de volley-ball. Sans m'en rendre compte, j'arrive déjà chez Laure. J'allume la radio, *Eyes On Fire* de Blue Foundation[35] résonne alors que je prends une douche et y laisse couler mes larmes. J'ai envie de le voir, lui parler, le toucher, de sentir ses mains sur mon cou, mes joues, dans mes cheveux pendant que ses lèvres m'embrassent. Je m'assieds alors que mes jambes ne supportent plus le poids de mon corps. L'eau coule sur mon visage, je suffoque, submergée par la tristesse. Mes sanglots sont bruyants, je me laisse envahir par la peine et la douleur. La chanteuse semble s'adresser à moi : « *I won't soothe your pain*[36] », lorsque Laure entre dans la salle de bain, ouvre la cabine de douche, éteint l'eau puis s'accroupit à côté de moi en me tendant une serviette.

— Ça va, ma chérie ?

[35] Groupe de musique danois

[36] Je ne vais pas apaiser ta peine

Incapable de répondre, je lève à peine les yeux, haletante, je tente de reprendre mon souffle.

— Ce soir, on sort et je te trouve un mec.

Je secoue la tête en signe de protestation.

— Si, si, tu n'as pas le choix ma cocotte. On va te remettre en selle plus vite que tu ne le penses. Je ne te demande pas de tomber amoureuse, d'ailleurs, je te le déconseille. Tu as juste besoin d'un passe-temps, quelqu'un qui te fasse penser à autre chose qu'à cet ignoble bonhomme. En plus, si j'ai bien compris, il ne s'est jamais vraiment rien passé avec l'autre idiot. Un peu de pratique te fera du bien. Des sentiments tu en as à revendre, on verra ça plus tard.

Je suis toujours assise par terre au fond de la douche, recroquevillée sur moi-même comme une enfant apeurée.

— Allez, lève-toi, va dormir un peu parce que ce soir, on s'éclate !

Alors qu'elle s'éloigne, je me lève péniblement, endolorie par ce chagrin immense qui m'habite. Après quelques minutes, je sors de la salle de bain, les yeux boursouflés. Laure éteint la musique, me sourit avec compassion. Je vais m'allonger sans un mot et m'endors soudainement épuisée.

18 heures, je me réveille difficilement. Mes yeux encore gonflés me font mal. Laure est dans la salle de bain. Je traîne dans mon lit jusqu'à ce qu'elle sorte. Elle est habillée avec un petit short accompagné d'un débardeur à paillettes. Maquillée et coiffée, elle me fixe, le regard fier.

— Ce soir, on est les reines, ma cocotte. Toi et moi, on part à la chasse !

Je ris devant son enthousiasme.

— Allez, debout la vieille, il est temps de s'occuper de ton cas ! C'est quoi ces yeux ??? Allez là, hop, hop, hop, debout, on a du pain sur la planche pour virer tous ces cernes et dégager ces yeux rouges ! Madame est *in love*[37] de la pire ordure qui soit, mais regardez-moi ce carnage ! Être amoureuse, ça rend belle ! Mets-toi ça dans le crâne ma choupette ! Si tu ressembles à un panda qui aurait pris un coup de soleil, c'est parce que le mec est un salaud, alors hop, on met de la Biafine[38], ensuite on reprend sa vie en main ! Tu ne trouveras pas l'âme sœur ce soir, pas de panique, on te cherche juste un bon coup ! Tu pourras même pleurer ton Doooriannn sous la douche demain, mais ce soir, il disparaît, il n'a jamais existé, il n'est rien. Ce soir, ma poulette, c'est toi et moi sur le *Dancefloooor*. On va s'éclater, attention les mecs, on est de sortie !

Elle ouvre son armoire d'un geste magistral.

— J'y ai pensé en me préparant. J'ai la tenue idéale pour toi, très sexy, mais pas trop non plus et avec le corps sculpté que tu as maintenant, tu vas être parfaite ! Sérieusement, tu es magnifique, je ne sais pas comment tu as fait pour obtenir un corps comme celui-là, mais tu es trop bien foutue !

— J'ai couru, fait du ménage, couru, fait encore du ménage et j'ai couru avec Dorian, bref j'ai couru !

— Eh bien, tu as eu raison ma poulette ! L'autre abruti ne sait pas ce qu'il perd ! Assez parlé de lui ! Montre-moi ce

---

[37] Amoureuse

[38] Médicament pour apaiser les brûlures

que ça donne ? *Oh, My God*[39], tu es parfaite ! Allez, maquillage. Ce soir, tu es une bombe !

Nous voilà enfin prêtes. Je me hisse sur mes talons aiguilles. Je jette un dernier regard dans le miroir. Mes jambes, légèrement bronzées des quelques jours passés ici, semblent interminables dans mon short, et mon débardeur sans manches laisse mes épaules nues. Je ne peux m'empêcher de penser à ce premier gala d'avril ainsi qu'à ma robe qui a tout déclenché entre Dorian et moi : ses doigts sur ma peau, ses premiers sourires. Laure, qui a vu une ombre passer en un instant sur mon visage, me bouscule doucement.

— Allez, Juliette, on va te trouver un autre Roméo pour la nuit.

Nous nous installons au bar de l'hôtel. Servies par Léa et son équipe, nous grignotons quelques cacahuètes, accoudées sur le zinc, en attendant qu'ils terminent leur service. Marius nous apporte une coupe chacune.

— Offertes par la maison.

Il me sourit, Laure m'observe.

— Il te plairait ? Tu lui plais en tout cas, c'est certain.

— Pourquoi pas, il est sympa.

— Sympa ? Et beau gosse, musclé, bronzé, il a un sourire à tomber. Tu fais la difficile !

---

[39] Oh, mon Dieu.

— Oui, OK, il est plutôt pas mal.

— Bon adjugé vendu pour Marius !

— Laure ! Chut ! Il va t'entendre !

— Et alors, je suis certaine qu'il rêve d'une soirée avec toi !

Marius s'approche à nouveau. Je me sens rougir de peur qu'il nous ait entendues. Laure s'éclipse discrètement en prétextant aller aux toilettes.

— Tu as passé une bonne journée ? s'intéresse Marius.

— Oui, merci et toi ?

— Normale. Tu te débrouilles pas mal au volley, on devrait te prendre dans l'équipe.

— N'exagère pas, je sais à peine jouer. Mais c'était sympa de m'inviter avec vous. Tu bosses ici depuis longtemps ?

— Tous les étés depuis trois ans. Je commence à bien connaître le secteur.

— Et les touristes féminines…

Je ne sais pas pourquoi j'ai dit ça. Je lui souris, amusée, le champagne fait effet.

— Tu m'as démasqué, je n'aime pas rester seul. J'ai besoin de compagnie, je n'y peux rien. Et toi, tu as quelqu'un ?

— J'avais, enfin je crois. C'est un peu compliqué.

— Tu n'es pas sûre d'avoir eu quelqu'un ? C'est bizarre ton histoire. Il est où maintenant ?

— Dans son château en Angleterre, avec sa future femme et leur futur mioche.

— Ah oui, tu ne fais pas les choses à moitié, en termes de relation !

Marius me ressert une coupe. Nous papotons encore quelque temps jusqu'à ce que son service se termine. Ensuite, nous partons tous à la pizzeria du coin. Marius et moi discutons sur le chemin, côte à côte, d'un pas plus lent que les autres, nous nous laissons distancer. Ce n'est pas l'homme de mes rêves, mais un peu d'attention ne fait pas de mal. Lorsque nous sommes au restaurant, il s'assied à mes côtés. Les amis de Laure sont de bons vivants, Marius me fait rire. Le repas terminé, nous marchons vers la boîte de nuit de la ville. Je ne suis pas allée en boîte depuis des lustres. Les touristes y sont toutes plus dénudées les unes que les autres, je me sens vieille au milieu de ces adolescentes en chaleur. Je danse un peu avec Laure, puis retourne m'installer avec la bande. Je m'ennuie d'une musique qui n'est pas la mienne, d'une ambiance qui ne me correspond pas. Mes pensées s'échappent permettant à Dorian de reprendre le dessus. Au bout de quelques minutes dans le vague, Marius me ramène à la réalité. Il me tend la main, comme Dorian l'aurait fait, en me proposant de sortir par un signe de tête vers l'entrée. Je mets ma main dans la sienne puis me lève. Je le suis vers la sortie. Laure nous croise et me sourit d'un air entendu. Je lis sur ses lèvres « bonne soirée ».

Une fois à l'extérieur, nous marchons en silence quelques mètres. Je ne reconnais ni le quartier ni la direction que nous prenons. Je me laisse guider par ses pas et par sa voix.

— Tu semblais t'ennuyer là-dedans, tu avais l'air triste.

Je ne réponds pas. Je ne sais pas quoi dire. Je n'ai pas envie de parler. Dorian est dans mes pensées et je ne veux pas qu'il en sorte. Même si c'est douloureux, je suis trop attachée à lui pour le laisser partir.

— Allez, viens là.

Il s'arrête pour me serrer dans ses bras. Il s'écarte puis dépose délicatement, quelques secondes à peine, ses lèvres sur les miennes. Je me laisse faire, incrédule, déboussolée, perdue.

— Tu vas passer quelques jours ici, ça va te faire du bien, tu vas penser à autre chose. Laure est cool comme nana et moi je vais t'offrir un peu de compagnie.

Il me sourit, rien à voir avec le sourire de Dorian, avec ses yeux hypnotiques, avec son charisme et son charme. Marius est plutôt beau, je le décrirais comme un jeune homme dont toutes les filles tombent amoureuses en deux minutes, mais qui manque de profondeur. Il est gentil et sa compagnie me fait du bien. Je me laisse convaincre par un charme tiède. Nous nous retrouvons sur la plage, main dans la main, comme deux amants. Nous nous installons sur le sable. Je frissonne, il m'entoure de son bras. Nos regards sont fixés vers l'horizon, le sable, la mer, les étoiles. Le cadre est romantique et mon cavalier est tout de même agréable.

— Raconte-moi ce qui s'est passé si tu veux, ça te fera du bien.

— Non, je sais que ça ne t'intéressera pas.

— Si je te le propose… Tu as besoin de parler, vas-y, profites-en. On est tous les deux, on a toute la nuit devant nous et personne pour nous déranger.

— C'est gentil, Marius, mais je sais comment va se terminer cette soirée. On va passer un bon moment. Demain je me réveillerai dans tes bras. On va se côtoyer quelques jours et puis quand je partirai, ça s'arrêtera là. Inutile de faire des efforts pour me mettre dans ton lit, c'est déjà comme si j'y étais.

— Tu es si dégoutée que ça des hommes ? Tu sais, je ne suis pas méchant, je ne tente pas de te mettre dans mon lit, mais merci pour l'info. Je vais arrêter de te draguer alors. Si tu veux, on peut y aller tout de suite ? enchaîne-t-il, moqueur.

Il fait mine de se lever puis me sourit. Je comprends que j'ai été désagréable avec lui. Il n'est pas responsable de ce que Dorian m'a fait subir. Je lui souris, gênée.

— Alors, Allie ? Tu me racontes ? J'ai envie de savoir. Ensuite, si tu es sage, je t'emmènerai dans mon lit, mais ça se mérite !

Marius repasse son bras autour de moi. Son torse est chaud et cette chaleur me fait du bien. Je me sens en sécurité, accompagnée, soutenue, pour la première fois depuis longtemps. Je regrette mes mots. Je m'approche de son visage pour l'embrasser en guise d'excuse. Et finalement, je lui raconte mon année au château, Dorian, ses humeurs, son charisme, ses ambivalences. Je lui raconte ses sourires, ses regards, sa peau. Je lui raconte son côté intrigant, arrogant, protecteur. Je lui raconte cette dernière étreinte sur le toit, sur mon lit et enfin la gifle. J'ai gardé mon regard tourné vers la mer tout au long de mon monologue. Il m'a écoutée sans rien dire, son bras toujours autour de moi. Je baisse la tête comme je termine mon histoire. Marius s'approche, passe sa main dans mes cheveux puis dépose un baiser sur ma joue. Je me blottis dans le creux de son cou. Il m'enlace de ses bras musclés. Nous restons assis dans le silence. Seul le bruit des vagues nous accompagne. Au bout de quelques minutes, je me redresse, me lève et lui tends la main. Il me suit alors que nous quittons la plage. Nous avançons vers l'hôtel lorsque nous croisons Laure avec Louis, le colocataire de Marius. Elle me regarde, me fait un clin d'œil et discrètement me souhaite « bonne nuit ».

— Louis a enfin réussi à l'avoir !

Marius se marre. Puis me regarde, gêné.

— C'est pas ce que je voulais dire.

— Oh si, peut-être même pire, mais je suis là, tu te retiens ! Ne t'inquiète pas, je ne suis plus une adolescente naïve qui croit au prince charmant. En tout cas, pas ce soir.

Nous nous arrêtons devant sa porte. Marius semble embarrassé.

— Allie, on n'est pas obligés d'entrer, tu sais. Je ne veux pas que tu regrettes ou que ça te rende malheureuse.

J'ai pris ma décision, je ne suis plus une petite fille. Je sais que ce n'est pas l'homme de ma vie. Je n'aurai plus de ses nouvelles dès que j'aurai quitté la région, mais c'est justement ce qui rend les choses plus faciles. Laure a raison : j'ai besoin de passer à autre chose et Marius n'est pas le plus désagréable des passe-temps.

Je m'approche de lui pour l'embrasser. Nos corps sont collés l'un à l'autre. Je recule d'un pas puis, le regard plongé dans ses yeux, je m'adresse à lui.

— Tu m'invites à entrer ?

En gardant le silence, Marius ouvre la porte. Sa chambre est semblable à celle de Laure : deux lits simples sont au milieu de la pièce. J'entre, fais quelques pas, me retourne et l'observe alors qu'il ferme derrière lui. Il me fait face lorsque je l'embrasse à nouveau. Il me caresse le cou, les joues, les cheveux. Il retire mon tee-shirt, nous nous retrouvons rapidement sur son lit, presque nus. Je ne peux m'empêcher de fermer les yeux et de voir Dorian. J'aurais tellement aimé vivre ça avec lui, que nos corps s'entremêlent par amour, que nos souffles se mélangent l'un à l'autre. Au lieu de cela, je m'abandonne dans les bras de mon prince de quelques heures, d'un soir, d'une semaine peut-être. Je débranche ma tête et mon cœur, laissant ainsi mon corps seul maître des heures qui suivent.

Je me réveille aux lueurs du matin, un réveil posé sur la table de chevet indique 11 heures. Mon estomac crie famine. Le bras de Marius est posé sur ma hanche immobile. Je remue légèrement puis tente de le réveiller. Il s'étire avant de m'enlacer à nouveau.

— Bien dormi ?

— Oui et toi ? dis-je machinalement.

— Parfaitement bien. Tu as faim ?

— Très faim !

— Moi aussi, on file sous la douche et on va trouver un café en ville ?

— Ça me va.

Marius se lève, complètement nu, avance vers la salle de bain puis m'invite à le suivre. Notre douche s'éternise comme nos corps se mêlent à nouveau. Je me souviens de la piscine et m'imagine un instant dans les douches, partageant ce moment avec Dorian. Je ferme les yeux. Je suis à la merci de ses caresses, j'en oublie presque la réalité.

Nous voilà enfin en ville. Il est presque midi, notre petit-déjeuner va plutôt se transformer en déjeuner. Nous prenons une table en terrasse où nous profitons du soleil en silence. Je vis pour la première fois ce moment inconfortable d'avoir passé la nuit avec un quasi-étranger et de ne pas savoir quoi lui dire. Après le repas, nous retournons à l'hôtel. Marius me raccompagne à ma chambre. Il m'embrasse alors que je lui souhaite bon courage pour son service du soir.

Notre histoire survit de jour en jour jusqu'à la fin du mois. Nous passons la plupart de notre temps ensemble soit en balade silencieuse sur la plage, soit dans sa chambre. Malgré cette aventure, les horaires décalés de Laure et de Marius me laissent beaucoup trop de temps pour réfléchir. Mai arrivant à sa fin, je décide de retourner chez mes parents.

Juin : nouvelles aventures

Je n'avais pas prévenu mes parents de mon retour en France. J'étais encore trop fragile pour qu'ils ne s'aperçoivent de rien. Je les ai appelés depuis l'hôtel il y a quelques jours. Je leur ai annoncé que j'avais démissionné et que je passais une semaine chez Laure en guise de vacances avant de rentrer chez eux. Je devais pouvoir justifier mon bronzage.

Et puis, avec Laure, nous avons un plan. Cet été, je vais travailler avec elle à l'hôtel. Ensuite, en septembre, nous reprendrons nos études. C'est elle qui m'a convaincue. Son responsable cherchait un concierge de plus pour juillet et août. Après cette année en tant que gouvernante, le poste rentre tout à fait dans mes compétences. Mes parents sont ravis. Ils sont loin d'imaginer ce qu'il s'est passé avec Dorian et c'est tant mieux.

Je me ressource en famille et me repose. Moins de soirées jusqu'au petit matin, moins d'alcool et beaucoup plus de bons petits plats cuisinés par maman. Je reprends un rythme de vie plus saine. Je vais courir le matin avant de compléter par une promenade, accompagnée de mes parents l'après-midi. Ils expriment leur curiosité avec discrétion quant à ce changement soudain de situation.

Je n'ai pas de nouvelles de Marius depuis mon départ. Je n'ai pas cherché à en avoir non plus. Je sais que je le reverrai en juillet et août lorsque je retournerai à l'hôtel, pour travailler cette fois-ci, mais je n'appréhende pas nos retrouvailles. Nous reprendrons peut-être là où nous nous sommes arrêtés, ou bien il aura quelqu'un d'autre, peu importe.

Comme un rappel à l'ordre, je reçois un message de Claire au milieu du mois de juin. Je n'ai pas tenu ma promesse de lui donner des nouvelles. Je le regrette, mais penser à elle signifie penser à lui. J'ai peur qu'elle me donne de leurs nouvelles, qu'elle me donne des informations que je ne veux pas avoir.

— Comment vas-tu ? Quoi de neuf ? Prends soin de toi, Claire.

J'hésite à lui répondre, comme si presser envoyer risquait de me tordre de douleur.

— Tout va bien, je suis chez mes parents, j'ai retrouvé du travail. Bises, Allie.

Je ne lui demande pas comment elle va, volontairement. J'ai besoin de couper le lien qui me lie à Dorian et malheureusement, Claire fait partie de ce lien. Notre amitié fera partie des dommages collatéraux que cette relation aura causés.

Une fois le message envoyé, j'allume mon ordinateur pour la première fois depuis des semaines pour consulter mes e-mails. J'en ai reçu des dizaines de Dorian, tous avec plus ou moins le même objet « Pardonne-moi ». Ma main déplace la souris jusqu'au dernier reçu, je fais un mouvement de recul, hésite, glisse à nouveau le curseur vers l'e-mail. Je clique, les mots « Suzanne », « excuse-moi », « mariage », « bébé », jaillissent au hasard en me sautant au visage alors que mes yeux, désorientés, sont inondés par les larmes. Mon cerveau, soufflé par le choc, est incapable de lire une phrase. Je referme l'écran d'un mouvement brusque de la main comme pour me protéger d'une explosion. Je prends finalement à contrecœur la décision de ne pas les ouvrir. Je sèche mon visage et pars courir. Les écouteurs sur les oreilles, je passe devant mes parents sans leur adresser de regard ni de sourire. Mes yeux tristes me trahiraient.

Je cours. J'avance seule, face au vent. Je souffre, mes jambes, ma tête, mon cœur. Je cours de plus en plus vite comme les souvenirs remontent. Les larmes coulent sur mes joues, j'accélère encore, je crie de douleur, m'arrête subitement puis me laisse tomber lourdement à genoux sur ce chemin de forêt. Où est le conte de fées ? Où est le prince charmant ? Où sont les oiseaux et les biches, qui viennent m'aider, me relever, me consoler ? Je me sens horriblement seule. Mon cœur semble défaillir, mes jambes ne veulent plus me supporter. Je reste là, immobile, le visage entre les mains, mes larmes coulent telles des vagues, mes cris se font de plus en plus oppressants. Je sanglote, mon corps tout entier tremble de la peine qu'il subit. Mes pensées s'emmêlent : peut-être ai-je perdu l'homme de ma vie ? Ce salaud m'a fait si mal. Je devrais lui écrire tout ce que je pense de lui. Je l'aime tant. Comment vais-je me sortir de là ?

Le temps file comme je suis assise là, par terre. La pluie commence à tomber doucement, sa fraîcheur me fait du bien. L'eau ruisselle sur le sol comme sur mon visage. Je me relève enfin péniblement. Je repars à lentes foulées. Je dois prendre mon temps pour rentrer si je veux que mes larmes soient invisibles. Le temps se gâte, le vent se lève, après la pluie : la grêle tombe, et ensuite l'orage. Alors que je sors du sentier de la forêt, je vois des phares au loin. Mon père me cherche. Il s'arrête à ma hauteur pour que je monte à l'abri. Je suis trempée et pleine de boue d'avoir couru, mais aussi d'être restée au sol si longtemps.

— Merci, papa.

— Ça va ? On s'inquiétait avec ta mère. Tu es partie longtemps.

— Oui, oui, ça va.

— Tu es pleine de boue !?

Son exclamation ressemble plus à une question.

— J'ai glissé, je suis tombée. J'ai pris mon temps avant de repartir pour ne pas avoir mal.

Il tourne son regard vers moi. Je pense qu'il se doute de quelque chose, mais ne dit rien. Nous atteignons la maison alors que l'orage gronde encore. Ma mère attend derrière la fenêtre.

— Elle est tombée, mais tout va bien ma chérie, ne t'inquiète pas. Tu devrais aller prendre une douche, Allie. Tu vas avoir froid.

— Tu as raison, merci.

Je murmure ce dernier mot. Mon père me regarde d'un air entendu. Il m'a donné une excuse en m'offrant une excellente raison de m'éclipser rapidement.

Le lendemain, quelqu'un sonne à la porte. Ma mère m'appelle alors que je regarde une émission sans intérêt à la télévision, nichée sous un plaid sur le canapé. J'entends une voix que je connais, au fur et à mesure que je m'approche. Anthony est à la porte.

— Bonjour, Allie.

— Bonjour.

— J'ai entendu dire que tu étais de retour. Je passais dans ton village. Je me suis dit que j'allais m'arrêter. Je ne te dérange pas, j'espère.

Ma mère sourit. Elle l'a toujours apprécié et je pense qu'elle espère que nous soyons à nouveau un couple un jour. Je la soupçonne de l'avoir prévenu elle-même. Peut-être aussi pour me remonter le moral. Malgré leur discrétion, je sais bien que mes parents s'inquiètent de ma morosité.

— Non, tu as bien fait, dis-je poliment.

— Entre, Anthony, viens boire un café, lui propose ma mère.

J'observe Anthony. Nous ne nous sommes pas vus depuis presque un an. Il n'a pas changé. Je devais lui donner une réponse quant à une seconde chance, mais malgré ses relances, je ne lui ai jamais vraiment répondu. Je sais que je lui dois une explication, au moins cette réponse tant attendue.

— On va aller se promener, maman. Si ça te va ?

Je m'adresse à Anthony. Il acquiesce. Ma mère n'a pas le temps de répondre que j'attrape ma veste avant de suivre Anthony dehors.

Nous avançons sur quelques mètres dans le silence, puis il se lance.

— Comment tu vas, Allie ? Ta mère m'a dit que tu ne semblais pas très bien, enfin non, elle ne m'a rien dit.

Il se mord les lèvres et je souris, amusée. Mes suspicions se confirment.

— Je me doutais qu'elle n'était pas innocente là-dedans !

— Ne lui en parle pas, s'il te plaît ! Elle m'a fait promettre de garder le secret.

— Ne t'inquiète pas, Anthony, je ne vais pas te dénoncer. Mais je ne suis pas idiote tu sais, j'avais deviné.

— Elle n'est pas idiote non plus. Tu m'expliques ce qui ne va pas ? J'avoue que tu as l'air triste. Tu es plus jolie que jamais, mais tu sembles ailleurs. Ton boulot ne s'est pas bien passé ? Tu t'es fait licencier ? Tu peux tout me dire, tu sais.

— Non, tout s'est bien passé.

— OK, donc tu vas super bien, tu es juste triste pour le plaisir ? Tu semblais si heureuse la dernière fois que je t'ai vue en août. Allez, dis-moi, je ne te jugerai pas et je n'en parlerai à personne. Depuis le temps qu'on se connaît, même si nous ne sommes plus ensemble, je suis toujours là pour toi. Alors ?

— Bon, très bien. Tu as dû te douter que j'étais partie là-bas principalement pour t'oublier ?

— Je ne l'ai pas forcément pensé comme ça, mais je comprends.

— Eh bien, je suis revenue pour oublier quelqu'un d'autre.

— Je vois – Il marque une pause – C'est pour ça que tu ne m'as jamais donné une autre chance ? Tu étais déjà avec quelqu'un. Tu aurais pu me l'avouer, tu sais, j'aurais compris.

— Excuse-moi, je n'aurais pas dû te laisser dans le doute. Mais non, lui et moi n'avons jamais vraiment été un couple.

— Pourquoi es-tu si triste alors ?

— Parce que je tiens beaucoup à lui et je crois que c'est réciproque. En tout cas, je l'ai cru.

— Je ne comprends pas : vous n'étiez pas ensemble ? Mais vous vous aimiez ? Il était marié ou quelque chose comme ça ? C'était qui ce mec ?

— C'était mon patron.

— Le mec ultra riche et ultra vieux ? Tu joues dans cette cour-là, maintenant ? se moque-t-il en riant.

— Il n'a que 40 ans, ce n'est pas un vieux croulant ! En plus, je ne suis pas intéressée, dis-je en le bousculant légèrement, le sourire aux lèvres.

— Je sais, je te taquine. Qui aime bien châtie bien, non ?

Son regard en dit long. Il serait si facile de succomber une nouvelle fois aux charmes d'Anthony. Je l'ai aimé il y a si peu de temps. Je pourrais l'aimer à nouveau, en tout cas, l'apprécier, le considérer comme mon meilleur ami, mon confident. Il serait d'une excellente compagnie, mais je sais, après ces quelques mois passés loin de lui, qu'il n'est pas celui que je recherche. Dorian ne l'est peut-être pas non plus d'ailleurs, mais il est trop tôt pour le savoir.

— Alors, raconte-moi : pourquoi il te rend si malheureuse si vous n'étiez pas ensemble ?

— On s'appréciait beaucoup. Nous avons tenté plusieurs fois d'être ensemble, mais notre situation professionnelle rendait les choses difficiles. Enfin, c'est ce que je pensais. C'était surtout le fait qu'il soit déjà en couple, qui rendait les choses impossibles, mais ça, je l'ai appris trop tard.

— Tu ne savais pas qu'il était en couple ?

— Non. Bref, il faut que j'arrête de penser à lui, il n'est pas bon pour moi. Il m'a fait tourner en rond : un jour glacial, le lendemain charmant. Je ne sais même pas ce que j'ai pu lui trouver. En plus, notre différence d'âge rendait les choses compliquées dès le départ.

— Tu es peut-être tombée amoureuse de l'idée que tu te faisais de lui sans vraiment le connaître. Maintenant, tu commences à comprendre qui il est vraiment. Tu es déçue et blessée, c'est normal.

— Oui, tu dois avoir raison. Si tu savais comme j'ai mal.

— Je m'en doute.

Anthony s'arrête puis se tourne vers moi, il me prend dans ses bras. Il m'enlace et je fonds en larmes. J'ai ce sentiment étrange de sécurité. Je peux baisser ma garde pour enfin me confier à quelqu'un qui me comprend. Nous restons un instant, immobiles. Étrangement, je me sens comme un bébé bien au chaud dans les bras de sa maman.

Je me redresse, me calme et nous repartons. Anthony me prend la main. Nous marchons de nouveau en silence. Pendant quelques mètres, nous donnons l'illusion d'un couple uni depuis plusieurs années. J'en oublie presque cette année passée loin l'un de l'autre. J'oublie pourquoi nous nous sommes séparés, tout comme la douleur lors de notre séparation. Le temps a fait l'impasse sur cette année et nos doigts se caressent comme si nous étions toujours ensemble. De retour à proximité de chez mes parents, Anthony m'indique qu'il doit partir.

— Je peux revenir un autre jour si tu en as envie.

— Pourquoi pas.

— Très bien, tu m'appelles et je viendrai.

— Avec plaisir.

Anthony s'approche puis dépose doucement un baiser sur mes lèvres. Je ne riposte pas. Alors que nos yeux s'ouvrent à nouveau, il s'éloigne en me souriant.

Je rentre, plus détendue, soulagée, comme légère pour la première fois depuis un mois et demi. La soirée passe sans mal. Anthony m'envoie un message le soir.

— J'espère que tu vas mieux. J'ai été content de te voir. Je t'embrasse, bonne nuit.

— J'ai été contente aussi, merci d'être venu. Ta présence m'a fait du bien. Bonne nuit.

Le surlendemain matin, il m'envoie à nouveau un message.

— Je pense à toi. Est-ce que je peux passer te voir ?

— Bien sûr.

— OK, je viens te chercher dans une heure et on va se balader ? Je t'invite au restau.

Nous passons une excellente journée ensemble. Une simplicité s'installe dans nos échanges. J'ai l'impression de le connaître depuis toujours. Nous nous comprenons sans un mot. Nous refaisons le monde, jouons comme des enfants. Je ris pour la première fois depuis longtemps. Nous nous quittons le soir à regret en nous promettant de nous revoir le lendemain.

Les jours passent et nous nous voyons quasiment lors de chacun d'entre eux. Nous nous prenons parfois la main, nous nous embrassons en guise d'au revoir, mais aucun ne pose de question sur le fait que nous soyons en couple ou non. Mon départ vers le Sud se rapproche même si nous n'avons pas envie qu'il arrive. Je pourrais me désister, mais je ne le souhaite pas non plus. Anthony ne me le demande pas et c'est mieux ainsi.

Le jour J est arrivé. Je quitte la maison de mes parents et prends la route. Je reviendrai fin août, avant ma rentrée scolaire. Anthony m'a prévenue qu'il viendrait me dire au revoir, mais pour plus d'intimité, il me retrouve à l'entrée de l'autoroute. Sa voiture est déjà là lorsque je me gare. Il m'attend, adossé à sa carrosserie, ses lunettes de soleil vissées sur le nez. Je le trouve très élégant. Je comprends pourquoi j'ai succombé autrefois.

J'avance jusqu'à sa hauteur puis le serre dans mes bras. Il me souhaite bon voyage et de passer de bons moments là-bas. En guise d'au revoir, je l'embrasse tendrement, le serre une dernière fois dans mes bras avant de m'éloigner.

Assise au volant, je quitte le parking en jetant un dernier regard dans mon rétroviseur. Il observe, immobile, ma voiture qui s'éloigne. Malgré mon geste, je sais qu'Anthony n'est pas l'homme de ma vie. Je garde un sentiment d'affection profonde pour lui, mais mon cœur est guéri de lui, et nos baisers ne me procurent plus le plaisir d'une jeune idylle. Sa présence ces quinze derniers jours m'a fait énormément de bien. Il m'a aidée à tenter d'oublier Dorian même si ça ne suffira pas. Je sais que je le reverrai, je sais qu'il refera sa vie avec une autre comme je referai ma vie avec un autre, un autre qu'Anthony, un autre que Dorian. Je sais qu'il a compris ma pensée et que notre baiser était peut-être le dernier. Encore une fois, il ne nous a pas été utile de l'exprimer pour nous comprendre.

Juillet : nouveau job

Me voilà de retour à l'hôtel. Cette fois-ci, inutile de me cacher. Je fais officiellement partie du personnel, ce qui me donne le droit de séjourner là. J'ai demandé à partager la chambre de Laure.

Je passe à la réception, salue mes anciens amis de mai, bientôt futurs collègues. Puis je me dirige vers le bureau du directeur, comme convenu. Me voilà devant sa porte, je frappe. Immédiatement, mon esprit s'évade. Je suis il y a presque un an et demi en arrière, devant la porte du bureau de Dorian. J'ai roulé tous ces kilomètres, je me suis changée dans le *pub* du village précédent. Je suis stressée, angoissée. La porte s'ouvre, je le découvre dans son grand et sombre bureau vert. La quarantaine, les cheveux noirs, concentré, froid, autoritaire. Et là, il lève son regard et ses yeux… Si bleus, si profonds, si magnétiques.

— Entrez !

La voix du directeur se fait entendre. Je sors de mes pensées.

— Bonjour, Monsieur.

Cette phrase me retourne l'estomac. Comme trop familière, elle apporte trop de souvenirs. Une douleur pénible traverse mon corps.

— Bonjour, Allie, installez-vous ! Bien, alors comment trouvez-vous l'hôtel ?

— Très charmant, Monsieur.

— Bien, bien. Voici votre contrat, comme convenu ensemble en mai. Je vous laisse le lire avant de signer les deux exemplaires.

Je le prends, le survole, m'empare du stylo qu'il me tend, signe les deux exemplaires puis lui en rends un.

— Vu votre expérience, vous devriez être en mesure de répondre aux desiderata de nos clients. Nous avons des listes de prestataires qui pourront satisfaire un grand nombre des demandes. Tout cela vous sera remis demain. Vous commencez dès 7 heures. Adressez-vous à l'accueil, la personne en charge de la matinée est au courant de votre arrivée, elle vous formera. Son nom est Marie. Vous avez des questions ?

Ce prénom me fait tressaillir. Je revis une scène déjà vécue, dans un autre lieu, dans un autre temps. Le sort s'acharne sur moi en me renvoyant sans cesse vers Dorian et ses souvenirs.

— Non, Monsieur, tout est clair.

— Parfait. Alors, bienvenue à vous.

— Merci, Monsieur.

Il se lève pour me raccompagner à la porte puis me serre la main.

— Bonne journée à vous.

— Merci, Monsieur.

— Au revoir, Allie.

— Au revoir, Monsieur.

Je me répète machinalement.

— Détendez-vous.

Il sourit, amusé.

— Très bien, Mon… Très bien.

Je baisse la tête, gênée, puis m'éloigne.

De nouveau installée dans ce qui sera ma chambre pour les deux prochains mois, j'attends Laure. Elle devrait être là dans une heure. J'en profite pour dormir un peu. Je m'allonge et commence à laisser Morphée m'envahir lorsque la sonnerie de mon téléphone me fait sursauter en m'annonçant un message.

— J'espère que tu vas bien. Prête pour ton premier jour ? Je t'embrasse, Anthony.

— Prête ! Comment vas-tu ?

— Bien et toi ?

— Je vais bien. Je suis pressée de commencer.

— J'avais envie de venir te voir pendant l'été. Tu serais OK ?

— Pourquoi pas ?

— En ami, rassure-toi.

J'évite volontairement le sujet et enchaîne.

— Tu viendrais quand ?

— Fin juillet, début août. Je pars en vacances avec des potes en Espagne. Je pourrais rester quelques jours sur le trajet. Ils me déposeraient et viendraient me chercher plus tard.

— OK, ça me va. On se débrouillera pour te trouver une place pour dormir. Laure et moi sommes dans une chambre avec deux lits simples.

— OK, je me ferai petit.

Nous continuons à échanger par textos interposés, jusqu'à ce qu'ils s'espacent de plus en plus, me laissant m'endormir doucement.

Laure rentre enfin. Elle est contente de me retrouver. Sa tête bouillonne d'idées pour ces deux mois et surtout pour l'année à venir. Première étape : nous inscrire à la faculté. Nous irons cette semaine.

Je lui parle d'Anthony, de nos retrouvailles, de nos échanges, de nos baisers. Laure n'en revient pas, encore moins quand je lui annonce qu'il viendra ici.

— Tu penses te remettre avec lui ?

— Non, sa présence m'a fait du bien. Je l'apprécie beaucoup, mais je ne suis plus amoureuse de lui. Nos baisers sont agréables, mais sans saveur. Nous pourrions être ensemble, nous pourrions cohabiter, peut-être même nous aimer, mais comme on aime quelqu'un à qui l'on s'est attaché, comme on aime un compagnon, un ami, pas un mari. Il n'est pas l'homme de ma vie. Je ne peux pas te dire pourquoi ni comment, mais j'en suis persuadée.

— Et Marius ? Tu as eu des nouvelles ?

— Non, aucune, je n'en ai pas pris non plus.

— Je dois te prévenir. Il a quelqu'un en ce moment, une touriste.

— Tant mieux pour lui. Tu sembles embarrassée ?

— Oui, j'avais peur que tu le prennes mal.

— Mal ? Je ne suis pas idiote, je savais que c'était juste une passade pour lui comme pour moi. Il ne me doit rien, encore moins de m'être fidèle.

— Et l'abominable prince ? *Any news*[40] ?

— Oui, il m'a envoyé pas mal d'e-mails.

— Qu'est-ce qu'il dit ?

— Je ne sais pas, je ne les ai pas lus.

Je ne m'étale pas plus sur le sujet. Je ne veux pas en parler, ce que Laure semble comprendre.

— Tu as bien fait ! Ce soir, tu veux qu'on aille faire un tour au bar avant d'aller manger ?

— Avec plaisir, mais je commence tôt demain, donc on ne sort pas trop tard. J'aimerais faire bonne impression pour mon premier jour !

— Aucun problème, je suis crevée en plus, acquiesce-t-elle.

Vers 19 heures, nous nous dirigeons vers le bar. J'ai une légère appréhension à l'idée de revoir Marius. Je l'aperçois alors que Laure et moi nous installons comme d'habitude. Il s'approche le regard bas, visiblement gêné.

---

[40] Des nouvelles ?

— Bonsoir, comment tu vas ?

— Bien et toi ?

— Impec. Qu'est-ce que je vous sers ?

— Un verre de vin, s'il te plaît.

Il s'éloigne pour servir les deux verres. C'est à ce moment-là qu'une jeune touriste anglaise s'approche de lui, avec un sourire jusqu'aux oreilles. Je lis dans ses yeux qu'elle a complètement succombé à ses charmes. Marius m'évite, mais malheureusement pour lui, le dernier tabouret vide est à côté de moi. Elle s'installe alors qu'il nous tend nos boissons. Je me tourne vers elle, poliment.

— Bonjour, je suis Allie et voici Laure, nous sommes des collègues de Marius.

— Bonjour, je m'appelle Kate, se présente-t-elle avec un accent que je connais bien.

— Enchantée.

Je souris en direction de Marius. Il sait que j'ai compris. Je lis sur ses lèvres un « Merci ». Je hoche la tête en guise de « Je t'en prie ». Nous discutons quelques minutes avec sa conquête du moment puis partons dîner avec quelques collègues sans les deux tourtereaux.

Je débute mon nouveau poste dès le lendemain et je trouve mes marques assez rapidement. Les demandes des clients que je dois contenter sont souvent les mêmes : un coiffeur, un pressing, un coach sportif, une masseuse, etc. Rien d'exceptionnel surtout qu'une liste des prestataires du secteur est déjà bien établie. Je me fais vite aux missions que j'ai à remplir, m'ennuyant même parfois un peu. Le temps, cependant, défile vite alors que la première semaine touche déjà à sa fin.

J'ai eu un appel manqué de Dorian hier, mais il n'a pas laissé de message. Lorsque le soir arrive, il m'appelle à nouveau. Laure prend mon téléphone pour envoyer son appel directement sur mon répondeur, puis me regarde.

— S'il continue, nous irons changer ton numéro. OK ma poulette ?

— OK, dis-je résignée.

— Ne t'inquiète pas. Avec moi, tu es certaine de finir par l'oublier !

Les jours suivants, je reçois quelques appels ainsi que des messages écrits de Dorian. Laure les efface sans les lire. Nous avons établi un plan. C'est un salaud, rien de ce qu'il pourra dire ne changera ça. Alors, pourquoi lui laisser une chance de s'expliquer ? Au bout de quelques jours, Laure contacte mon opérateur téléphonique et je change de numéro.

— Voilà, comme ça, tu seras tranquille. On va aussi te créer une nouvelle boîte e-mail.

Le dimanche soir suivant, nous sommes entre collègues sur la plage pour fêter mon anniversaire. Alors qu'il était resté à distance la première heure, Marius s'approche de moi timidement.

— Salut.

— Salut, Marius.

— Alors ce nouveau job, ça te plaît ?

— Oui, c'est pas mal, ça fera passer le temps cet été.

— Je suis désolé pour Kate, mais tu étais partie, je...

— Tu n'as pas à être désolé, je le coupe avant qu'il ne se perde en excuses inutiles.

— Elle est repartie hier.

— Ah, OK.

Je comprends à demi-mot qu'il tente une approche.

— Sinon, quoi de neuf ?

— Rien, écoute, je suis de retour jusque fin août et pour te simplifier les choses, si tu t'ennuies, je peux te tenir compagnie tant que tu n'as pas une autre touriste pour t'occuper le corps et l'esprit.

Je le regarde droit dans les yeux. Je suis directe, antiromantique, comme désabusée. Je n'ai pas envie qu'il tourne autour du pot pendant des jours. Nous sommes célibataires, il n'y a aucun mal à passer un peu de temps ensemble.

— Décidément, tu me surprends toujours. Tu aimes la franchise, tu vas droit au but.

— Oui, ou plutôt, je préfère être fixée sur ce qui m'attend.

— OK, alors je te promets de ne pas te mener en bateau et de ne pas te demander en mariage. Je ne suis pas un homme fait pour le long terme, mais je pense que tu l'avais deviné. C'est vrai que tu me plais. J'aimerais passer du temps avec toi comme en mai, mais sans prise de tête et sans me poser la question de combien de temps ça va durer.

— Parfait, alors on est deux – Je lui tends la main pour qu'il la serre comme pour signer un contrat. Toi et moi, au jour le jour, date limite de validité : 31 août. *Deal*[41] ?

— *Deal* ! s'exclame-t-il en me serrant la main.

Il se détend en me servant un verre. Nous sommes assis quasiment au même endroit que lors de notre première soirée tous les deux sur la plage. Il passe son bras dans mon dos et nous trinquons, complices, pour mon anniversaire. Laure, qui s'était éloignée, revient et me fait un clin d'œil. Un courant d'air frais qui frôle mes épaules me fait frissonner, Marius me propose sa veste.

Aussitôt, je me retrouve un an en arrière sur le balcon avec Monsieur, Dorian, qui me propose sa veste. Il m'avait écartée du groupe, m'avait conviée avec lui à l'extérieur et soudainement, Claire l'interrompait alors qu'il allait me confier quelque chose. Je me souviens de son air grave à cet instant précis, de comment il s'était éclipsé en une seconde tandis que je soufflais les bougies du gâteau préparé généreusement par mes collègues. Que pouvait-il vouloir me dire ? Pourquoi ai-je cette sensation que, s'il n'avait pas été interrompu, nous n'en serions peut-être pas là ? Voulait-il m'avouer ses sentiments ? L'existence de Suzanne ? S'il avait terminé sa phrase, aurions-nous passé la soirée à discuter sur le balcon, à échanger un baiser ? Mon esprit divague. J'aimerais revenir en arrière, j'aimerais qu'il termine sa phrase, j'aimerais être dans ses bras à cet instant. Je me souviens qu'il semblait déçu de ne m'avoir rien offert. Mais pourquoi l'aurait-il fait pour mon anniversaire et pas pour celui de mes collègues ? Je me souviens d'avoir enfreint la règle d'or en entrant dans son bureau pour lui

---

[41] Ça marche ?

déposer une part de gâteau, après avoir eu la déception de ne pas l'y trouver. Je me souviens de son message, son remerciement déguisé en léger reproche. Et cette boule au ventre qui ne me quitte pas comme j'entends sa voix résonner encore et encore : « Puis-je vous proposer ma veste, Allie ? »

— Allie ?

Je frissonne à nouveau dans un sursaut, la voix de Marius me sort de mes rêveries. Il attend une réponse. Je vois dans son regard qu'il patiente depuis quelques instants, interloqué par mon silence. J'accepte uniquement pour ne pas revivre cette scène à l'identique et, contrairement à il y a un an, je ne suis ni gênée ni mal à l'aise à l'idée d'avoir la veste d'un homme sur mes épaules : cet homme qui m'hypnotisait tant de ses yeux magnétiques, cet homme dont j'étais l'employée.

La soirée avance comme les jours suivants. Laure est toujours avec Louis, alors nous échangeons régulièrement nos colocataires. Elle passe la nuit avec lui, et moi en compagnie de Marius. Lorsque nous avons des plannings qui se ressemblent, nous sortons, allons à la plage, faisons du shopping ou bien profitons d'une bonne sieste. Nous passons de bons moments toutes les deux. Nous prenons beaucoup de photos comme pour imprimer définitivement cet été dans nos mémoires. Laure poursuit son objectif de me faire oublier Dorian. Je fais semblant la plupart du temps de ne plus y penser. Je crois qu'elle est fière d'avoir réussi, d'après elle. Malheureusement, il est là et bien là. Des larmes coulent quasiment chaque jour sur mes joues et je profite souvent de l'intimité de la douche pour succomber à mon chagrin.

Nous voilà rapidement à la fin du mois, Anthony m'a confirmé sa venue. Il sera là dès le premier août et repartira quelques jours après. Je ne lui ai pas parlé de Marius. Je ne sais pas réellement comment je vais gérer cette situation. D'ailleurs j'évite volontairement d'y penser.

N'ayant plus le choix, la veille de l'arrivée d'Anthony, je prends mon courage à deux mains en abordant le sujet avec Marius.

— Je devais te prévenir. Un ami vient me voir quelques jours et il sera là demain, dis-je embarrassée.

— OK, et vu ton regard, c'est pas tout.

— Anthony est un ami, mais également mon ex-petit ami. On s'est revus quelque temps en juin, on a échangé quelques baisers, mais nous ne sommes pas ensemble. Je ne sais pas si tu comprends.

— Oui, je comprends, mais je vois pas où tu veux en venir ?

— Concrètement, je ne sais pas ce qu'il espère ni ce que nous serons quand il arrivera demain. Alors je préfèrerais que toi et moi, nous nous tenions à distance pendant qu'il sera là.

— OK, je vois.

— Ça ne te dérange pas ?

— Non, tu devras te faire pardonner à son départ, me dit-il en me faisant un clin d'œil.

Un sentiment de malaise s'empare de moi. J'ai la sensation d'être tombée très bas. Je troque des sentiments, je troque mon corps contre un peu d'attention et de chaleur humaine. Je cherche mon amour propre ainsi que ma fierté, mais malgré cela, je m'enlise dans cette situation, comme désabusée, blasée, vaincue.

Août : nouvelle lune

Lorsque la voiture d'Anthony apparaît sur le parking, je regrette d'avoir accepté qu'il vienne. Je me revois un an et demi plus tôt, sur le parking du ferry à Calais, bien décidée à partir, à l'oublier. Alors pourquoi est-ce que je m'accroche désespérément à ce passé ? Pourquoi l'ai-je laissé me rejoindre ?

Il me semble que je l'aime. Pourtant, je suis certaine de ne plus être amoureuse de lui. Il fait partie de ma vie, de mon histoire, de ceux qui comptent vraiment, de ceux qui m'ont aidée à me construire. Il est comme de ma famille.

Je sors de mes pensées, juste à temps pour l'accueillir alors qu'il s'approche de moi. C'est comme une évidence lorsque je le prends dans mes bras. Si seulement nous en étions au même point, tout serait plus simple, mais je sais qu'il attend autre chose. En tout cas, c'est ce qu'il disait il y a déjà un an dans son e-mail que je découvrais dans mon bureau. J'étais restée bouche bée devant sa demande de nous laisser une seconde chance. Je me souviens de ce soir-là. Dorian était apparu dans l'entrebâillement de la porte avec un regard concerné, inquiet. Nous avions passé une excellente soirée dans les cuisines, nous avions ri devant nos œufs à la coque, je me sentais légère, j'aurais aimé vivre tellement d'autres soirées comme celle-là en sa compagnie. J'avais instantanément oublié Anthony.

Je l'emmène dans la petite chambre de Laure et moi. Il dépose ses affaires rapidement puis nous partons faire un tour.

— Ils viennent me chercher dans trois jours ou dès que tu en as marre de moi, m'informe-t-il.

— OK.

Je réponds en tentant de sembler détachée. Je sens une gêne entre nous, comme un sentiment d'anxiété lors d'un premier rendez-vous ou d'un dernier rendez-vous, ce malaise qui vient avant le soulagement d'une rupture. Nous nous comprenons bien et je sais qu'il ressent la même chose.

— Ne t'inquiète pas, je ne resterai pas longtemps.

— Aucun problème.

Je suis pressée que Laure termine sa journée. J'ai besoin d'une âme neutre pour détendre l'atmosphère.

La première soirée se déroule plutôt bien. Nous partons dîner avec nos collègues. Il rencontre la plupart d'entre eux, y compris Marius. Je lis dans le regard d'Anthony que c'est le genre de personne avec qui il ne pourrait pas s'entendre, mais il n'en montre rien. Au moment de quitter le groupe, Anthony me bouscule légèrement d'épaule à épaule en me fixant.

— C'est juste un collègue, ce Marius ?

— Oui, pourquoi ?

Je suis ravie qu'il fasse sombre. Il ne voit pas mes joues rougir, mais je sais qu'il ne me croit pas.

— Non, comme ça. Il te regarde avec insistance et sa façon de me saluer était froide, un peu hautaine. J'avais l'impression de ne pas être le bienvenu. Mais OK, assez parlé de lui. J'ai passé une bonne soirée, ils sont sympas tes collègues.

— Oui, on passe de bons moments ensemble. Laure se lève tôt demain matin pour prendre son poste, du coup, je suis bien désolée de t'apprendre que tu devras partager mon lit.

— Je devrais m'en remettre.

— C'est toi qui vois. Sinon il te reste la baignoire, le tapis ou même le panier du chien à l'accueil, dis-je le sourire aux lèvres.

— Le choix est difficile, je vais prendre quelques minutes pour y réfléchir calmement.

Il me regarde, l'air concentré. Je lui souris comme nous atteignons la porte de la chambre. Laure est quelques mètres derrière. Elle embrasse Louis puis vient nous rejoindre.

— Promis, demain je vous laisse seuls, mais vu l'heure, j'ai envie de dormir un peu avant d'aller travailler.

— Aucun problème, c'est ta chambre, lui répond Anthony.

Je suis moi-même soulagée de sa présence. J'ai comme peur de me retrouver en tête à tête avec Anthony. J'ai évité au maximum cette situation depuis son arrivée.

Quelques minutes plus tard, nous sommes tous installés pour dormir. Anthony et moi sommes allongés en cuillère. Je me souviens des nombreuses nuits que nous avons passées ainsi dans un lit double, et pourtant aussi proches que ce soir. Comme avant, il vient déposer son bras sur ma hanche. Je ne riposte pas, m'endormant dans ses bras.

Le réveil de Laure sonne quelques heures plus tard. Elle se lève discrètement et quitte la chambre. Anthony dort toujours. Je me glisse hors du lit. Je dépose délicatement sa main toujours sur ma hanche, au-dessus du drap, et je m'installe dans celui de Laure. Nous nous réveillons vers 10 heures. Anthony émerge alors que je sors de la douche.

— Bonjour, Sleepy Anthony.

— Bonjour, Ma Ly.

Je lui souris comme il me donne ce surnom. Il me rappelle de bons souvenirs. Quand le temps passe et que les douleurs s'effacent, les mauvais moments disparaissent. J'aimais tellement l'entendre m'appeler comme ça. Il était d'ailleurs le seul à avoir le droit de m'appeler ainsi. Au fur et à mesure des mois passés ensemble, ma Allie était devenu Ma Ly. J'étais sienne et adorais l'être.

— Tu t'es sauvée ce matin, non ?

— Tu as remarqué ?

— Oui, tu prends tellement de place que le lit semblait avoir doublé de taille quand tu es partie.

Je lui lance au visage la serviette que j'avais autour des cheveux en lui tirant la langue.

— Merci, tu es un amour ! dis-je en riant.

— Mais de rien, j'ai toujours été doué pour les compliments, répond-il le sourire aux lèvres.

— En effet !

— Tu pouvais rester, tu sais.

Il baisse la voix, comme gêné de le suggérer. Je baisse les yeux, comme gênée d'être partie. Pas par manque de place, mais parce que je ne voulais pas rester dans le même lit que lui.

Nous prenons le petit-déjeuner en ville. C'est une belle journée, idéale pour profiter d'une terrasse. Nous partons ensuite à la plage. Je n'ai pas prévu grand-chose pour nous occuper durant ces deux jours. Nous nous sommes organisés pour que je sois de repos afin de ne pas le laisser seul, mais je n'ai pas de plan. Vers 17 heures, nos estomacs crient famine, nous avons sauté le déjeuner. Nous trouvons un glacier et dévorons deux grandes glaces à l'italienne. Nous retournons ensuite à l'hôtel. Laure est rentrée depuis quelques heures, elle se réveille de sa sieste. Nous discutons quelque temps dans la chambre. Laure pose quelques questions à Anthony sur ce qu'il a fait depuis la dernière fois qu'ils se sont vus. Le soir où j'ai appris pour lui et Anna, j'avais accouru dans sa chambre en larmes. Elle m'avait emmenée quasiment de force dans sa voiture. Nous étions passées devant chez lui et devant tous ses amis, elle l'avait insulté de tous les noms. Elle n'a jamais beaucoup apprécié Anthony. J'ai toujours interprété ça comme de la jalousie, comme deux rivaux qui s'observent. J'adore Laure, c'est ma meilleure amie, mais elle peut être un peu possessive parfois. Peut-être qu'en réalité, elle a toujours su qu'il n'était pas fait pour moi et que je souffrirais inutilement d'une séparation qui pouvait être évitée.

L'ambiance est tout juste cordiale entre eux depuis hier. Laure est rancunière. Elle déteste qu'il m'ait fait souffrir et surtout qu'il m'ait trompée avec une autre. Il semblerait que ce soit quelque chose à laquelle je sois malheureusement abonnée.

Nous sortons encore une fois ce soir. Laure est en congé demain, elle a prévu de dormir chez Louis. Je suis anxieuse à l'idée d'être seule avec Anthony cette nuit. J'aimais quand nos corps se retrouvaient. Je garde d'excellents souvenirs de nos nuits, je sais que lui aussi, mais je ne ressens plus la même chose pour lui. Alors, succomber à nos désirs ne nous rendra pas la tâche plus facile.

La soirée avance et malgré moi, je reporte au plus tard possible l'échéance de me retrouver seule face à lui dans cette chambre. J'ai envie de vivre cet instant. Je le désire, mais je connais déjà la fin de l'histoire. Suspendre le temps me donne la sensation d'empêcher que cette nuit n'arrive, d'empêcher demain de venir, d'éviter qu'Anthony ne souffre, d'éviter que je souffre, d'oublier pourquoi je suis là, d'oublier Dorian.

Passé 3 heures du matin, nous nous dirigeons tous vers l'hôtel. Nous voilà, tous les deux devant ma porte. Je pense à cette même scène avec Marius, il y a deux mois à peine. Marius qui va dormir dans sa chambre à quelques mètres de là. Je pense à Dorian que j'ai tant désiré. Je chasse ces idées de ma tête en ouvrant la porte. Je sens un malaise entre nous, plus fort qu'hier lorsqu'il m'a rejointe, plus fort que ce matin au réveil. Nous savons que nos corps se désirent, nous savons qu'il ne faudrait pas, nous connaissons la fin quoi qu'il advienne et nous savons que nous allons succomber en toute connaissance de cause.

Je m'éclipse dans la salle de bain, me prépare et ressors avec une nuisette noire simple et sans fioritures. Je ne veux pas donner l'impression de cautionner ou d'initier la suite. Anthony s'éclipse à son tour puis revient en boxer, quelques minutes plus tard. Je remarque son torse plus musclé qu'avant, ses épaules plus larges. Il est devenu homme et le porte bien.

Je me suis assise sur mon lit, faisant semblant d'être plongée dans mon téléphone. Il s'approche, hésitant. Je me rends compte que nous n'avons pas échangé un mot depuis notre arrivée. J'évite son regard, mais ne peux ignorer sa présence. Finalement, il s'avance puis s'assied sur le bord du lit, le regard tourné vers moi. Je lève les yeux, nous nous observons sans un mot pendant quelques secondes qui me semblent durer une éternité. Lorsque soudain, il s'adresse à moi.

— Je sais qu'on ne devrait pas, mais j'aimerais tellement t'avoir pour moi comme avant. Juste une dernière fois, partager cette nuit, ce désir et ces plaisirs avec toi. Je comprends, si tu ne préfères pas…

Ces derniers mots s'effacent dans un murmure innocent. Je pose mon téléphone sans quitter Anthony des yeux et finalement nos peaux se frôlent, nos mains se touchent, nos lèvres se rencontrent, nos corps s'unissent.

Nous prenons tout notre temps, passons la nuit à partager ces plaisirs si intenses et si fragiles. Nous nous endormons alors que le soleil brille déjà à l'horizon, nus l'un contre l'autre, ma tête sur son épaule, main dans la main.

Nous nous réveillons enlacés, le sourire aux lèvres. Anthony m'embrasse puis m'entraîne avec lui dans la salle de bain. Notre douche est langoureuse et exquise. J'ai le sentiment d'avoir fait un bond de deux ans en arrière. Nos corps se connaissent si bien. Le temps semble s'être arrêté, gardant notre secret bien caché entre les murs de cette chambre. Mais toutes les meilleures choses ont une fin et la réalité nous rattrape. Nous décidons de profiter de ce dernier après-midi ensemble.

— J'ai vu que nous pouvions louer des petits bateaux sur le port, ça te tente ?

— OK, mais on mange d'abord. Je n'en peux plus, j'ai trop faim.

— Tout ce que tu voudras Ma Ly.

Anthony m'invite dans un bon restaurant pour le déjeuner. J'ai le sourire aux lèvres, je ris à ses histoires et passe un excellent moment en sa compagnie. L'espace d'un instant, j'en oublierais presque Dorian, mais le moindre détail me ramène à lui. L'accent d'un touriste anglais qui discute à la table d'à côté, un *fish and chips* sur la carte, qui me rappelle notre dîner assis en tête à tête sur le lit d'un

B&B miteux. Des touristes sur une calèche et me revoilà sur Miss Wendy lors de notre promenade, et j'en passe…

Après notre repas, nous partons faire le tour de la côte en bateau. Nous parlons peu. Le regard d'Anthony fixé sur l'horizon, je bronze à ses côtés. Je me sens bien, mais ne peux m'empêcher de m'imaginer au sud des côtes anglaises avec Dorian comme capitaine. L'après-midi avance. Nous rendons le bateau, allons manger une glace sur la plage puis rentrons à l'hôtel. Je préviens Laure qu'Anthony et moi dînerons seuls et qu'il partira demain comme convenu. Elle dormira de nouveau chez Louis ce soir. Le dîner commence bien, mais nos échanges sur l'aspect technique du lendemain nous rappellent que cette idylle a une fin et que celle-ci est proche.

— Ils viendront me chercher vers 10 heures, pour que tu sois à l'heure pour ton boulot.

— OK, c'est parfait.

— Allie, j'aurais aimé rester, pas juste demain, mais enfin, tu me comprends.

— Oui.

Je fixe mon assiette vide, le cœur lourd.

— Je sais que tu préfères que je m'en aille, je sais que ce petit week-end n'était qu'un intermède dans ta vie. Je ne t'en veux pas, ne t'inquiète pas. Je sais que tu ne ressens plus la même chose qu'avant pour moi et c'est de ma faute. J'ai laissé filer ma chance.

— Tu ne ressens plus la même chose pour moi non plus, Anthony. Ce que tu penses ressentir n'est qu'un souvenir d'un temps passé. Tu te raccroches à ça, mais tu sais au fond de toi que nous ne sommes pas faits pour être ensemble. Toi et moi, ce nous-là n'existe plus.

— Oui, tu as certainement raison, dommage. J'aurais aimé que nous existions encore.

— Moi aussi, mais ce n'est qu'une illusion.

— Peut-être. Si seulement je n'avais pas fait cette erreur.

— Tu n'as rien à regretter, nous en serions certainement au même point. J'aurais peut-être fini par partir pour d'autres raisons, ou tu serais parti. Tu sais peut-être que je me trompe, que nous sommes faits l'un pour l'autre, si c'est le cas, ça se fera. J'en suis certaine. Mais aujourd'hui nos chemins ne vont plus dans la même direction. Je crois que c'est le point d'honneur pour qu'une relation dure, non ? Enfin, c'est ce qu'on m'a dit.

Dorian et ses conseils : pourquoi devrais-je m'y fier ? Un voile sombre passe un instant sur mon visage. Anthony pose sa main sur la mienne en me regardant, complice et compréhensif, persuadé que nous sommes malheureux pour les mêmes raisons. Cette pensée me conforte dans mon choix de le laisser partir, pour son bien et pour le mien.

Nous rentrons à l'hôtel, main dans la main, mais silencieux comme pour retarder l'échéance. La nuit est tombée, le vent s'est levé doucement. Nous nous couchons l'un contre l'autre. Anthony m'embrasse avec douceur alors que nous succombons une dernière fois aux plaisirs de nos peaux qui se touchent. Cette dernière fois tendre et délicate, qui vient clôturer notre histoire, terminer ce chapitre de nos vies, éteindre la lumière sur ce nous qui n'existera plus.

Il est 10 h 15, la voiture est là, ses amis l'attendent. Nous avançons main dans la main. Nous sommes légèrement cachés par les arbustes lorsqu'il se tourne vers moi. Son regard est triste, mon cœur est lourd. Nos fronts sont proches l'un de l'autre. Je dépose mes lèvres sur les siennes, délicatement, plusieurs fois de suite, comme pour ne pas terminer cet instant. Nos visages s'écartent doucement et il me prend dans ses bras. Notre étreinte est un peu trop longue pour n'être qu'un simple au revoir. Nous savons tous les deux que ce baiser est définitivement le dernier. Nous nous aimons, sincèrement, mais nous sommes conscients que nous avons eu notre chance, qu'elle est passée et que même si nous nous reverrons, nos vies ne seront pas liées l'une à l'autre. Nos corps s'éloignent, nos mains se frôlent encore, comme nos regards se croisent. Mes yeux brillent, il recule d'un pas alors que nos chemins se séparent pour de bon. C'est la fin d'une époque pour nous deux. Je quitte immédiatement le parking sans regarder la voiture s'éloigner. Je devine qu'il regarde droit devant lui, sans oser se retourner.

Quelques heures plus tard, mon téléphone vibre. Anthony m'arrache une dernière larme, symbole de cet amour passé.

— Aujourd'hui, je sais qu'il y a presque deux ans maintenant, j'ai suivi un chemin sans issue. Ce soir, j'ai le sentiment d'un grand gâchis, d'avoir abandonné à la préface l'écriture d'une histoire prometteuse, et qu'un jour quelqu'un trouvera le brouillon dans la corbeille et poursuivra ce chef-d'œuvre. Malheureusement, je ne serai pas celui-là.

— Merci pour ces excellents souvenirs que je garde des années que nous avons passées ensemble. Merci pour ces trois jours, merci pour cette confidence. Merci d'être toi. Je nous souhaite de trouver la personne qu'il nous faut. Mon cœur ne t'oublie pas, je ne t'oublie pas, tu es celui qui me connaît le mieux et tu comptes énormément pour moi. Ta Ly.

Le soir, je retrouve Marius au bar. Je suis d'humeur maussade et ses bras me réconfortent. Il ne me pose pas de questions sur Anthony ni comment ça s'est passé ni si quelque chose est arrivé entre nous. Je suppose qu'il n'a pas besoin de poser la question. Je rentre tôt ce soir-là. Je vais me coucher seule en pleurant, recroquevillée sur moi-même. Je pleure pour Anthony et ce bout de passé, qui s'est définitivement achevé aujourd'hui ; je pleure pour Dorian, ce poignard planté dans le cœur, qui me fait si mal ; je pleure pour Marius et ma dignité perdue. Laure rentre tard. Mes yeux rouges et gonflés me trahissent. Je fais mine de dormir afin qu'elle ne s'aperçoive de rien. Elle s'endort rapidement alors que mes pensées moroses m'empêchent de trouver le sommeil. Il me reste à peine trois semaines ici et mon histoire avec Marius s'achèvera là. Je suis étrangement pressée de partir pour reprendre mes études, pressée de quitter ces lieux, de quitter Marius, de fuir cet été dont je ne veux me souvenir. Je sais que ma vie reprendra son cours normal quand je serai là-bas, comme si j'avais fait une pause dans un autre monde, un autre couloir du temps. Mon seul lien avec le passé sera Laure et elle seule connaîtra le secret de mon amour-propre perdu à chercher du réconfort. Si seulement cela avait fonctionné. J'ai toujours aussi mal dès que je pense à Dorian et mes pensées le quittent rarement. Je n'en parle plus à personne ni à Marius ni à Laure. Je n'ai pas recontacté Claire non plus. Elle aussi me manque, mais je ne peux me raccrocher à quoi que ce soit du château, au risque de souffrir davantage.

Laure est persuadée que je vais mieux, que je l'ai oublié, du moins en grande partie, que ce prince abominable avec qui je n'ai échangé que quelques baisers n'était finalement qu'une passade. Pourtant, je me sens si seule, vide, perdue et inconsolable. J'espère trouver une nouvelle vie en septembre, comme pour reprendre là où je l'avais laissée il y a deux ans, après Anthony, avant Dorian. Voilà, recommencer comme si rien ne s'était passé. Tout effacer, tout oublier, réécrire et avancer.

Septembre : nouvelle vie

Je sors de cours, vais me chercher un thé au distributeur et rejoins mes amis partis fumer une cigarette à l'entrée de la faculté. J'entends Charlie, l'un d'entre eux, blond, la vingtaine, fêtard au grand cœur.

— Vous avez vu la super caisse sur le parking ! C'est une Porsche, la classe.

Élisa, la petite brune sportive à sa gauche, intervient.

— Le mec qui en est sorti est pas mal non plus. Je le veux bien comme prof, les cours seraient plus passionnants ! Il avait un air de Derek Shepherd[42] dans *Grey's Anatomy*[43].

Je me tourne vers la voiture garée à quelques mètres sur le parking. Elle a une plaque anglaise. Je me sens pâlir. Mon regard croise celui de Laure, elle a deviné mes pensées. Et c'est à ce moment-là que j'entends cette voix reconnaissable entre toutes. Il vient de sortir du bâtiment. Il est juste derrière moi.

— Tu ne fumes pas, j'espère.

Ce ton entre la question et le reproche, je sais que c'est lui. Et cet accent : je n'ai aucun doute. Je ne l'ai pas vu

---

[42] Chirurgien de fiction dans la série américaine *Grey's Anatomy*

[43] *Grey's Anatomy* est une série télévisée médicale américaine

depuis le 3 mai, à cette soirée désastreuse. Mes amis se sont tus, ils nous observent. Sans me retourner, je lui réponds.

— Vous avez fait tout ce chemin pour savoir si je fumais, Monsieur ?

— Non, Allie, je suis venu pour te voir, répond-il doucement.

Je lui fais face.

— Vous m'avez vue. Au revoir, Monsieur.

— Allie, nous devons parler. Viens avec moi, s'il te plaît.

— Je n'ai rien à vous dire, Monsieur.

— J'ai fait tous ces kilomètres pour te voir, tu me dois bien ça. Et arrête ce petit jeu, ce n'est pas drôle.

— J'ai fait tous ces kilomètres pour ne plus TE voir. Je ne te dois rien du tout, va-t'en.

— Je comprends, murmure-t-il. Allie, accorde-moi dix minutes. Après tu pourras m'inviter à partir. Juste dix minutes de ton temps, s'il te plaît.

Nous entendons la voix de notre professeur. Je dois y retourner.

— J'ai cours. Si tu veux me voir, reviens dans deux heures.

— Deux heures ? Je ne vais pas patienter deux heures ici !

— C'est toi qui vois. Moi, je n'ai plus rien à te dire.

Je le contourne, il m'attrape le bras. Je regarde sa main puis le fixe. Je suis furieuse. Il lâche mon bras. J'avance sans me retourner vers ma salle de cours.

— Eh, Allie, c'est qui ce mec ? me demande Charlie.

— Mon ancien patron.

— Le mec du château en Angleterre ?

— Lui-même.

— Le mec, il a fait tout ce chemin juste pour te voir ? Tu as fait quoi ? Tu lui as piqué du pognon ou quoi ?

— T'y connais rien, Charlie. À mon avis, ils ont couché ensemble, il n'a pas voulu quitter sa femme, alors elle est partie. Alors, lequel des deux a raison ? rétorque Élisa.

Je souris. J'aime cette bande. Nous nous connaissons depuis quinze jours seulement, mais nous nous entendons bien. L'ambiance est sympa et il y en a toujours un pour détendre l'atmosphère.

— Aucun des deux, Élisa. C'est plus compliqué que ça.

— En tout cas, la façon dont il te regarde, c'est déstabilisant. Et cet accent ! Moi, je craquerais complètement, poursuit-elle.

— Je te donne un conseil, Élisa. Ce genre de mec, c'est du poison. Il faut les fuir comme la peste.

— Je ne sais pas ce qu'il t'a fait, mais tu ne lui as pas pardonné !

Le cours commence. Ces deux heures me paraissent un supplice. Je ne suis pas concentrée, je pense à Dorian, à l'année que nous avons passée ensemble, tantôt comme deux amants qui se cherchent, tantôt comme deux étrangers, nos baisers, sa peau et l'annonce de son mariage. S'il vient se donner du bon temps avant d'être marié, il peut toujours courir. Je ne suis pas son jouet, j'ai été naïve, mais je ne me ferai plus avoir. Javotte m'a remis les idées en place avec cette gifle mémorable. Et je ne fréquente pas les hommes mariés ou sur le point de l'être.

Le cours est terminé, je prends mon temps. Il sera certainement parti, je ne lui ai pas réservé un accueil des plus chaleureux. Je ne sais pas si j'ai envie qu'il soit encore là à m'attendre ou si je préfèrerais qu'il soit déjà loin. Je range mes affaires, Laure me tend son cours.

— Tiens, je crois que tu vas avoir besoin de mes notes !

— Oui, merci, je n'étais pas concentrée.

— J'avais remarqué. Je te rassure, je ne l'aurais pas été non plus. Que vas-tu faire ?

— Je ne sais pas, il est certainement parti.

— Je ne pense pas. S'il est venu jusqu'ici, c'est qu'il s'est donné du mal pour te retrouver. Il ne va pas partir comme ça.

— Je n'avais pas pensé à ça. Comment m'a-t-il retrouvée ?

— Tu vas pouvoir lui poser la question, affirme-t-elle en lançant un regard vers l'extérieur.

Nous avançons vers les portes lorsque j'aperçois sa Porsche toujours garée dehors. Il est debout, adossé à sa voiture, dos à nous. Je traîne volontairement avec mes amis. C'est l'heure du déjeuner. En général, chacun va manger et personne ne reste à l'entrée, mais je pense qu'ils veulent tous en voir plus. Dorian est l'attraction de la journée.

Je me décide sous les encouragements de Charlie et des autres. Je rejoins la voiture. Dorian s'assied au volant, j'ouvre la portière. Il tourne la tête vers moi, ses yeux bleu-gris toujours aussi magnétiques.

— Ça y est, tu as fini de me ridiculiser auprès de tes amis ?

— Pas tout à fait, non.

Je claque la portière et repars. Il fait marche arrière et s'arrête à mon niveau.

— Excuse-moi. Monte, s'il te plaît.

J'hésite puis finalement m'installe dans sa belle décapotable, boucle ma ceinture alors qu'il appuie brutalement sur l'accélérateur. Nous quittons le parking dans le bruit du moteur. J'ai les cheveux qui volent et les mains moites.

Nous n'avons échangé aucun mot depuis dix minutes. Je ne sais pas où il m'emmène. Il se gare sur un parking devant un restaurant qui me paraît très chic. Il pose sa main sur ma cuisse.

— Tu dois avoir faim, déclare-t-il son regard si hypnotique plongé dans le mien.

— Pas vraiment, non, dis-je en résistant difficilement à son charme.

— Tu veux qu'on aille ailleurs ?

— Non, je veux que tu retires ta main, que tu m'expliques ce que tu fais là et comment tu m'as retrouvée ?

— OK, entrons, je vais t'expliquer.

— Ai-je vraiment le choix ? dis-je dans un murmure presque inaudible pour lui, à sa merci sur ce parking, loin de mes repères.

Le restaurant est splendide. Les nappes blanches sur les tables sont ornées de couverts en argent. Il y a des housses rose pâle sur les chaises, de grands miroirs aux murs et le personnel est très élégant. Je suis gênée de ma tenue de tous les jours. Dorian, malgré les kilomètres qu'il doit avoir parcourus, est élégant comme d'habitude. Nous nous présentons à l'accueil. Il demande à ce que nous soyons installés à l'écart. La demoiselle lui sourit, ses yeux brillent. Elle est sous le charme, je suis invisible. Elle nous dirige vers notre table dans un coin du restaurant. Il me prend la main, je la libère. Il commande, avec son accent anglais si séduisant, une bouteille « de votre meilleur champagne ». La serveuse sourit puis s'éloigne. Lorsqu'elle revient, nous n'avons pas décroché un mot. Je regarde par la fenêtre, c'est une belle journée. Le bruit du bouchon me fait sursauter. Je sors de mes pensées. Il m'observe. Il me tend une coupe, je la prends avant de la reposer aussitôt devant moi. Il est hors de question que je trinque avec lui. Il est coupé dans son élan et après avoir bu une gorgée, repose son verre.

— Je suis content que tu ailles bien. Tu es toujours aussi ravissante.

— Qu'est-ce que tu fais ici, Dorian ?

— Tu n'as pas oublié mon prénom ! J'en suis ravi.

— Je ne plaisante pas. J'ai fui loin de toi pour ne plus jamais te revoir. Que fais-tu ici ?

— Je voulais te voir.

— Il te manque quelqu'un pour servir le champagne à ton mariage ?

— Je ne me marie plus.

— Désolée pour toi, dis-je légèrement cynique.

— Ne le sois pas, ce n'était pas la bonne personne.

— Et pour ton enfant ?

— Elle a fait une fausse couche.

— Tu m'en vois désolée.

Malgré mon souhait d'être désagréable, je ne peux que baisser ma garde un instant à l'annonce de cette triste nouvelle.

— Les médecins nous ont expliqué qu'à l'approche de la quarantaine, c'était parfois plus fréquent. Il faut avouer qu'elle a subi pas mal de stress. Bref, c'est sans doute mieux ainsi. Allie, je ne vais pas tourner autour du pot. Tu es la bonne personne pour moi. J'ai essayé de t'oublier, mais je n'y peux rien, je suis fou de toi.

— C'est un peu tard. Ça y est, t'as tout déballé ? Je peux partir maintenant, avant de me prendre une autre gifle par une autre de tes futures épouses ?!

— Je suis désolé de t'avoir fait autant souffrir. Je vais tout t'expliquer. Suzanne m'a révélé sa grossesse le jour de mon anniversaire. Elle a suggéré que nous nous marions et que nous restions vivre au manoir. Elle souhaitait profiter de la soirée à venir pour l'annoncer à nos amis. Suzanne est une femme élégante, elle est respectée au sein de l'entreprise. Elle vient d'une famille noble et nous avons le même âge. Nous travaillons ensemble depuis des années, mais nous nous sommes rapprochés lors d'un déplacement professionnel en février. À ce moment-là, je n'avais pas prévu ton apparition au domaine. Le jour de ton entretien d'embauche, je réglais une affaire importante. J'étais agacé à l'idée de perdre mon temps à te recevoir, comme je l'avais fait pour les deux qui t'avaient précédée. Et puis, tu étais là, comme une perle de rosée sur un pétale de rose. J'ai très vite été attiré par toi. Je t'observais à la moindre occasion. Aucune femme n'était comme toi, fraîche, spontanée, éblouissante. Le soir du gala d'avril, je ne m'attendais pas à ce que tu portes cette robe. Tu étais magnifique. Mes invités m'ont posé des questions sur ma nouvelle compagne, toi. J'ai essayé de démentir, mais ils ne me croyaient pas. Ils pensaient que je n'assumais pas. Il faut dire que les critiques à notre sujet étaient déjà nombreuses. Ce soir-là, je ne suis pas parvenu à te sortir de ma tête. Incapable de dormir, je suis allé dans le salon comme à chaque insomnie. Lorsque j'ai aperçu de la lumière, mon cœur s'est emballé. Tu t'étais endormie sur le canapé et je n'ai pas résisté à ta peau. Le lendemain, je suis parti rejoindre Suzanne qui était en déplacement au Japon. Je devais t'oublier. J'ai pensé que j'étais juste attiré par ton corps. Suzanne était la femme qu'il me fallait, mais je ne suis jamais tombé amoureux. Par contre, je pense que j'étais déjà amoureux de toi. Quand je suis rentré, tu étais là, toujours aussi belle, aussi étonnante. Tu avais pris des libertés en mon absence. Personne n'avait jamais osé. Sur les caméras, je t'ai même surprise à déambuler dans mon bureau. Ensuite, grâce à ta façon de gérer le vol commis par Elizabeth, j'ai compris à quel point tu étais une bonne personne. Tu étais là, magnanime, prête à pardonner, à lui laisser une seconde chance en dépit de l'accueil qu'elle avait pu te réserver à ton arrivée. Je cherchais toujours à t'oublier. Alors, j'ai trouvé l'idée du téléphone. C'était la solution idéale pour garder mes distances tout en conservant un lien entre nous. Malgré mes efforts, tu étais plus spontanée par messages interposés et j'adorais ça. Hadrien me posait beaucoup de questions sur toi. J'ai fini par lui dire la vérité. Je lui ai fait part de mes craintes, de nos différences ainsi que de ce que je ressentais. Il m'a conseillé d'apprendre à mieux te connaître. D'après lui, c'était la seule solution pour savoir où j'en étais par rapport à toi. J'ai décidé de transformer nos rendez-vous quotidiens en des moments plus conviviaux à boire du thé sur la terrasse, mais nos rapports étaient toujours très professionnels. J'ai pensé que si nous marchions, tu te dévoilerais peut-être davantage. J'ai beaucoup apprécié nos échanges et je tombais un peu plus amoureux chaque jour. En juillet, sur le balcon, le soir de ton anniversaire, j'avais tellement envie de t'avouer mes sentiments. Mais comment faire ? Et puis, à quoi bon ? J'étais certain que tu ne ressentais pas la même chose pour moi. Quelques jours plus tard, tu m'as accompagné à ce salon. Cette soirée reste gravée dans ma mémoire. Je mourais d'envie de passer la nuit avec toi dans ce *B&B* miteux. Je te désirais tellement. J'ai voulu, plusieurs fois, demander à James de faire demi-tour, de me ramener vers toi, mais qu'allais-je te dire en arrivant ? À ma grande surprise, le dimanche, tu es rentrée plus tôt que prévu. J'étais si heureux de t'apercevoir même quelques secondes que je me suis accoudé au mur du couloir, pensant passer inaperçu. Mais tu m'as adressé un sourire qui m'a fait quitter le domaine à contrecœur ce jour-là. Je suis resté d'humeur maussade durant mes vacances avec Suzanne, tu occupais toutes mes pensées. À mon retour, Anthony t'avait recontactée. J'étais persuadé que tu lui laisserais une seconde chance, peut-être même que tu ne reviendrais pas après tes congés. La veille de ton départ, j'ai passé une soirée inattendue avec toi. Te regarder cuisiner ces œufs à la coque en marmonnant les paroles d'*I Got You Babe*, c'était tellement naturel, tellement agréable, tellement toi. Je fondais complètement, luttant pour ne pas t'embrasser là, dans les cuisines. Pendant ces quelques heures en ta compagnie, tu m'as raconté avoir rencontré un fantôme dans les couloirs. J'ai compris que je n'étais qu'une ombre inconsistante à tes yeux. Ce moment de tension et d'attirance entre nous que je pensais avoir vécu, au détour d'un couloir une nuit, n'avait jamais existé pour toi. Je t'ai laissée rentrer en France, espérant de tout mon être que tu reviennes. Et tu es revenue. Lors de la réception suivante, tu étais ravissante dans cette robe rose. Je voyais tes jambes à travers le tissu, j'étais totalement subjugué lorsque tu marchais. L'orage a éclaté, tu étais mouillée par la pluie, ta robe était encore plus transparente et je n'avais qu'une envie : goûter à ta peau. J'ai tenté de me retenir, mais c'était peine perdue. J'ai croisé Hadrien en sortant du salon. Je lui ai avoué que je t'avais embrassée. Il m'a mis en garde : tu étais mon employée, je ne pouvais pas faire n'importe quoi. C'est pour cette raison que je t'ai écrit un message d'excuses t'assurant que ça ne se produirait plus. Je devais stopper ce petit jeu au plus vite. Je suis parti rejoindre Suzanne en Grèce, dès le lendemain. Après ce voyage, tu m'as accompagné à ce dîner professionnel. J'ai d'abord cru que tu me montrais une nouvelle facette de toi en quittant la table suite à cet échange houleux avec Richard. Il m'a fallu quelques jours pour comprendre que tu étais juste fidèle à toi-même. Plus les semaines avançaient et moins je réussissais à me tenir loin de toi. Cette balade à cheval n'était qu'une excuse pour passer du temps en ta compagnie. Je me suis senti si coupable de ta chute. Après ça, je ressentais le besoin d'être proche de toi en permanence, peut-être pour que tu me pardonnes. Et puis, tes vacances sont arrivées. Tu m'as déstabilisé en me proposant de t'accompagner, je mourais d'envie d'accepter. Rester seul pour les fêtes est toujours une épreuve, mais cette année a été bien pire. Je tournais comme un lion en cage. Je suis allé à plusieurs reprises dans ta chambre. Lorsque ta voiture est apparue devant les grilles, j'étais heureux. Le soir du Nouvel An, Hadrien a insisté pour que je t'embrasse à minuit. Il savait qu'il me piégeait. D'après lui, il était temps que je t'avoue mes sentiments et que je t'explique que ce n'était pas compatible avec ton poste. J'étais décidé à jouer franc-jeu avec toi dès le lundi, ainsi qu'avec Suzanne, mais l'abus de champagne m'a fait faire n'importe quoi, j'aurais dû résister. Le dimanche soir, je n'ai pas dormi. Il était inimaginable que tu puisses vouloir de moi : un vieil aigri dans son château démodé. J'avais si peur que ça ne fonctionne pas entre nous et ne plus te voir me semblait impossible. Alors, je trouvais la solution, enfin d'après moi. Suzanne serait ma femme et je te croiserai chaque jour au domaine en tant que gouvernante. Ça semblait idéal, sur l'instant. La suite tu la connais. Voilà, je t'ai tout dit.

Les yeux plongés dans ma coupe de champagne, je tente d'assimiler tout ce que je viens d'entendre. Dorian est amoureux de moi depuis le premier jour. Il m'a retrouvée et a fait tous ces kilomètres pour se déclarer. Je devrais sauter de joie, l'embrasser et lui avouer que moi aussi, je l'aime. Mais je ne peux pas, il m'a fait souffrir. Il m'a humiliée devant tous ses invités. Je ne me laisserai pas avoir encore une fois par l'un de ses caprices.

— Allie, parle-moi, s'il te plaît. Tu me mets mal à l'aise.

— Comment m'as-tu retrouvée ?

— Je viens de t'avouer que je suis fou de toi et c'est tout ce que tu trouves à répondre ?

La serveuse apparaît, elle prend notre commande. J'apprécie cet instant. Je lui pose des questions sur les plats, les légumes. Dorian s'impatiente, je jubile. Elle s'en va. Je fixe Dorian, attendant une réponse.

— Très bien. Après t'avoir envoyé plusieurs e-mails restés sans réponses, laissé des messages sur ton répondeur jusqu'à ce qu'une voix m'annonce que ce numéro n'était plus attribué, j'ai repris ton CV. J'ai vérifié l'adresse indiquée dessus, c'était celle de tes parents. Je leur ai écrit une lettre, expliquant que j'avais quelque chose pour toi, que c'était une surprise, que je voulais te remercier de tes bons services. J'espérais que tu ne leur aies rien raconté de ce qu'il s'était passé entre nous. Ils m'ont répondu que tu allais bientôt reprendre tes études et que dès qu'ils auraient ta nouvelle adresse, ils me la donneraient. J'ai attendu. J'ai cru un moment que tu étais au courant, qu'ils n'allaient pas le faire, et puis finalement, j'ai reçu leur e-mail. J'ai pris quelques jours pour y réfléchir. J'ai hésité, j'ai pensé que tu avais peut-être trouvé quelqu'un, que tu m'avais oublié. Je voulais d'abord t'écrire et puis j'ai eu peur que tu ne répondes pas, une fois de plus. C'est Hadrien qui m'a décidé à venir. D'après lui, même si tu me repoussais, au moins je serais fixé.

— Je ne sais pas quoi te dire, Dorian. Tu m'as fait souffrir, je t'en veux, beaucoup. Je te remercie de m'avoir avoué tes sentiments. Je pense que maintenant tu devrais rentrer chez toi. Je suis passée à autre chose. Tu devrais faire pareil.

— Très bien, je comprends. Est-ce qu'on peut au moins finir ce repas ensemble ? En gage de paix ? S'il te plaît.

Ses yeux me supplient, déstabilisés.

— D'accord, mais ensuite, je dois rentrer.

— Merci, Allie, c'est un plaisir de te revoir, même dans ces circonstances.

— Tu le pensais vraiment sur le toit, quand tu m'as déclaré que tu voulais vivre avec moi ?

— Oui.

— Mais tu savais ce qui allait se passer la semaine suivante pourtant et qu'elle était enceinte.

— Oui, je pensais la dissuader de l'annoncer à tout le monde, mais elle n'en a fait qu'à sa tête.

— Et pour le bébé, tu allais la laisser assumer seule ?

— Non, j'étais prêt, si elle souhaitait le garder, à assumer l'enfant tant que tu étais à mes côtés. Hadrien pense qu'elle ne m'aimait pas, qu'elle était juste intéressée.

— Je le crois aussi. Elle m'a dit que je n'étais qu'une puce à écraser sur son chemin et qu'elle avait gagné.

— Qu'est-ce que tu lui as répondu ?

— Que ce n'était qu'une garce et qu'elle ne m'arrivait pas à la cheville.

— Je comprends mieux pourquoi elle t'a giflée.

— Est-ce qu'elle a apprécié ma petite vengeance ?

— Tu parles de ta guêpière sur le lit ? C'était pour te venger de moi aussi.

— Oui, c'était petit, mais ça m'a fait du bien.

— Elle se doutait qu'il y avait quelque chose entre nous, mais elle pensait que rien ne s'était encore passé. Nous avons eu une grosse dispute ce soir-là. Elle a la gifle facile.

— C'était mérité !

Je ris pour la première fois depuis le début de notre rendez-vous improvisé.

— Je te l'accorde.

L'atmosphère se détend au fur et à mesure du repas. Je sais que je ne serai pas de retour à 14 heures pour la suite de mes cours. Je profite de Dorian, c'est très certainement la dernière fois que je le vois et une partie de moi n'a, malgré tout, vraiment pas envie que ce repas se termine.

— J'ai revu mon frère, Edward.

— Vraiment ?

— Oui, Carole m'a appelé. Il a eu un grave accident, elle a eu très peur pour lui. Elle voulait que je puisse le voir au cas où il ne s'en remettrait pas. Heureusement, il s'en est sorti. Ils ont trois enfants : Abby, Andrew et Angela. Ils sont heureux. J'ai beaucoup parlé avec Edward. C'était très étrange d'être confronté à Carole, mais j'ai été content de les revoir. Je me suis rendu compte que mes sentiments pour elle et ma rancœur contre lui, avaient disparu au fil des années. Nous avons prévu de fêter Noël prochain ensemble au domaine. J'espérais que tu te joignes à nous. Ça m'a aussi fait beaucoup réfléchir sur toi et moi. Je ne pouvais pas rester sur cette dispute, je devais te revoir.

Le téléphone de Dorian sonne. Il répond en anglais.

— Salut, Hadrien. Oui, je l'ai retrouvée, elle est avec moi. Non, je t'expliquerai. Oui, si tu veux. Tiens, il aimerait te parler.

— Bonjour, Hadrien.

— Bonjour, Allie, comment allez-vous ?

— Bien, merci et vous ?

— Ça va bien. Je suis ravi de vous entendre. Vous savez, il est misérable depuis que vous êtes partie. Cette fois-ci, il a compris. D'ailleurs, je crois que votre départ était la lame qui lui a rendu ses sentiments. J'ai cru comprendre que vous aviez fait votre choix et je le respecte. Mais Dorian vous aime, réellement, et je crois que vous l'aimez aussi. Bref, je ne vous dérange pas plus longtemps. Allie, si un jour vous êtes de passage, arrêtez-vous. Diana et moi, nous vous accueillerons avec plaisir.

— Merci, Hadrien.

Je raccroche, Dorian me regarde, interrogatif. Je ne lui dis rien. Nous apprécions nos desserts puis quittons le restaurant. Alors qu'il me ramène devant mon appartement, je remarque qu'il n'a pas cherché son chemin. J'hésite à lui proposer d'entrer, mais je m'abstiens. J'ouvre la portière de la voiture avant de lui dire au revoir. Il s'approche comme pour m'embrasser et finalement dévie ses lèvres pour les déposer sur ma joue. Je descends, le regarde une dernière fois, ses yeux brillent. Je me retourne juste à temps pour ne pas qu'il voie la larme qui coule sur ma joue. J'entre dans mon appartement et entends sa voiture s'éloigner. Je m'effondre, je m'en veux de ne pas avoir avoué à Dorian que je l'aimais, mais je ne pourrais pas supporter qu'il me fasse souffrir une fois de plus.

Laure rentre deux heures plus tard. Elle me pose beaucoup de questions alors que je lui raconte notre repas. Elle tente de me consoler et de me conforter dans mon choix, même si elle ne peut s'empêcher de répéter à quel point il est romantique, qu'elle le trouve plus craquant qu'elle ne l'imaginait et que j'ai vraiment beaucoup de chance de l'avoir rencontré, même si bien sûr, « c'est un salaud ».

Comme tous les vendredis soir, nous sortons. Nous retrouvons toute la classe dans le même bar que d'habitude. Il ressemble d'ailleurs plus à un *pub*. Je n'ai pas la tête à m'amuser, mais l'alcool finit par m'aider à me détendre. Mes amis me demandent ce qu'il s'est passé, m'obligeant à leur raconter toute l'histoire. Après plusieurs verres, nous allons danser sur la petite piste aménagée au centre du *pub*. Je danse et commence, malgré tout, à oublier Dorian, lorsque soudain, Laure me regarde fixement. Je sens une main sur ma hanche. Je me retourne, Dorian est là, debout devant moi. Il m'embrasse à la vue de tous. Je le gifle. Je ne sais pas pourquoi j'ai fait ça et le regrette aussitôt. J'ai envie de m'approcher et de poursuivre ce baiser. Nous nous regardons un instant, droit dans les yeux. Je prends sa main pour l'emmener à l'extérieur. Il retire sa veste afin de me la proposer presque timidement. Je ne bouge pas. Devant mon refus, il la renfile. J'aperçois mes amis qui nous observent par la fenêtre. Je le dévisage, silencieuse. Il doit comprendre que j'attends de savoir ce qu'il fait là, alors il commence à m'expliquer, hésitant.

— Je… j'étais sur l'autoroute et je pensais à toi. Je… j'ai fait demi-tour, je suis allé à ton appartement, mais tu n'y étais plus. Ta voisine m'a dit que je te trouverai ici. Je sais que tu es passée à autre chose, que tu voulais que je parte. Mais Allie, je veux que tu rentres avec moi, je veux que tu viennes vivre au domaine avec moi, je veux ne plus jamais te quitter des yeux.

— Et tu as toujours ce que tu veux, c'est ça ?

— Non, je ne crois pas. Tu connais ma vie, tu sais très bien que je n'ai pas toujours été heureux. Oui j'ai de l'argent, beaucoup d'argent, mais la vie ne m'a pas toujours donné ce que je voulais. Tu ne peux pas dire ça.

— Et tu penses que cette fois-ci la vie va être plus généreuse avec toi ?

— Non, je pense que je ferai tout pour que tu me suives. Dis-moi ce que tu veux et c'est à toi, peu importe tant que tu me pardonnes.

— Je ne veux rien de toi. Tu ne m'auras pas, Dorian, je ne suis pas un jouet. Tu m'as confié un soir que nous recommencerions tout à zéro, que nous serions ensemble et quelques jours plus tard, tu annonçais ton mariage avec une autre ! C'est toi qui l'as annoncé à tous tes amis ! C'est toi qui m'as fait porter de jolies robes et remise en uniforme quand ça t'arrangeait ! Tu m'as fait souffrir, tu m'as humiliée et maintenant tu veux m'acheter. Tu espères que je vais courir vers toi pour t'embrasser ?! Tu espères que je vais revenir et faire semblant jusqu'à ton prochain changement d'humeur ? Je ne suis pas ta marionnette !

Alors, arrête de vouloir des choses qui n'arriveront pas et laisse-moi guérir de toi.

— Excuse-moi, je me suis mal exprimé. Je suis décidément très maladroit avec toi. Mais tu me déstabilises, j'ai tellement peur de te perdre.

— Tu m'as déjà perdue, peu importe ce que tu diras ou feras.

— Allie, laisse-moi essayer. C'est tout ce que je te demande. Laisse-moi te convaincre que j'ai changé, que je suis l'homme qu'il te faut, comme ça tu n'auras pas à guérir. Laisse-moi te le prouver et si tu me le demandes, je te laisserai tranquille.

— On ne change pas aussi facilement. Alors, dans quelques jours, quand je serai aussi froide que tu l'as parfois été avec moi, tu te lasseras comme un petit garçon se lasse de son jouet.

— Tu ne comprends pas, je suis très sérieux. Allie, j'aimerais, de tout mon cœur, que nous fassions un bout de chemin ensemble, que nous fassions des projets. Je prendrai autant de temps qu'il faut pour que tu n'aies aucun doute sur ma sincérité.

— Alors, commence par respecter mon choix. Je ne doute pas de ta sincérité, mais ce sont tes envies, pas les miennes. J'ai changé de vie, j'ai repris mes études, je suis heureuse ici et je ne veux pas retourner en Angleterre.

— Si c'est ce que tu veux, très bien. Je peux venir m'installer ici, nous acheter un appartement. Je travaillerai à distance, ferai quelques allers-retours si besoin et tu finiras ton année scolaire.

— Tu ne comprends vraiment rien. J'aime mon appartement, je ne veux pas que tu t'installes ici, encore moins avec moi. Je veux que tu t'en ailles. Adieu Dorian.

Je pars, le laissant seul sur le trottoir. Il reste un instant, me regarde à travers les vitres. Il a l'air si malheureux, si misérable. Des passants se sont arrêtés sur les trottoirs, intrigués par notre dispute. Il traverse la route, monte dans sa voiture et démarre en trombe. Je retourne m'asseoir avec mes amis, reprends un verre, le bois rapidement puis quitte le bar, seule. Laure danse et j'ai besoin de marcher. L'appartement n'est qu'à quinze minutes à peine du *pub* et nous rentrons souvent à pied. C'est une ville plutôt calme. Je rentre, retire mes chaussures puis m'allonge tout habillée sur mon lit. Mon téléphone vibre. Je sursaute, je pense à Dorian, à nos messages, au petit mot que j'ai laissé près du téléphone qu'il m'avait confié : « À DÉTRUIRE ». Je regarde mon portable, Laure s'inquiète. Je lui réponds que je suis à l'appartement, tout va bien. Je lui expliquerai demain et non, je ne suis pas avec Dorian. Je ferme les yeux un instant, mon téléphone vibre une fois, deux fois, trois fois. Elle est décidément très curieuse. Je me relève, pars en direction de la salle de bain. La journée a été intense, je vais me coucher. Avant d'éteindre, je lis ses messages.

— Fais-moi un résumé !!

— Bon, OK, je rentre dans une heure, si tu n'es pas couchée, tu pourras tout me raconter !!

— Bonne nuit, Allie, content que tu sois rentrée saine et sauve. Je n'aime pas te savoir seule dans les rues, la nuit. Puis-je espérer que mes envies deviennent aussi les tiennes un jour ? À demain. Dorian

Je relis le dernier, je suis sidérée. Comment a-t-il eu mon nouveau numéro ? Il m'a suivie ? Et « À demain » ? Pourquoi « À demain » ?

Laure rentre, je ne dors pas. Impossible de fermer l'œil, mais je ne veux pas parler maintenant. Elle ouvre discrètement ma porte, me demande à voix basse si je dors. Je ne réponds pas, elle referme la porte et va se coucher.

Nous sommes samedi, il est 11 h 30. Quelqu'un sonne à la porte. Laure va ouvrir. Je ne suis pas encore levée, je n'ai pas dormi, mais je n'ai pas envie de sortir de mon lit aujourd'hui. Je l'entends parler. C'est certainement Virginie, la voisine. Je distingue une voix d'homme. Je me redresse d'un bond : Dorian ! Mon cœur s'accélère, je pense au message « À demain ».

Quelqu'un frappe à ma porte.

— Qui est-ce ?

— C'est moi, andouille ! dit-elle en entrant dans ma chambre. Qui veux-tu que ce soit ? Monsieur crapaud ?

Laure a rebaptisé Dorian « le crapaud ». Elle me fait rire. Je suis vraiment contente de passer cette année avec elle. Elle me tend un paquet.

— Un mec a déposé ceci pour Mademoiselle !

Je la regarde, sceptique. Je prends le paquet et l'ouvre. Il y a deux croissants, deux pains au chocolat ainsi qu'une boîte d'aspirine avec un petit mot.

J'ai pensé qu'après hier soir, tu aurais certainement très faim et mal à la tête au réveil. Bon appétit à Laure et toi. Je t'embrasse. À demain.

Dorian

Je rends le paquet à Laure. Elle lit le mot, me regarde, et spontanément s'exclame :

— Il est génial ce mec ! Tu lui as parlé de moi ?

— Oui, il y a très longtemps, mais hier je ne lui ai pas dit que j'étais en coloc avec toi.

— Il t'écrit « À demain » ? Vous avez prévu quoi ?

— Rien du tout. Je lui ai dit de rentrer chez lui et de m'oublier.

Je raconte à Laure notre discussion de la veille, ou plutôt notre dispute, et aussi le texto de cette nuit. Nous restons à la maison toute la journée. Le soir, nous décidons d'aller danser. Je n'ai pas de nouvelles de Dorian. Il a dû repartir en Angleterre. Au bar de la discothèque, un homme discute avec le barman. J'attends ma commande. La musique est forte, mais j'entends quelques mots de leur conversation : « Porsche grise, trop bien, sur le parking ».

Dorian est toujours là, il me suit. Lorsque nous sortons quelques heures plus tard, je cherche autour de nous : pas de trace de la voiture ni du crapaud.

Nous sommes rentrées vers 4 heures du matin et ni Laure ni moi ne nous levons avant midi. Nous prenons nos affaires puis partons à la piscine. C'est notre rituel du dimanche : vers 13 heures, nous allons nager une heure, ensuite nous rentrons, mangeons, faisons une sieste ou nous affalons sur le canapé devant un film à l'eau de rose et laissons notre journée filer doucement. Vers 17 heures, mon téléphone vibre.

— Bonjour Allie. Comment vas-tu ? Comment était l'eau ? À demain.

Je n'ai toujours pas enregistré son numéro. Encore une fois, il sait ce que j'ai fait de ma journée. Il ne me suit pas, il me surveille. Je ne réponds pas, il va se lasser.

Lundi matin, Laure et moi arrivons à la fac. Mon téléphone vibre alors que je m'assieds dans l'amphithéâtre.

— Bonjour, Allie. Comment vas-tu ? Bonne semaine à toi. À demain :)

Mardi soir, nous sommes à peine rentrées que quelqu'un sonne à la porte. J'ouvre, une fleuriste me tend un magnifique bouquet d'une cinquantaine de roses rouges. Je lis le mot :

Quelques roses pour te rappeler mon Amour.

Je t'embrasse. À demain.

Dorian

Je regarde la fleuriste en lui tendant le bouquet.

— Pouvez-vous le déposer sur le trottoir, s'il vous plaît ? Je n'en veux pas.

Elle me dévisage, perplexe, avant d'aller le déposer sur le sol. J'imagine qu'il m'observe peut-être, alors je décide de lui adresser des remerciements à ma manière.

Mercredi matin, mon réveil sonne et quelques minutes plus tard, mon téléphone vibre.

— Bonjour, Allie. Comment vas-tu ? Tu dois être allergique aux fleurs. À demain.

Jeudi soir, un message apparaît presque sans surprise.

— Bonjour Allie. Comment vas-tu ? Comment s'est passée ta journée ? À demain.

Vendredi, j'ouvre ma nouvelle boîte e-mail pour y trouver noyé entre les spams un contact de sa part.

Bonjour Allie,

Comment vas-tu ?

J'espère que ta semaine s'est bien passée. Je suis toujours dans la région. Nous pouvons peut-être nous voir. Prendre un café en terrasse dans le centre-ville ou aller marcher le long du lac. Je te laisse choisir ce que tu préfères.

Tu me manques. À demain, ou peut-être avant, si tu le veux bien.

Je t'embrasse.

Dorian

Samedi soir, nous allons à la patinoire avec la plupart de nos amis de la fac. L'ambiance est bonne, la musique aussi.

Laure et moi tombons plusieurs fois, nous rions aux éclats. La musique s'arrête un instant alors que le DJ passe une annonce.

— Nous avons une dédicace très spéciale ce soir, pour Allie. Allez, on écoute The Script[44] : *The Man Who Can't Be Moved.* Allez, Allie, donne-lui une seconde chance !

Alors que les paroles résonnent « *How can I move on when I'm still in love with you* »[45], toutes les personnes qui me connaissent ont le regard fixé sur moi. Je scrute la patinoire à la recherche de Dorian, sans succès. Il reste invisible et pourtant très présent, trop présent. Ça en devient presque effrayant.

Dimanche, nous avons prévu une randonnée avec une grande partie de ma promotion. Pendant que nous pique-niquons au sommet, mes amis me demandent la suite de l'histoire. Je leur explique les derniers rebondissements. C'est ce moment que choisit Dorian pour m'envoyer un texto.

— Bonjour, Allie. Comment vas-tu ? J'espère que la vue vaut le coup, bonne randonnée. À demain.

Je leur montre mon téléphone. Le côté presque mignon et romantique du début commence à me rendre nerveuse.

Lundi soir, je récupère le courrier. J'ai une lettre à mon nom, elle n'est pas timbrée. Je reconnais l'écriture. Je l'ouvre.

---

[44] Groupe de pop rock irlandais

[45] Comment puis-je aller de l'avant alors que je t'aime toujours

Bonjour Allie,

Comment vas-tu ? Voici deux places de cinéma, tu auras peut-être envie d'une soirée entre amies. A priori, tu n'as pas envie de me voir pour l'instant. Je comprends, je serai patient.

À demain. Je t'embrasse.

Dorian

Dorian est là depuis environ deux semaines déjà et à chaque jour son message, toujours écrit de la même manière. Vendredi soir, un livreur sonne. Laure ouvre la porte, elle récupère un grand colis rectangulaire. Il m'est adressé. Je lis le mot.

Bonjour Allie,

Comment vas-tu ? Voici une robe qui, je crois, pourrait t'aller à merveille. Je serai demain soir au restaurant où nous avons mangé la dernière fois. Je t'y attendrai avec une excellente bouteille de champagne. Je souhaite t'inviter, mais tu peux payer ta part si tu préfères. Si tu n'aimes pas la robe, tu peux venir habillée comme tu le souhaites.

J'aimerais beaucoup te revoir avant de rentrer en Angleterre. Tu me manques terriblement. Je t'embrasse.

Dorian

Je donne le carton à Laure sans même l'ouvrir. Elle pourra mettre la robe pour le gala de fin d'année si elle en a envie.

Premier dimanche d'octobre, il est 14 h 20. Nous sommes rentrées de la piscine, je reprends une douche. Mon téléphone vibre. En sortant, je passe ma serviette autour de moi puis regarde le message reçu à 14 h 23.

— Bonjour, Allie. Comment vas-tu ? Je repars aujourd'hui en Angleterre. Je vais m'arrêter devant ton appartement à 14 h 30, je vais sonner. Tu n'es pas obligée d'ouvrir. J'aimerais beaucoup te voir. Je resterai devant ta porte jusqu'à 15 h 30, ensuite je partirai de la région. Si je ne te vois pas, à demain.

Je regarde l'heure, 14 h 29. Je pose mon téléphone. Quelqu'un sonne, je sursaute. Je sors de la salle de bain en criant bien distinctement à Laure qu'il s'agit de Dorian et que je ne veux pas qu'elle ouvre. Je sais qu'il peut m'entendre. Je tourne en rond pendant une heure. Laure ne cesse de me répéter que c'est un jeu stupide et que je n'ai qu'à aller le voir. 15 h 40, je demande à Laure d'aller vérifier dehors : pas de trace de Dorian. Cette fois-ci, il est parti pour de bon.

Lundi, Laure va chercher le courrier. Elle revient avec une lettre pour moi, la même enveloppe, la même écriture que la dernière que j'ai reçue.

Bonjour Allie,

Comment vas-tu ? Je comprends que tu ne veuilles pas me voir. J'espère toujours que tu changeras d'avis. Je sais être patient lorsque je désire profondément quelque chose et je le serai encore plus en ce qui te concerne. Tu es la femme de ma vie, je ne peux ni ne veux t'oublier. Tu sais où me trouver, comment me joindre.

Les affaires m'appellent en Angleterre, mais je peux revenir en un clin d'œil si tu as besoin de me voir. N'hésite jamais, je serai là pour toi. Je t'aime profondément.

À demain.

Dorian

Lundi matin, je reçois encore un message.

— Bonjour, Allie. Comment vas-tu ? En traversant la France, je me suis arrêté pour rencontrer tes parents. Ils sont charmants. À demain.

Quoi ? Comment a-t-il osé ? Sans grande surprise, mes parents m'appellent le soir. Dorian est un gentleman, si généreux et si adorable… Je reste calme à les écouter me décrire l'homme le plus génial au monde puis je finis par prétexter un partiel le lendemain pour ne plus en entendre parler. Il va trop loin, il serait temps qu'il se lasse.

Octobre : nouvelle attaque

Mardi et les jours suivants, je reçois toujours plus de messages, d'e-mails et ainsi de suite jusqu'aux vacances scolaires d'octobre. Je profite de ces vacances pour rentrer chez mes parents. J'arrive le samedi. Sans surprise, ils sont très contents de me voir. Le soir venu, alors que je vais me coucher, je trouve sur mon lit un gros ours en peluche. Une petite carte y est attachée. Elle n'est pas signée, mais je reconnais l'écriture. Dorian a dû déposer ce cadeau lorsqu'il a rendu visite à mes parents. Je le range dans mon armoire pour ne plus le voir.

Dimanche, je ne reçois pas de texto de la journée, rien. J'ai un léger espoir qu'il commence à se lasser. Lundi matin, je vais voir mes e-mails et me rends compte que je me suis trompée. Dorian m'en a envoyé un hier.

Bonjour Allie,

Comment vas-tu ? J'espère que tu es bien arrivée chez tes parents. Est-ce que l'ours te plaît ? Passe de bonnes vacances, je pense à toi. À demain.

Dorian

Lundi soir, nous fêtons l'anniversaire de mon père. Je prépare le repas avec ma mère. Nous nous installons dans le salon pour prendre l'apéritif lorsque mon père sort une bouteille de champagne.

— Allie, tu devrais apprécier cette bouteille, c'est du Ruinart ! Elle nous a été généreusement offerte par ton ancien patron !

Je suis en plein cauchemar. Dorian s'immisce dans ma vie comme un moustique qui a trouvé une faille dans la moustiquaire. Je fais bonne figure toute la soirée, lorsque je suis enfin dans mon lit. Il m'est difficile de trouver le sommeil. Ça fait plus d'un mois et il n'a toujours pas laissé tomber. Ça suffit, il faut que ça cesse. Le lendemain, je suis devant mon bol de céréales, pensive, lorsque ma mère me tend, souriante, un paquet Amazon à mon nom. Il y a une petite carte blanche avec un ruban orange. Je l'ouvre et suis sur le point de la remercier lorsque je commence à lire.

Bonjour Allie,

Comment vas-tu ? Voici plusieurs livres qui devraient te plaire. Bonne lecture. À demain.

Dorian

Je déchire la carte. Ma mère m'observe, perplexe. Je prends mon téléphone, je sélectionne le dernier message qu'il m'a envoyé, appuie sur répondre pour la première fois et commence à écrire.

— Arrête de me harceler ou je porte plainte. Adieu.

Sa réponse ne se fait pas attendre.

— À ta guise, je ne t'oublie pas.

Je n'ai plus de nouvelles de Dorian depuis quinze jours maintenant. Je regarde souvent mon portable ainsi que mes e-mails pour vérifier s'il m'a écrit, mais rien. Bizarrement, je suis partagée. Je m'étais habituée à ses messages, aussi intrusifs soient-ils, mais en même temps, je me sens soulagée. Il finira par passer à autre chose et moi aussi. Je n'y peux rien, mais il me manque. La guérison va être encore longue, le temps l'effacera progressivement. Je suis persuadée que c'est la meilleure chose à faire. Comment commencer une relation après l'humiliation qu'il m'a fait subir, l'attitude qu'il a eue à mon égard ainsi que les nombreuses choses qu'il a pu me cacher pendant toute cette année ? Il m'aime, dommage pour lui. C'est trop tard, je ne suis pas à sa disposition, prête à lui pardonner et à oublier quand ça l'arrange. J'ai du respect pour la personne que je suis et jusqu'à preuve du contraire, ça n'est pas son cas. Dorian fait partie du passé. Je dois avancer, trouver ma bonne personne, celle qui saura m'aimer pour ce que je suis, me rendre heureuse et surtout me respecter.

Novembre : nouveau professeur

Chaque dernier jeudi du mois, nous avons une conférence obligatoire avec un entrepreneur. Pendant deux heures, il nous fait part de son expérience. Certains sont passionnants et d'autres à mourir d'ennui, mais tous sont des professionnels reconnus dans leur filière. Ces conférences sont souvent réservées à quelques classes. Aujourd'hui, cette conférence a lieu dans le plus grand amphithéâtre de l'université. Il compte six cents places. Comme d'habitude, je n'ai pas lu le dépliant nous informant du sujet ainsi que de l'intervenant. Je m'installe avec Laure. Certains de nos professeurs sont présents, le président de l'université est là également. Nous devons certainement avoir droit à un *VIP*[46] aujourd'hui : le PDG d'une grande entreprise, riche et imbu de sa personne. Pour ma part, j'ai un dossier à finir et compte bien utiliser ces deux heures pour le relire avant de le rendre ce soir. Je suis déjà plongée dans ma lecture lorsque le président prend la parole.

— Silence, s'il vous plaît. Merci. Bonjour à tous, merci d'être venus écouter cette conférence qui, j'en suis certain, vous sera très utile dans votre future vie professionnelle. Je

[46] Very Important Person : personnalité de marque

ne prendrai pas plus de votre temps, je vous prie d'accueillir chaleureusement Monsieur Dorian Galary qui nous fait l'honneur de sa présence aujourd'hui. D'autant plus qu'il souhaite vous faire cette conférence en français. Monsieur Galary, je vous laisse la parole.

Je lève les yeux, incrédule. Il se moque de moi ! Laure me regarde bouche bée. Il commence sa conférence comme si de rien n'était. Il parle pendant presque une heure de son expérience, de sa compagnie créée par son père, et gérée par lui depuis la mort de celui-ci quelques jours seulement après sa remise de diplôme. Il explique la difficulté de créer une entreprise, mais qu'il est encore plus difficile de la maintenir à flot, surtout lorsque l'on est jeune et sans expérience. L'auditoire est subjugué, Dorian est passionnant. Quant à moi, j'apprends beaucoup sur ses activités professionnelles. Il laisse les étudiants lui poser des questions puis s'arrête.

— Je vous ai parlé de mon business, maintenant, pour cette seconde heure, j'aimerais vous parler d'un autre type d'entreprise. J'ai environ une vingtaine de personnes qui travaillent pour moi à temps plein, non pas pour ma compagnie, mais à mon domicile. Avec autant d'employés, nous sommes comme une petite entreprise. C'est pourquoi je pense qu'il serait intéressant pour vous que je vous en parle aujourd'hui au même titre que de ma firme. Afin que vous ayez une idée précise des obligations qu'entraîne ce genre d'entreprise, j'aimerais que mademoiselle Alice Delonnay me rejoigne. Elle est étudiante ici et a travaillé pour moi pendant plus d'un an.

Quoi ? Il veut que je descende sur l'estrade avec lui et que j'intervienne ? Si c'est une blague, elle n'est pas drôle ! Il se tourne vers moi en me regardant droit dans les yeux malgré la distance. Parmi les six cents étudiants, il a repéré où je me trouvais, sans même que je sente son regard se poser sur moi une seule fois pendant cette première heure.

— Alice, voulez-vous nous faire cet honneur ?

Toutes les personnes présentes suivent son regard et cherchent à qui il s'adresse. Le président de l'université est là. Je ne peux pas refuser, je suis coincée. J'échange un regard avec Laure qui hausse les épaules comme pour me dire, je ne peux rien pour toi. Je me lève timidement avant de me glisser dans la rangée de sièges. Laure me souffle des mots d'encouragement. Je descends les marches une à une, le chemin entre mon siège et l'estrade me paraît interminable. Je n'ose regarder Dorian dans les yeux. Il commence à expliquer mon rôle auprès de lui avant de me laisser la parole. J'explique la gestion des employés, la connaissance de toutes les tâches, l'organisation des dîners, galas ainsi que toutes les autres missions qui faisaient partie du poste. Lorsque je termine, certains étudiants me posent des questions, d'autres nous en ont fait parvenir par écrit. Dorian ouvre un bout de papier. Il me regarde, pose le mot sur le bureau à ma portée et en ouvre un autre. Je jette un œil : « Est-ce que séduire ses employées fait partie des obligations d'un patron ? » Je soupçonne Charlie et tente de ne pas montrer de réaction. Dorian me pose la question suivante.

— Mademoiselle Delonnay, n'est-il pas parfois difficile de vivre avec des collègues ? Est-ce que la relation hiérarchique s'en trouve changée ?

Je réponds qu'en effet, dans ce type de situation, la relation est très différente, qu'il faut savoir jongler entre le côté familial et très amical de la relation tout en maintenant la notion de hiérarchie. Je donne certains exemples puis continue à répondre à quelques questions supplémentaires. Enfin, Dorian décrit l'aspect plus technique de l'employeur, les fiches de paye, les déclarations, les embauches. La conférence est terminée. Il se penche vers moi alors que le président s'approche de lui pour discuter.

— Allie, ne te sauve pas, s'il te plaît.

J'obéis sans vraiment savoir pourquoi en m'asseyant sur la dernière place de la rangée de devant. Laure m'a rejointe, elle me rend mes affaires, me félicite et me prévient qu'elle attend dehors. Le président remercie Dorian d'une poignée de main, il m'adresse un sourire puis quitte la salle. Dorian arrive à mon niveau, son visage est impassible. Je me lève.

— Merci pour ton aide, Allie. J'avais peur que tu refuses, mais je pense qu'il était judicieux de te faire intervenir.

— Je t'en prie, mais je n'avais pas vraiment le choix. Je croyais que tu ne devais pas revenir ?

— Je n'ai jamais consenti à rester loin de toi. Il m'est impossible de ne pas te voir pendant autant de temps. Il fallait que je revienne et pas juste pour glisser des courriers dans ta boîte aux lettres. J'aimerais déjeuner avec toi, mais le président de l'université vient de m'inviter. Nous pourrions peut-être dîner ce soir ?

— Non, je ne pense pas que ce soit une bonne idée. Rien n'a changé, Dorian.

— Je sais. Je te le propose en toute amitié. Je dois repartir demain, mais je peux rester plus longtemps si tu me proposes une autre date pour un déjeuner ou même juste un thé.

— Je vais y réfléchir.

— C'est toujours un plaisir de te revoir, Allie. À bientôt, j'espère.

Il m'ouvre la porte, je rejoins Laure et pars, perdue dans des sentiments aussi divers qu'inexplicables.

Je ne le recontacte pas pendant les prochains jours et pense naïvement qu'il est reparti. Jusqu'à ce que j'arrive en salle de cours le mardi matin suivant, un nouveau module nous a été ajouté : quatre heures chaque mardi matin jusqu'aux vacances de Noël. Je m'installe avec les autres lorsque je remarque l'écriture sur le tableau : « Gestion du personnel – Je reviens dans 5 minutes, installez-vous. DG ». « DG » comme dans Dorian Galary. C'est son écriture, je n'ai pas de doute. Il entre et s'assied sur le bureau. Plutôt détendu, il se présente rapidement en rappelant que nous l'avons vu pendant la conférence puis il explique sa venue ici. Il nous détaille le contenu de nos prochaines douze heures à passer ensemble. Il nous demandera de lui rendre un travail à chaque séance, qui déterminera notre note. Il s'agit d'une réflexion de groupe. Une fois de plus, je suis piégée. Ma présence durant ses cours est obligatoire. Alors qu'il nous propose de faire une pause au bout des deux premières heures, il m'interpelle.

— Alice, je peux vous parler un instant ?

Il se tait alors que les derniers étudiants quittent la pièce. Lorsque nous sommes enfin seuls, il poursuit.

— Le président de l'université a jugé la conférence très intéressante et il a souhaité que je vous fasse partager plus en détail mon expérience. Ça n'était pas prévu. J'aimerais que tu me croies. Je dois rester très professionnel. Bien entendu, je sais que tu sauras faire de même. Il s'agit seulement de trois cours en comptant celui-ci. Je t'avais proposé un déjeuner ou un dîner, mais tu comprendras que je doive remettre ma proposition à plus tard.

— Je n'avais pas l'intention d'accepter, Monsieur le professeur.

— Je vois.

Sans un mot de plus, je quitte la salle pour rejoindre mes camarades. Les trois semaines passent, nous avons rendu tous les travaux. Impossible de guérir de Dorian dans ces conditions, mais je me félicite d'avoir aussi bien géré sa présence. J'ai réussi à adopter une attitude neutre, extérieurement en tout cas, comme avec n'importe lequel de mes professeurs. Seule Laure s'est parfois aperçue de mon manque de concentration lorsque mes pensées m'entraînaient ailleurs. Elle savait me ramener rapidement à la réalité d'un léger coup de coude. Les notes nous seront remises en janvier par le secrétariat. Je suis curieuse de connaître son retour. Sera-t-il objectif ?

Décembre : Nouvel An

Nous sommes jeudi soir. Laure et moi avons autre chose que nos études en tête : ce soir, c'est le gala de Noël ! Deux amies sont venues nous rejoindre. Nous avons nos valises, ainsi que nos belles robes dans leurs housses. Nous embarquons toutes les quatre dans ma voiture direction l'hôtel. Nous avons réservé des chambres en face du casino dans lequel le gala est organisé. Nous laissons les portes de nos chambres ouvertes et allons de l'une à l'autre pour regarder la robe, faire le brushing, maquiller. Nous passons un bon moment, nous discutons des garçons. Vont-ils aimer nos tenues ? Élisa attirera-t-elle Charlie de ses charmes ? Laure est vêtue de la robe offerte par Dorian : elle est mauve avec un bustier. Elle est très jolie, je dois le reconnaître. J'ai décidé de mettre ma robe noire, celle que j'avais mise en avril à la place de mon uniforme. Elle me permet d'ajouter une veste en ce mois de décembre et elle a l'avantage de ne pas avoir été payée par Dorian.

Enfin prêtes, maquillées, coiffées, parfumées, nous partons pour le gala en essayant de ne pas chiffonner ni salir nos belles tenues sur les quelques mètres qui nous séparent du casino. L'université a réservé l'une des salles de réception. Il y a un buffet, un DJ, de grandes vitres qui donnent sur une terrasse, ainsi qu'une piste de danse immense. Je dois admettre que c'est grandiose. Je pose ma veste blanche au vestiaire, reçois des compliments sur ma robe et profite de cet instant entre amis. Le président prend le micro pour nous adresser quelques mots.

— Chers étudiants, j'espère que vous profiterez de cette soirée. Chaque année, nous organisons un gala pour Noël et cette fois-ci, nous avons pu voir les choses en grand grâce au financement de monsieur Galary qui a voulu vous offrir une soirée mémorable, ce sont ses termes. Je vous prie de l'applaudir comme il se doit. Bien entendu Dorian, si je peux faire quoi que ce soit pour vous remercier, dites-le-moi !

— Merci Jacques, répond-il en surgissant de l'arrière de l'estrade. Je ne ferai pas de discours, je pense que vous avez tous envie que la soirée commence alors je ne vais pas vous monopoliser plus longtemps. Jacques, je vais par contre profiter tout de suite de votre proposition. J'aimerais que cette soirée commence de manière assez traditionnelle. Je sais que les jeunes gens aiment une autre musique que la mienne, mais pourriez-vous convaincre mademoiselle Delonnay de m'accorder une valse pour ouvrir le bal ?

— Euh, bien sûr Dorian, je pense qu'elle acceptera volontiers. Où est-elle ?

Mon cœur bat très fort : Dorian dans toute sa splendeur. Il ne laissera pas tomber, jamais, je le sais maintenant. Je ne sais pas si je suis furieuse ou flattée de cette détermination.

Dorian glisse un mot à l'oreille du DJ. Il m'a vue, il se déplace avec élégance vers le centre de la piste. J'ai le regard fixé sur Dorian, Laure est derrière moi, elle me pousse très légèrement comme pour me forcer à avancer. Et j'avance. L'un après l'autre, mes pas me conduisent vers Dorian. À chacun de mes pas, ma robe dévoile un peu plus ma jambe. La voix de Seal[47] sur *Kiss From A Rose* résonne dans la salle. Il me regarde, ses yeux m'attirent. Nous sommes comme deux aimants contraires, qui tentent, en vain, de résister l'un à l'autre. Il me sourit puis me tend la main, je la prends. Il pose son autre main dans mon dos. La peau de ses doigts est contre la mienne. Je regrette le choix de ma tenue. Nous commençons à danser. Il dirige, je le suis, très mal à l'aise. Personne ne nous rejoint. Qui voudrait danser une valse à leur âge ? Tout le monde nous observe. Je rougis. Son regard est plongé dans le mien. Nous dansons sans échanger un mot et tandis que ma tête commence à tourner, le DJ annonce qu'il invite chaque personne à aller sur la piste. Il enchaîne avec une chanson beaucoup plus moderne. Pendant que certains vont danser, Dorian s'arrête, me salue et m'entraîne avec lui sur la terrasse. Il attrape deux coupes de champagne au passage.

— Tu es ravissante, comme toujours. Cette robe me rappelle de très bons souvenirs, c'est un excellent choix, dit-il en me tendant un verre.

— Merci.

— Que penses-tu de ma cravate ?

— C'est celle que tu avais à la soirée du Nouvel An.

— Tu t'en souviens ?

— Bien sûr, je me souviens de tout Dorian : de tes mains sur ma peau, de tes sourires, de tes caresses, de tes baisers, mais aussi de tes humeurs, de tes absences, de tes

---

[47] Auteur-compositeur-interprète anglais

remontrances, de Suzanne, de l'humiliation et de tout le reste. C'est bien ça le problème.

— Je sais, je ne peux pas effacer ces souvenirs, mais je peux en créer de nouveaux avec toi. Que penses-tu de ce soir ? Ce sera un beau souvenir, non ? Comme lorsque La Belle et la Bête dansent ensemble pour la première fois ?

— Je me suis sentie très mal à l'aise. Encore une fois, tu ne m'as pas laissé le choix et tu m'embarrasses devant beaucoup de monde.

— Je vois. Laisse-moi essayer de faire mieux d'ici la fin de la soirée.

— Tu n'abandonneras pas ?

— Non.

— Et si j'ai quelqu'un ? Tu viendras à mon mariage crier que je ne peux pas l'épouser, devant tous nos invités ? Dorian, tu dois être raisonnable. Tu as eu plusieurs chances. Je suis tombée dans tes bras, tu m'as repoussée, j'y suis retombée et à chaque fois, tu m'as rendue un peu plus dépendante de toi. Ensuite, tu m'as fait souffrir jusqu'au dernier jour où tu m'as anéantie. Je ne te donnerai plus d'autre chance. Tu as eu toutes celles que je pouvais te donner, maintenant c'est trop tard.

Je termine quasiment à voix basse, comme pour moins le blesser.

— Je comprends. Est-ce que je peux au moins profiter de ces quelques heures pour me racheter un peu, pour tenter de te faire me détester un peu moins ? J'aimerais que tu saches que tu auras toute mon affection et que je serai présent pour toi quoi qu'il advienne.

— Si tu veux. Tu me promets de laisser de la distance entre toi et moi ? Je suis d'accord pour que tu prennes parfois de mes nouvelles, mais ne reviens plus ici. J'ai besoin de passer à autre chose et toi aussi.

Ce revirement de situation me paraît trop facile, mais peut-être a-t-il enfin compris. Nous rejoignons mes amis, discutons avec eux puis finissons par nous éloigner à nouveau du groupe, au fur et à mesure que la soirée avance. Nous voilà de retour sur le balcon, une coupe de champagne à la main.

— Dorian, je vais bientôt rentrer, j'ai beaucoup de route à faire demain.

— Oui, moi aussi, je repars en Angleterre tôt dans la matinée. Est-ce que je peux te raccompagner jusqu'à ta chambre d'hôtel ?

Je le fixe, incrédule.

— Tu sais que tu me rends nerveuse à tout savoir sur moi. Cela ne joue pas en ta faveur, au contraire.

— L'université m'a proposé de réserver une chambre et ils m'ont expliqué que certains étudiants le faisaient aussi. J'ai supposé que tu en faisais partie. Pour le reste, excuse-moi, je veux juste m'assurer que tu vas bien.

Je le crois à demi-mot et finalement accepte. Nous quittons le gala. Je préviens Laure qui me fait un clin d'œil. Dorian la salue en la complimentant sur sa robe. Elle rougit et le remercie, gênée d'avoir porté devant lui quelque chose qu'il m'avait offert.

Un stress m'envahit comme je me retrouve seule avec lui aux portes du casino. Nous marchons silencieusement jusqu'à l'hôtel. Quelques minutes plus tard, nous atteignons le bout du couloir, à droite, se trouve ma porte de chambre. Dorian me demande s'il peut entrer un instant « en toute amitié ». Il aimerait me parler d'une « dernière petite chose ». Je refuse. Contraint de se livrer à la vue de tous, il enchaîne, espérant sûrement que personne ne nous interrompe.

— Je te promets de te laisser tranquille, Allie. Je sais que tu n'as pas changé d'avis. J'ai espéré, mais je comprends que je ne peux pas rattraper en quelques mois ce que je t'ai fait subir pendant plus d'un an. Mais j'ai changé, j'aimerais que tu en sois convaincue et je t'attendrai. Je sais que tu as eu des sentiments pour moi. Peut-être qu'ils ressurgiront un jour.

— Je te crois Dorian, mais ça n'est pas suffisant. Mes sentiments pour toi sont toujours présents, c'est ce qui rend ta présence si douloureuse. Tu veux me rendre heureuse, mais tu me fais souffrir un peu plus à chaque fois que je t'aperçois. C'est pour ça qu'il faut que tu arrêtes de venir me voir et de t'immiscer dans ma vie. Je te promets de répondre à tes messages, en toute amitié, si tu n'en abuses plus.

— Je ne t'importunerai plus à l'avenir, c'est promis. J'aimerais que tu acceptes une dernière chose, Allie. Je n'ose le faire sans ta permission, mais j'aimerais t'embrasser, une dernière fois. Tu peux le voir comme un adieu, si tu préfères.

Il a le même air malheureux que sur le trottoir en septembre devant le *pub* ou que sur le toit du manoir le soir de son anniversaire. Il me regarde à peine, plein de gêne et pourtant ses yeux me supplient. J'ai presque pitié de cet homme si fragile. Silencieuse, je pose ma main sur sa joue. Il lève son regard plein d'espoir, nos yeux sont hypnotisés. Il s'avance timidement vers moi. Instinctivement, je recule me retrouvant ainsi adossée au mur. Il hésite, s'approche puis m'embrasse tendrement. Une main sur ma hanche, le bout de ses doigts touche ma peau, et l'autre, comme pour éviter la gifle, a fait prisonnière ma main entre la sienne et la tapisserie. Il est contre moi et ce baiser d'adieu est un peu trop long et trop intime pour n'être qu'un adieu. Je ne bouge pas, je le laisse faire. Comment résister à un tel baiser ? Il s'arrête. Légèrement étourdie, je garde mes yeux fermés encore un court instant. Je les ouvre à peine une seconde plus tard lorsque je le vois un genou au sol, un écrin ouvert dans la main. Une bague magnifique brille à la lumière des lampes.

— Allie, j'ai compris que tu n'as pas changé d'avis, je sais que tu ne veux plus me voir, je sais que je t'ai fait souffrir et que tu m'as déjà laissé plusieurs chances. Il existe une solution si simple pour que nous arrêtions de souffrir d'être séparés. Je n'ai jamais été aussi amoureux d'une personne dans ma vie et cette personne, Allie, c'est toi. Tu ne me diras certainement pas oui aujourd'hui, mais je vais te laisser cette bague. Il s'agit de la bague de fiançailles de ma mère. C'est le souvenir le plus précieux que j'ai d'elle. Je vais te la laisser pour te prouver toute la confiance que j'ai en toi. Prends le temps qu'il te faut pour prendre la bonne décision. Je serai patient. Mademoiselle Alice Delonnay, acceptez-vous de m'épouser ?

Incrédule, je m'agenouille près de lui pour le prendre dans mes bras, comme une mère console son fils.

— Dorian, elle est magnifique. Tu sais que je ne peux pas accepter de t'épouser ni même de la garder. Je te remercie du fond du cœur, je suis très touchée, mais tu connais ma réponse.

— S'il te plaît, prends-la, réfléchis et si tu n'en veux pas, tu me la rendras. J'enverrai James la chercher si tu ne veux pas me voir.

Il semble si triste que j'accepte de la garder pour ne pas le rendre encore plus malheureux.

— Très bien, mais ne te fais pas de faux espoirs. Je ne vais pas décider de t'épouser un matin en me levant et tu le sais très bien.

— J'espère encore Allie, j'espère encore.

Nous nous relevons sans un mot. C'est l'heure de nous quitter et cette séparation a un goût d'adieu. J'avance doucement vers la porte de ma chambre, l'ouvre et après un dernier regard, la referme. Comme subitement affaiblie, je m'y adosse, glisse jusqu'au sol en laissant échapper une larme. J'entends une porte toute proche s'ouvrir puis se refermer alors que je reste assise quelques instants, là, sur le sol. Dorian a réservé la chambre voisine à la mienne.

Je me lève assez tôt, après une nuit agitée. Lorsque Laure est venue se coucher discrètement vers 5 heures du matin, j'ai préféré faire semblant de dormir. Impossible de fermer l'œil, les deux dernières années de ma vie ont défilé sous mes yeux gonflés par les larmes. J'ai revu ma rupture avec Anthony, il y a deux ans à peine, mon arrivée au château, ma rencontre avec Monsieur, Dorian. Mon cœur qui tombait doucement amoureux quand ma tête tentait tant bien que mal de l'en empêcher. Puis la déception, la douleur d'être trahie, humiliée en public, et cet été, Anthony, Marius. Et enfin cet automne, Dorian qui m'avoue ses sentiments, qui vient me chercher, Dorian qui me demande en mariage. En mariage ! Je n'y crois pas un instant. Que s'est-il passé, comment en sommes-nous arrivés à souffrir autant, chacun de notre côté, alors que nous nous aimons ? J'aimerais sortir de ma chambre, le rejoindre, lui sauter au cou, accepter. Mais je vais souffrir encore et encore. Il changera d'humeur, changera d'avis, me fera du mal encore et encore.

Je prends un rapide petit-déjeuner. Je ne croise pas grand monde, aucun étudiant en tout cas. Ils sont tous rentrés tard. Je surveille l'entrée, mais je ne vois pas Dorian non plus. Lorsque je remonte, les femmes de ménage font sa chambre, il est déjà parti. Sans bruit, je récupère mes affaires, Laure dort encore. Je vais chercher ma voiture. Je m'arrête rapidement à mon appartement, finis ma valise puis quitte la région.

Je passe de bonnes vacances et un bon réveillon en famille. Je n'aborde absolument pas le sujet avec mes proches, ne souhaitant pas leur raconter toute cette histoire. Je n'ai pas de nouvelles de Dorian. J'ai sa bague avec moi, je la regarde tous les soirs. Je ne peux m'empêcher de penser à lui. Je l'imagine triste et seul face à son frère, Carole et leurs enfants.

Je n'ai rien de prévu cette année pour le Nouvel An. Laure m'a proposé de venir le faire avec elle et ses amis, mais je ne suis pas emballée. Je l'avais appelée pour lui raconter la demande en mariage de Dorian. Elle a crié au téléphone en m'assommant de questions.

— Est-ce qu'il avait un genou au sol ?

— Oui.

— Envoie-moi une photo de la bague ! Vous étiez où quand il a fait sa demande ?

— Dans le couloir de l'hôtel.

— Dans le couloir ? Il n'a pas attendu d'être dans ta chambre ?

— Je ne l'ai pas laissé entrer.

— Et après ? Vous avez fait quoi ?

— Rien, je voulais lui rendre la bague, mais il a refusé, il veut que j'y réfléchisse. Je suis partie me coucher et je ne l'ai pas revu.

— Quoi ? Attends, tu as dit NON ???

Laure semble abasourdie.

— Bien sûr que j'ai dit non. Tu as oublié l'histoire que je t'ai racontée ? Comment il m'a fait souffrir ? Comment il m'a humiliée ?

— Écoute, ma poulette. Tu as un mec beau, riche, qui t'aime depuis deux ans et qui te demande en mariage. Mais tu attends quoi ?

— Donc je peux souffrir en silence tant que j'épouse un beau mec plein aux as ?

— Non, ce n'est pas ce que je veux dire, mais n'importe quel homme risque de te faire souffrir aussi, tu sais. Vous vous aimez comme des fous, ça crève les yeux. Autant je n'étais pas fan de ton Anthony, autant lui, il est génial ce mec. Il est charmant, charismatique, intelligent, beau, élégant, gentleman et riche bien sûr, mais peu importe. Et surtout, il te dévore des yeux en permanence, il est fou de toi. D'ailleurs, je suis désolée de t'apprendre ça, mais tu es folle de lui. Vous faites un couple magnifique, vous étiez tellement beaux au gala tous les deux. J'étais persuadée que vous aviez enterré la hache de guerre, que vous étiez de nouveau ensemble.

— On n'a jamais vraiment été ensemble.

— Tu joues sur les mots, ma poulette ! Bon allez, je dois te laisser. Si tu changes d'avis, tu sais où me trouver pour le Nouvel An. Et si tu changes d'avis pour le mariage, préviens-moi !

— Ça ne risque pas.

— Dommage, pense à lui donner mon numéro quand tu lui briseras le cœur. Allez, on se voit bientôt, *ciao*[48].

Depuis plusieurs jours, je n'ai envie de rien et prévois un Nouvel An devant la télévision. Mes parents veulent que je vienne avec eux : ils vont chez des amis, mais ça ne me tente pas non plus. Le lundi soir, je ne parviens pas à dormir, je pense à Dorian. Il y a presque un an, il déposait délicatement un baiser sur mes lèvres à minuit. Nous jouions un rôle, mais j'étais bien, comme vivante entre ses bras. Et puis, cette fin de soirée, nos corps l'un contre l'autre : j'aimerais tellement revivre ce sentiment de plénitude.

---

[48] *Salut,* en italien

Mardi 30, le jour apparaît timidement. Je contemple la bague, je me lève subitement pour mettre quelques affaires dans un sac. Je descends déjeuner, me prépare et lorsque mes parents se lèvent, je suis prête à partir. Je leur annonce que j'ai été invitée à fêter le Nouvel An avec mes anciens collègues et que je pars sur-le-champ. Je leur souhaite de passer une bonne soirée demain avec leurs amis. Je n'ai pas à patienter trop longtemps à Calais. Il y a peu de touristes qui prennent le bateau en cette période, il restait des places. Une fois débarquée à Douvres, j'appelle Claire. Elle est ravie de m'entendre après ces nombreux mois sans nouvelles. C'est elle qui est gouvernante dorénavant. Je la préviens tout en lui demandant de rester discrète. J'aimerais faire la surprise de ma venue à Dorian. Je ne sais pas pourquoi j'y vais ni ce que je vais lui dire, mais je dois le voir. Les miles défilent, me voilà presque à destination. Je m'adresse à plusieurs *B&B* et finis par en trouver un dans lequel il reste une chambre de libre. Je demande à la louer pour trois nuits. Je ne veux pas dormir au domaine.

Le lendemain, je prends mon temps, je suis nerveuse. Je vais rejoindre ma vendeuse préférée à la boutique de robes. Elle me reçoit, souriante, me pose quelques questions sur mon absence depuis la dernière tenue que je lui ai achetée, mais n'insiste pas devant mes réponses vagues. Elle me conseille une robe argentée à paillettes. Elle est moulante avec des perles qui viennent finir le bustier en s'enroulant autour de mon cou. C'est une robe longue avec une très légère traîne qui vient effleurer le sol. Je rentre au *B&B*, retrouve mon lit pour faire une petite sieste. J'ai besoin d'être reposée et mes nuits sont plutôt courtes ces derniers temps. Je me réveille et mange quelques gâteaux achetés sur la route hier. Je sais que la soirée va commencer vers 18 heures, mais je ne veux pas arriver chez Dorian trop tôt. Je me prépare, me maquille avec un fard à paupières rose pâle, accompagné d'un trait de crayon gris. Je mets du mascara puis me coiffe d'un chignon quelque peu désorganisé. J'ai dû acheter du maquillage ainsi que de quoi me coiffer. Je suis partie un peu vite pour penser à tout ça. 18 h 30, je suis prête, je monte dans ma voiture. Ce n'est pas la tenue idéale pour conduire, mais je n'ai que deux miles à faire. Je me présente devant les gardes. Ils me saluent, souriants, et me laissent entrer. Claire les a avertis de mon arrivée surprise.

Je suis debout devant la porte, anxieuse. Tellement de souvenirs remontent à la surface : Philibert, ma petite citadine rouge, qui roulait sur les graviers, me guidant vers ces pierres grises alors que mes mains moites d'appréhension s'accrochaient au volant. À bien y réfléchir, ce n'est pas bien différent d'aujourd'hui. Charles vient m'ouvrir. Il m'accueille lui aussi avec un grand sourire. Claire n'est pas bien loin, elle me serre dans ses bras.

— Tu es ma-gni-fi-que ! Monsieur va être ravi de te voir, il est si malheureux depuis que tu es partie ! J'ai fait préparer ta chambre au cas où tu resterais avec nous. Je suis tellement contente que tu sois là ce soir !

Ma robe brille sous les lustres du couloir. Je passe devant le grand escalier, le petit salon, le bureau de Dorian. Cette moquette, ces lieux, tout me semble être un souvenir si proche et si lointain à la fois. Je saurais retrouver l'endroit exact où la main du fantôme et la mienne se frôlaient en ramassant mon téléphone, l'endroit exact où les gouttes de champagne glissaient de mes doigts sur la moquette il y a un an jour pour jour.

Les rires des convives au bout du couloir me sortent de mes pensées. Me voici à l'entrebâillement de la porte. Charles me précède, mais il ne m'annonce pas. Je lui ai indiqué que je souhaitais rester discrète.

— Discrète, avec cette robe ? Tu brilles de mille feux, tu ne passeras pas inaperçue !

Me voici donc, le ventre noué, un pied dans la salle de réception. Dorian est là, il ne m'a pas encore aperçue. Il n'attend plus personne. Le premier à me voir est Hadrien. Il me sourit, me fait un signe de tête en donnant un léger coup de coude à Dorian. Hadrien ne m'a pas quittée des yeux. Dorian suit son regard et me voit enfin. Son visage s'illumine, son sourire resplendit. Je ne vois plus que lui, je ne sais toujours pas ce que je vais lui dire. Il s'approche, mon cœur bat si fort que je me sens à l'étroit. Je suis persuadée que l'on peut voir les battements à travers le tissu, me faisant regretter d'avoir choisi une robe aussi moulante. Il s'arrête devant moi, mais reste muet. Nous sommes comme deux collégiens maladroits, incapables de bouger. Soudain, la salle est plongée dans le silence. Nous sommes le centre d'attention.

— Bonjour, Dorian.

— Bonjour, Allie. Viens, suis-moi.

Il prend ma main pour m'emmener sur la terrasse, à l'abri des regards. Nous approchons de la rambarde. Nous sommes presque au même endroit que lors de mon anniversaire et comme ce jour-là, il me propose sa veste, mais cette fois-ci, je le laisse la poser sur mes épaules.

— Tu es éblouissante une fois de plus. Que dis-je ? Tu es sublime. Je suis si heureux de te voir, quelle merveilleuse surprise !

— Ne te réjouis pas trop vite. Je suis venue te rendre la bague de ta mère.

— D'accord.

Son visage s'assombrit.

— Tu as fait tout ce chemin juste pour ça ? Je ne le crois pas. Pourquoi es-tu ici, Allie ? Je suis ravi que tu me fasses l'honneur de ta présence, mais dis-moi, est-ce vraiment juste pour me rendre cette bague ?

— Je dois t'avouer que je ne sais pas moi-même, Dorian. Je ne peux pas accepter ta demande en mariage, donc je souhaite te rendre la bague. Mais j'avais besoin de te voir. Je ne parviens pas à te sortir de ma tête. Tu ne m'as pas non plus rendu la tâche facile.

— Je sais. Je suis impardonnable.

Son visage s'éclaire à nouveau, il me sourit.

— Dorian, tu m'as avoué tes sentiments. Tu souhaites que je devienne ta femme, c'est bien ça ?

— C'est exact, je veux, ou plutôt j'aimerais, me réveiller chaque matin en ayant la chance de voir ton visage à côté du mien.

— Tu peux me promettre de ne plus me faire souffrir ?

— Non, Allie, un couple ce n'est pas que des moments de bonheur, mais je peux te promettre d'essayer chaque jour de te rendre heureuse.

— Dorian, je ne peux pas t'épouser, ça serait de la folie. Nous n'avons jamais vraiment été un couple, nous avons juste vécu sous le même toit.

— J'en suis conscient, mais ça ne m'inquiète pas. Tu es celle qu'il me faut et j'espère être l'homme qui te rendra heureuse. Que me proposes-tu, Allie ? Je suis prêt à tout.

— Je… Je ne sais pas. Peut-être que nous pourrions essayer, recommencer ? Tu m'avais proposé de tout recommencer, sur le toit, le soir de ton anniversaire, tu t'en souviens ?

— Oh oui, je m'en souviens très bien. Cette nuit-là, je pensais avoir gagné le cœur de celle que j'aime depuis le début. C'est ce que tu veux ? Que nous recommencions depuis le début ?

— Oui, je crois.

— Oh Allie, je suis si heureux que tu m'accordes cette chance. J'en ferai bon usage, promis. Miss Delonnay, puis-je prendre votre main pour vous inviter à rentrer boire une coupe de champagne avec moi ?

— Vous pouvez !

Minuit carillonne. J'ai passé tout le début de soirée à son bras, détendue, heureuse. Hadrien insiste pour une photo. Il nous regarde et nous dit la même phrase qu'il y a un an.

— Allez, embrassez-vous pour la photo !

Dorian me regarde, pose délicatement sa main sur ma joue et vient cette fois-ci, tendrement, déposer un baiser sur mon front. Je sais maintenant que je suis irrémédiablement amoureuse de lui. La soirée se termine, les derniers invités s'en vont. Je suis restée à l'écart, le laissant dire au revoir à chacun. Il sait que j'ai loué une chambre et que je ne reste pas dormir au domaine, mais j'attends que tout le monde soit parti avant de quitter les lieux même si je ne veux pas que cette soirée s'achève. Charles referme enfin la porte de la salle de réception derrière lui, nous laissant seuls dans cette pièce immense pour ces derniers instants pourtant si intimes.

— Je vais y aller aussi, dis-je sans en avoir réellement envie.

— Reste encore un peu, s'il te plaît. Juste une demi-heure. Je te retrouve à peine, supplie-t-il.

— D'accord.

J'accepte facilement, si désireuse de poursuivre cette soirée en sa compagnie.

— Non. Reste, dors ici. S'il te plaît.

— Dorian, tu sais que j'ai loué une chambre.

— C'est juste par sécurité. Les gens sont fous et ivres ce soir. Dors ici, je ne voudrais pas qu'il t'arrive quoi que ce soit sur la route.

— D'accord, mais dans mon ancienne chambre, pas avec toi.

— Bien entendu. Nous nous rencontrons à peine. Je ne suis pas un garçon facile, jeune fille.

Je lui souris.

— Très bien, je reste.

— Tu sembles fatiguée. Va te coucher si tu veux. Je me lèverai de bonne heure demain et viendrai te réveiller. On passera la journée ensemble. Sauf si tu pars demain ?

— Non, je pars après-demain. Je passerai le samedi avec mes parents avant de reprendre la route jusqu'à mon appartement dimanche.

— Parfait, je t'ai pour moi tout seul toute une journée alors. C'est peu, mais je compte bien en profiter au maximum. Merci de me laisser cette chance.

— Ne la gâche pas.

— Jamais. Bonne nuit, Allie. Va te coucher que je puisse te retrouver plus vite demain.

— Bonne nuit, Dorian.

Il m'embrasse à nouveau tendrement sur le front avant que je ne quitte la pièce, le sourire aux lèvres. Je sens son regard sur moi, comme avant. Je monte l'escalier, ma robe caresse délicatement la moquette des marches, une à une. Je me souviens du premier rêve que j'ai fait ici : une belle robe, une limousine et les lèvres de Monsieur. Je souris, amusée et quelque peu nostalgique.

Me voilà dans mon ancienne chambre. Il semblerait que le temps se soit arrêté. J'ouvre les placards. Mon uniforme propre et rangé est là ainsi que toutes les robes payées par Dorian. Je vais dans la salle de bain. Claire a pensé à tout : brosse à dents, dentifrice, démaquillant. Le peignoir blanc et bleu est à sa place, le même qu'il y a presque deux ans. Quelques minutes plus tard, je me glisse sous la couette.

Ayant laissé toutes mes affaires au *B&B*, je m'installe nue sous les draps, me recroqueville sur le côté et, malgré cette soirée inoubliable, ne tarde pas à sentir le sommeil venir. Soudain, la poignée de porte grince sous la force d'une main qui l'ouvre. J'entends des pas faire le tour du lit. Ils s'approchent, j'entends le bruit de vêtements que l'on retire avant de les poser sur le fauteuil. Je ne bouge pas, souriant au souvenir du fantôme du château. Il se glisse sous la couette et vient doucement s'allonger contre mon corps. Je prends conscience de ma nudité au contact de son boxer sur moi et de la peau de son torse contre mon dos. Je tourne délicatement mon visage vers lui pour déposer un baiser sur ses lèvres. Je passe ma main sous la sienne alors que nos doigts s'entrelacent. Je me blottis contre lui et m'endors dans ses bras, heureuse, apaisée, à ma place.

Impatients de découvrir la suite de l'histoire d'Allie et Dorian ?

Lisez dès maintenant le premier chapitre de L'Iceberg & la Rose, Tome 2…

Enjoy[49] !

[49] Bonne lecture !

L'Iceberg & la Rose
Tome 2

Jeudi 1er janvier 2015 : filer à la française

Je soulève délicatement la couette et je me presse vers la salle de bain. Dorian dort, je n'ai pas envie qu'il me voie nue. Malgré ces deux années écoulées, nous n'en sommes pas encore là. Je me brosse les dents avant de filer sous la douche. L'eau chaude qui ruisselle sur mes épaules me fait un bien fou.

Je tente de prendre conscience de ce qui m'arrive. J'ai quitté mes parents il y a deux jours pour me rendre au domaine. Je n'ai pas hésité un seul instant. Je suis venue sans savoir pourquoi, laissant mon cœur faire dès que j'ai aperçu Dorian. Je repense aux larmes qui, chaque matin, sous la douche, coulaient le long de mes joues, lorsque j'ai rejoint Laure en mai dernier. La douleur, la tristesse, le vide, m'habitaient jour et nuit. Comment ai-je pu revenir ? Comment ai-je pu supporter cette souffrance pour finalement envisager de lui laisser une chance de plus ? C'est assez simple en réalité : je ne me vois pas vivre sans lui, respirer sans lui, avancer sans lui. Il existe en moi. Je me sens perdue, inexistante, dès qu'il ne fait plus partie de mon horizon.

Ces deux dernières années sont passées si vite malgré toutes les mésaventures que j'ai pu vivre. J'ai comme une sensation de déjà vu : la même demeure, le même jour, le même homme allongé à mes côtés. Pourtant tout est si différent. Je ne peux m'empêcher d'espérer qu'il fasse bon usage de cette dernière chance, car je ne pourrai survivre à nouveau à une telle peine.

J'arrête l'eau de la douche, m'habille du peignoir blanc et bleu qui m'est si familier, puis entoure mes cheveux d'une serviette. Je retourne dans la chambre, il dort toujours. Je n'ai pas de rechange, tout est resté au *B&B*. J'enfile mon boxer noir de la veille, j'ouvre l'armoire, à la recherche d'habits plus pratiques que ma robe de soirée. J'y retrouve les tenues qu'il m'avait payées ainsi que mon ancien uniforme, là où je les avais laissés en partant. Je frôle une des chemises. Ces vêtements, ces lieux me donnent l'impression de reprendre mon rôle de gouvernante pour ce patron si froid. Je plonge ma main à contrecœur dans la penderie alors que j'aperçois les affaires de Dorian sur le fauteuil. Je ferme les portes, m'approche puis me glisse dans sa chemise. J'enfouis ma tête dans le tissu, mon cœur accélère comme je sens son odeur. Je laisse volontairement les quelques boutons du col ouverts.

Légèrement vêtue, je m'avance vers le lit, m'assieds à ses côtés. Je caresse sa peau du bout des doigts, d'abord son épaule, son bras, puis sa main qui enlace alors la mienne avant que nos yeux ne se croisent. Son regard si hypnotisant, ses yeux bleus si miraculeux, me déstabilisent toujours autant. Je l'aime de tout mon être, jusqu'au bout des ongles.

— Bonjour, Allie, chuchote-t-il, ébloui par un rayon de lumière qui apparaît à travers le rideau dans un éclat presque féérique.

Ses yeux n'en sont que plus beaux. Je l'observe sans un mot comme lorsque le charme se rompt et que Belle reconnaît La Bête sous les traits d'un homme pour la première fois. Je vois Dorian devant moi, si différent, et pourtant le même que toutes ces fois où je l'ai croisé dans cette maison chaque jour.

— Est-ce que tout va bien ? s'inquiète-t-il de mon silence.

— Parfaitement bien.

Je souris, habitée par un sentiment de légèreté.

— Petit-déjeuner ?

Ses doigts pincent le tissu de sa chemise posée sur mes épaules. Il m'incite à la lui rendre par un regard, mais je ne me laisse pas convaincre.

— Volontiers, je meurs de faim !

Il sort du lit, enfile son pantalon, me tend la main, le sourire aux lèvres. Il m'emmène hors de la chambre sans autre choix que de rester torse nu. Main dans la main, nous descendons l'escalier. Ce dernier est toujours orné de cette moquette grenat si moelleuse sous mes pas. Je ne me soucie plus d'avoir le droit de marcher pieds nus ou non. Arrivés en bas, Dorian me fausse compagnie.

— J'ai un appel à passer, déclare-t-il l'air mystérieux. Peux-tu nous faire des œufs à la coque, s'il te plaît ?

Certaines choses ne changent pas. Je souris en guise d'acquiescement avant de me diriger vers la cuisine. J'inspire profondément en entrant dans la pièce, comme un réflexe nécessaire pour m'aider à surmonter un stress. Elle est vide en ce lendemain de fête. Pourtant, j'y retrouve tellement de souvenirs : février et mon premier repas avec des collègues si distants à mon arrivée, ou encore en août lors de cette soirée avec *Monsieur* à cuisiner des œufs à la coque en sirotant du champagne. Malgré nos efforts, il était déjà difficile de rester à distance l'un de l'autre.

Tout est prêt quand Dorian réapparaît. Il s'approche, m'enlace puis dépose un baiser délicat sur ma joue. Il a pris une douche, s'est habillé d'un pantalon accompagné d'une chemise : pas de relâche pour le maître des lieux, même en ce premier janvier.

J'ajoute la théière sur le plateau. Pour plus d'intimité, il l'emporte avec lui vers sa salle à manger. Le dernier repas que j'ai orchestré dans cette pièce était celui durant lequel il présentait Suzanne à Hadrien et Diana Williamson. Volontairement, je m'assieds sur la place que Dorian occupait ce soir-là. Coupé dans son élan, il dévie son parcours pour s'installer face à moi. Nous déjeunons, silencieux, mais nos sourires parlent pour nous.

— Tu devrais peut-être boutonner ta chemise ? me suggère-t-il.

— Pourquoi, tu trouves que ce n'est pas professionnel ? Tu penses que l'équipe ignore encore que nous avons dormi ensemble ?

J'ironise, surprise par sa demande. Nous sommes seuls dans cette pièce où aucun employé ne se rendra en ce jour férié. Son visage affiche un sourire gêné. Pourtant, les deux boutons restés libres ne laissent pas entrevoir mon décolleté nu sous le tissu. Ma tenue est décontractée, idéale pour un réveil un lendemain de Nouvel An. Dorian paraît nerveux. J'imagine naïvement qu'il s'agit juste d'une réaction naturelle à notre nouveau statut.

Concentré sur son repas, il se lève d'un bond au retentissement de la sonnette. Il va ouvrir lui-même, une première depuis longtemps. Il échange avec un homme puis l'accompagne jusqu'à son bureau. Je ne reconnais pas la voix. Après un instant de silence, j'entends les pas de Dorian s'approcher jusqu'à ce qu'il passe la tête par l'entrebâillement de la porte pour me demander de le suivre. Encore une fois, il reste bien énigmatique. Je m'exécute, presque anxieuse. J'entre dans la pièce ; j'y découvre un homme assis dans un fauteuil et qui m'est vaguement familier : veste en velours, grosses lunettes, calvitie mal cachée. Dorian recule une chaise pour moi. Je m'installe, disciplinée, tandis qu'il commence à me parler en anglais.

— Laisse-moi t'apporter un pull.

— Non, merci.

Je refuse uniquement pour le déstabiliser, ravie de constater que cela fonctionne au-delà de mes espérances.

— Très bien, répond-il terriblement gêné. Allie, monsieur Brookestow a gentiment accepté de se déplacer à la dernière minute pour nous voir aujourd'hui.

Il m'observe avec insistance, l'air inquiet. Grâce au nom, la mémoire me revient et avec elle, la méfiance. J'aimerais comprendre. Cet homme avait, comme toutes les personnes qui entrent dans ces murs, une fiche à son nom, l'une des nombreuses fiches que j'ai dû apprendre par cœur en arrivant, telle une employée modèle.

— Peux-tu m'expliquer ce qui nous vaut l'honneur de la visite de ton notaire un premier janvier alors que je n'ai même pas terminé mon petit-déjeuner ?

— Monsieur Galary m'a appelé tout à l'heure afin que je vous prépare un contrat protégeant ses biens. Il a dû vous en parler. Je l'ai rédigé, vous n'avez plus qu'à le signer.

J'écoute, incrédule, pendant que mes yeux se posent sur le document qu'il me tend en deux exemplaires. Je lis les premières lignes rapidement avant de me concentrer, interloquée sur le court paragraphe central.

Je soussignée, Alice Delonnay, certifie par la présente que je ne tirerai profit d'aucun des biens mobiliers ou immobiliers de monsieur Dorian Galary.

Si un mariage venait à être prononcé entre les deux parties citées ci-dessus, ce présent contrat serait alors caduc et se verrait remplacé par un contrat de mariage.

Si au cours de la relation avant mariage qu'entretiennent les deux personnes précitées, une grossesse venait à se déclarer, l'enfant ne serait pas reconnu par monsieur Galary, et aucun héritage ne pourrait lui être concédé.

Je survole les dernières lignes avant de lever les yeux vers Dorian. Il baisse le regard face à mon air fâché et s'adresse à moi en français. Il évite ainsi que le notaire ne comprenne ses excuses aussi maladroites que son papier.

— Je ne veux pas que tu interprètes mal mon geste, Allie, mais comprends-moi, je dois protéger mes acquis.

Pour que chacun profite pleinement de la conversation, je réponds en anglais.

— Même si j'aurais aimé en être informée, je comprends ta démarche, mais je ne signerai pas, pas celui-là, en tout cas. Monsieur Brookestow, pourriez-vous rédiger un autre document que je vous dicterai ?

— Oui, c'est possible, bien entendu.

— Très bien, alors écrivez, s'il vous plaît. Moi, Alice Delonnay, m'engage à ne profiter d'aucun bien, quel qu'il soit, de monsieur Dorian Galary : propriétés, véhicules, argent, entreprises et autres. Je vous laisse déterminer la liste. Je ne serai admise à me trouver au domaine qu'en tant qu'invitée lors d'événements particuliers, au même titre que les autres personnes présentes. Je devrai libérer les lieux aussitôt lesdits événements terminés. Je m'engage à n'accepter aucun cadeau de la part de monsieur Dorian Galary : fleurs, vêtements, bijoux. Encore une fois, vous ferez une liste. Si des frais étaient dépensés de manière commune : vacances, additions de restaurant, sorties, etc., ils seraient bien évidemment partagés à parts égales. Si monsieur Galary venait à décéder durant notre relation, aucun héritage ne serait réclamé par mes soins. Pour finir, afin d'assurer qu'aucun enfant ne naisse de cette union hors mariage, je m'engage à respecter une abstinence totale avec monsieur Galary. Je vous laisse présenter tout cela avec les termes qui vous semblent adéquats.

Un silence de mort résonne dans la pièce, je n'entends que le bruit de la plume sur la page. Monsieur Brookestow finalise sa rédaction durant d'interminables minutes avant de me soumettre le document. Je le relis rapidement, le signe aussitôt puis le tends à Dorian.

— Voilà, tu n'as plus qu'à signer là. Monsieur Brookestow, vous m'adresserez la facture de votre déplacement du jour, comme mentionné plus tôt. J'en règlerai la moitié. Je laisse le soin à monsieur Galary de vous transmettre mes coordonnées. Messieurs, veuillez m'excuser : d'après ce document, je n'ai rien à faire ici sans que nous ne considérions que je profite des lieux. Je vais donc aller mettre des sous-vêtements, des chaussures, reprendre mes affaires et quitter les lieux sur-le-champ. Je vous souhaite une excellente journée.

Je me lève, sors du bureau immédiatement, arrive dans ma chambre en hâte, remets mes vêtements de la veille, attrape ma pochette, avant de sortir de la pièce. Je descends l'escalier d'un pas décidé, pends sa chemise à la rampe puis pars de la maison alors que la porte du bureau s'ouvre. Je rejoins ma voiture au parking des invités lorsque j'entends sa voix.

— Allie, attends !

J'aperçois le notaire qui se faufile dans son véhicule, gêné d'être témoin d'une telle scène.

— Non Dorian, je pars. Tu n'auras qu'à me faire signe quand tu auras vraiment confiance en moi, si c'est le cas un jour.

— Allie, voyons, j'ai confiance en toi.

— C'est évident ! Bonne journée, Dorian.

J'entre dans le garage, m'installe au volant, démarre en trombe et le frôle sur l'allée de cailloux en désertant le domaine. *Philibert*, ma petite citadine rouge, fait les frais de ma conduite nerveuse. Je hais Dorian si fort à cet instant. J'accélère, il m'agace, m'horripile. Je n'ai qu'une idée en tête : prendre sa photo, l'accrocher sur un punching-ball pour taper dessus de toutes mes forces. Je me gare devant le *B&B*, claque la portière avant de rejoindre ma chambre avec la même énergie malgré ma robe de soirée. Cendrillon s'est fâchée avec son Prince.

Aussitôt la porte passée, je me change, jeans et tee-shirt sont bien plus adaptés pour boxer son joli visage. À défaut de punching-ball, je range mes affaires puis m'installe sur mon lit pour répondre aux nombreux messages habituels, reçus après minuit. Elle commence bien cette nouvelle année…

Je n'ai pas le temps d'en envoyer un seul que quelqu'un frappe à la porte. Je me lève, interrompue dès les premières secondes de ce moment de calme après la tempête.

— *I'm coming*[50], dis-je machinalement.

J'ouvre pour me trouver nez à nez avec Dorian. Comme un réflexe face à un danger, sans réfléchir, je referme aussitôt la porte, moi-même surprise du geste. Il frappe à nouveau, je n'ai pas bougé, pourtant j'attends un instant avant de lui ouvrir. J'appuie enfin sur la poignée. Je reste

[50] J'arrive

muette, mon regard droit dans le sien, le menton légèrement relevé, les épaules droites.

— Je peux entrer ?

Je ne bouge pas.

— Excuse-moi, Allie.

Je ne réponds toujours pas, il ne va pas s'en tirer si facilement.

— Je n'ai pas pris le temps de réfléchir, j'ai eu peur de ta réaction, je crois. Tu comprends, tu pars demain, je devais agir dans l'urgence, poursuit-il très maladroitement.

C'est tout ? Il ne regrette pas son torchon ? Il n'avait juste pas le choix parce que je pars demain ? C'est à moi de comprendre ? Je reste bouche bée, incapable de savoir quoi lui répondre ou comment réagir. Suis-je réellement la fautive, à penser qu'il a eu tort de me faire signer son soi-disant contrat sans m'en parler au préalable ? Suis-je trop exigeante ? Après tout, il m'en aurait parlé, je l'aurais certainement signé son papier. Non, je refuse de laisser passer ça, il n'a pas confiance en moi, ni pour aborder un tel sujet ni pour pouvoir se passer d'un notaire pendant quelques jours. Comment peut-il me croire intéressée à ce point ? Après Suzanne, la reine des profiteuses, comment peut-il me faire un tel affront ? Je sens la colère bouillir en moi, ne sachant pas quoi lui répondre sans m'emporter, je préfère couper court. Je referme la porte sans un mot.

— Allie, s'il te plaît, j'aimerais discuter, implore-t-il depuis le couloir.

Je laisse le silence répondre à ma place.

— Allie, ouvre-moi, s'il te plaît. Tu ne peux pas tout arrêter juste pour un désaccord !

Décidément, il ne comprend vraiment rien. J'ouvre la porte.

— Je discuterai quand tu auras compris ton erreur, et d'après ce que j'entends, tu en es loin. Pour le moment, je te conseille de te taire et de partir. À chaque mot que tu prononces, tu aggraves ton cas. Au revoir, Dorian, dis-je avant de refermer une dernière fois la porte sur lui.

Comment peut-il passer de l'homme de mes rêves à l'homme le plus agaçant de la terre en à peine deux heures ? J'écoute ses pas qui s'éloignent dans le couloir. Il est parti sans un mot, il a laissé tomber vite, trop vite, ça ne lui ressemble pas. Je m'attends à une contre-attaque de sa part. Pour le moment, je vais retourner à mes textos de bonne année, allongée sur le lit. Ils ont un effet anti-stress très efficace. Je finis même par m'endormir sur ma couette en imaginant une photo de Dorian qui se serait échouée sur le sol après avoir été rouée de coups.

Je me réveille au bout de deux heures de sieste, affamée. Je vais me rafraîchir un peu avant de prendre la direction du seul *pub* du coin ouvert tous les ans un premier janvier. Je suis presque surprise de ne voir aucune trace de Dorian devant le *B&B*.

Une fois sur place, je commande un *fish and chips* avec une bière. Je pars m'installer dans un coin avec mon verre, dos à la salle. Je ne suis pas d'humeur à me faire aborder par des habitués avinés en manque d'affection en ce début d'année. À peine quelques minutes se passent-elles que me voilà déjà la proie de l'un d'entre eux. Je sens sa présence juste derrière moi. Je prépare une réplique polie mais ferme quand mon plat se pose devant mes yeux. Sur mes gardes, j'ai failli agresser ce pauvre serveur. Lorsqu'il retire sa main, je remarque la manche de costume, un peu trop classe pour ce *pub*. Je relève les yeux. Sa seconde main dépose une bouteille de bière que je ne connais pas. Sur l'étiquette, le logo représente une rose. Plus de doute, je lève la tête pour remercier ce serveur qui, comme je le sais déjà, n'est pas de la maison.

— Tu te lances dans la restauration maintenant ?

— Puis-je me joindre à toi ?

— Je ne suis pas certaine que ce soit autorisé pendant ton service.

Il s'assied, un léger sourire aux lèvres en réponse à ma remarque.

— J'aimerais discuter si tu me le permets.

— T'es déjà assis, il me semble. Quelqu'un a écourté mon petit-déj' ce matin, alors je meurs de faim. Tu m'excuseras, mais je vais dîner. T'as qu'à parler pendant ce temps-là. On verra si j'ai envie d'écouter.

— Allie, tu connais ma situation. Tu sais que je bénéficie d'une certaine aisance financière.

— Jolie formulation.

— J'ai confiance en toi, mais dans une position comme la mienne, je me dois de prendre des précautions.

— Et t'es tellement habitué à *prendre des précautions* que ton notaire a juste ressorti la copie qu'il a fait signer à Suzanne ainsi qu'aux autres avant elle, n'est-ce pas ?

Il baisse les yeux vers ses mains jointes sur la table, avouant ainsi que je suis la seule à l'avoir eu entre les mains, cette fameuse précaution. Monsieur est doublement coupable. Je pose ma fourchette et m'adosse à la chaise.

— Dorian, mets-toi à ma place deux minutes. Tes amis me voient comme un morceau de viande fraîche intéressée par ta fortune, dont tu vas vite te lasser, briseuse de ménage par-dessus le marché. Nous sommes en couple depuis moins de vingt-quatre heures et tu prends la décision de me faire signer un contrat sans m'en parler au préalable. Alors que la femme la plus intéressée que je connaisse n'a pas eu à signer ton torchon. À ton avis, comment j'ai interprété ton geste ?

— C'était maladroit, je le reconnais.

— Me dire pendant le petit-déj' que comme je partais demain, tu allais faire venir ton notaire en urgence pour me faire signer ce papier aurait été maladroit. Ce que tu as fait ce matin n'était pas maladroit, c'était totalement irrespectueux. J'aimerais comprendre. Pas ton papier : je te le signe tout de suite, je me moque de ce contrat, mais j'aimerais comprendre quelle mouche t'a piqué pour agir comme ça.

— Un mauvais conseil reçu durant la soirée d'hier.

— Mal appliqué en tout cas, ce conseil. Hadrien ?

— Non, il ne m'aurait jamais préconisé de faire une chose pareille. Au contraire, je l'ai contacté en rentrant de ton *B&B*. Il m'a ouvert les yeux.

— Il y a au moins un de tes proches qui a du bon sens et qui ne me déteste pas. Depuis quand un homme comme toi, qui s'est construit tout seul, a-t-il besoin qu'on lui dicte ce qu'il a à faire ?

— Depuis que j'ai accepté qu'une femme transperce mon armure.

— Un pauvre prince sans armure, je vais te plaindre.

Le serveur nous interrompt pour prendre la commande de Dorian.

— Tu n'as pas peur que je pique dans tes frites ?

Il sourit devant mon ironie. Je reprends mon repas sans attendre que le sien soit servi.

— J'ai manqué de discernement. Est-ce que tu me pardonnes ?

— J'appellerais plutôt ça : être stupide, mais c'est toi qui vois. Si ça doit fonctionner entre nous, il faut qu'on apprenne à communiquer. Promets-moi de ne plus jamais agir derrière mon dos comme ça. Dorian, hier soir, je t'ai dit que cette chance était la dernière. J'étais sérieuse. Tu commences très mal.

— Je peux t'assurer que j'ai compris. Pardonné ?

— Oui, je te pardonne, mais c'est ton ultime maladresse. Ma tolérance a des limites surtout quand tu me confonds avec Suzanne.

Il baisse les yeux.

— Ton notaire va se souvenir de ce premier janvier.

— Il va surtout se souvenir de toi. Encore une fois, tu t'es montrée piquante, une jolie rose pleine d'épines.

— Si tu aimes plonger la main la première dans les rosiers, c'est ton problème. La prochaine fois, mets des gants.

Nous sourions, l'ambiance se détend légèrement. Avant de le pardonner totalement, il me reste un point à éclaircir.

— Et alors, ce contrat ?

— Quel contrat ? répond-il, l'air innocent.

— Non, mais sérieusement. Je suis prête à en signer un, si c'est important pour toi. Tant que nous discutons ensemble des termes avant.

— Nous verrons ça plus tard, nous ne sommes pas pressés.

Le serveur lui apporte son assiette. Nous gardons le silence jusqu'à ce qu'il s'éloigne.

— Il y a environ un an, une jeune femme m'a fait découvrir cet endroit. C'était une soirée étrange, j'étais à la fois triste et heureux ; je rêvais de l'embrasser même si je savais que c'était inutile puisque ça ne marcherait jamais entre nous.

— C'est dommage d'avoir des a priori sur une relation qui n'a pas encore commencé.

— Tu étais si jeune, comment pouvais-tu t'intéresser à moi ?

— Et aujourd'hui, j'ai vieilli et toi non, c'est ça ?

Il acquiesce, le regard dans son assiette, comme piégé par ses propres mots.

— Touché, je ne sais pas. J'avais cette idée insensée dans la tête depuis des mois que toi et moi, nous n'avions aucune chance. Peut-être que si j'avais réfléchi à nous autrement, j'aurais tenté de te séduire bien plus tôt. Je me serais séparé de Suzanne dès le début. Nous nous serions évités toute cette année d'attente, de déceptions, mais aussi de souffrance.

— Mais ça n'aurait pas duré deux jours.

— Peut-être.

— Il faut voir le bon côté des choses : nous avons appris à nous connaître, à nous aimer, à nous détester même. Maintenant, nous savons où nous allons. Et puis, j'ai une excellente histoire à raconter à mes futurs petits-enfants quand ils me demanderont comment nous nous sommes rencontrés.

— Laisse-moi devenir le père de tes enfants avant d'envisager les petits-enfants.

Je rougis, consciente de l'aspect prématuré de mes mots ; après tout, nous sommes ensemble depuis moins de vingt-quatre heures. Nous restons silencieux un moment, le regard plongé dans celui de l'autre, tentant de comprendre ce qui nous arrive.

Quelques minutes plus tard, nous changeons de sujet pour régler les détails de mon départ du lendemain. Dorian m'accompagnera jusqu'à Douvres tandis que James nous suivra dans la limousine. Il me laissera passer mes partiels tranquillement. Il en profitera pour gérer les urgences professionnelles, tout en me promettant de venir me voir très rapidement. Je range les gants de boxe pour cette fois.

Sur le chemin du domaine, nous passons au *B&B*. J'y récupère toutes mes affaires puis dépose la clef à l'accueil en partant. Une fois au manoir, Dorian me rejoint dans le garage des invités où j'ai garé ma voiture.

— Laisse-moi porter ta valise. Au moins, je suis certain que tu ne t'échapperas pas cette fois.

— S'il le faut, je suis prête à l'abandonner. J'ai mis mes Converse, la tenue idéale en cas d'urgence. Cendrillon n'avait pas compris ça : on ne s'enfuit pas avec des pantoufles de *verre*[51].

Souriant, il m'invite à m'installer dans le petit salon pendant qu'il apporte mes bagages dans sa chambre. Les armes ont été déposées pour ce soir, remplacées par quelques gouttes de champagne. Aucun de nous n'a envie que les heures passent ni que demain arrive, même si l'horloge en a décidé autrement.

Deux heures plus tard, nous quittons le salon puis rejoignons sa chambre main dans la main comme s'il avait peur que je me dérobe. Aussitôt la porte passée, je suis mal à l'aise. Même s'ils ont disparu, je revois les coussins ainsi que les photos de Suzanne. Je me retrouve à sa place, dans ce lit qu'elle a partagé de nombreuses nuits avec lui. Dorian éteint la lumière avant de m'enlacer. Tous mes muscles se crispent à son contact. Il m'embrasse, mais mes lèvres ne répondent presque pas.

---

[51] Allie pense à la pantoufle de verre de l'adaptation du film d'animation *Cendrillon* par les studios Disney et non à la version originale du conte de Charles Perrault, qui fait l'objet d'une controverse sur la matière des pantoufles qui auraient été *de vair* et non *de verre*.

— Est-ce que tout va bien ?

— Oui.

— Tu en es sûre ?

— Oui, je suis juste un peu fatiguée.

— Repose-toi, ta route sera longue demain. Bonne nuit, Allie.

— Bonne nuit, Dorian.

Je n'ai pas le temps de fermer les yeux qu'il chuchote à mon oreille.

— Tout à l'heure, tu as dit que nous avions appris à nous détester. Je comprends que ce soit ton cas, mais celui que j'ai détesté c'est moi, de t'avoir fait souffrir et certainement de t'aimer à ce point. Je ne t'ai jamais détestée, je n'ai fait que t'aimer.

Je serre davantage ses doigts entre les miens en guise de réponse, puis m'efforce en vain de m'endormir dans cette chambre qui, contrairement à ce que j'aurais voulu, me rappelle tant de mauvais souvenirs. À la fin de cette première journée, nous devrions être heureux. Pourtant ce soir, je ne ressens ni étoile dans les yeux ni papillon dans le ventre. Serais-je en train de commettre une erreur ?

JEUDI 28 FEVRIER 2013 : JOUR J 11
MARS : PREMIERES SEMAINES 23
SAMEDI 27 AVRIL : PREMIER EVENEMENT 42
MAI : PREMIER RETOUR 60
JUIN : PREMIER MINISTRE 88
JUILLET : PREMIERES LUEURS 110
AOUT : PREMIERE ETOILE 138
SEPTEMBRE : PREMIER BAISER 152
OCTOBRE : PREMIERS MAUX 165
NOVEMBRE : PREMIER GALOP 176
DECEMBRE : PREMIERS PAS 190
1ER JANVIER 2014 : NOUVELLE ANNEE 203
FEVRIER : NOUVEAU DEPART 225
MARS : NOUVELLE VENUE 239
AVRIL : GRANDE NOUVELLE 245
MAI : NOUVELLE ETAPE 262
JUIN : NOUVELLES AVENTURES 277
JUILLET : NOUVEAU JOB 288
AOUT : NOUVELLE LUNE 300
SEPTEMBRE : NOUVELLE VIE 313
OCTOBRE : NOUVELLE ATTAQUE 340
NOVEMBRE : NOUVEAU PROFESSEUR 343
DECEMBRE : NOUVEL AN 349

Impression : BoD – Books on Demand, Norderstedt, Allemagne